FAMILY
现代家教丛书
EDUCATION

U0116989

# 独生时代的平衡教育

李清霞 编著

科学出版社

北京

## 内 容 简 介

　　本书持平衡教育的思想理念，特选当前儿童教育中的热点以及易被大部分父母忽视的话题，内容涵盖家庭环境、智力开发、非智力培养、教育方式等方面。每章以专题的形式呈现，既有相关理念和儿童心理发展特点的介绍，更有针对每个问题的具体、具有可操作性的教育方法，便于家长在生活中应用。

　　本书在文字上力求轻松、活泼，并穿插具有启发、借鉴意义的故事及案例，营造出了颇具科学性、指导性、可读性的行文风格。本书适合孩子家长、儿童教育工作者、儿童教育专家阅读。

**图书在版编目（CIP）数据**

独生时代的平衡教育/李清霞编著. —北京：科学出版社，2011
（现代家教丛书）

ISBN　978-7-03-030693-7

Ⅰ. 独… Ⅱ. 李… Ⅲ. 独生子女-家庭教育 Ⅳ. G78

中国版本图书馆 CIP 数据核字（2011）第 054477 号

责任编辑：智 毅 张丽娜／责任制作：董立颖 魏 谨
责任印制：赵德静／封面设计：柏拉图创意机构

**北京东方科龙图文有限公司** 制作

http://www.okbook.com.cn

**科 学 出 版 社** 出版
北京东黄城根北街 16 号
邮政编码：100717

http://www.sciencep.com

**中国科学院印刷厂** 印刷
科学出版社发行 各地新华书店经销

＊

2011 年 5 月第 一 版　　开本：B5（720×1000）
2011 年 5 月第一次印刷　　印张：16
印数：1—7 000　　字数：192 000

定 价：29.80 元
（如有印装质量问题，我社负责调换）

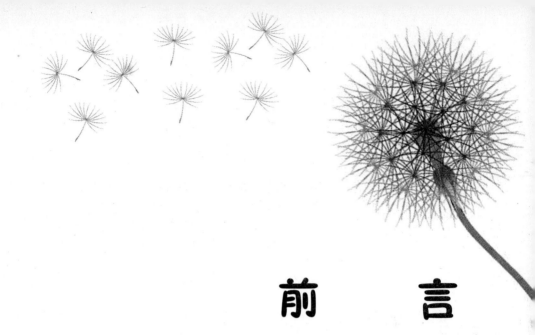

# 前　言

　　笔者给不少儿童做过认知和情绪方面的测验，在对结果的分析中发现了一个有趣的现象：智商并非越高越好，而是在正常范围内，左右脑均衡发展才是比较好的状态。如果左右脑的发展相差较大，不管总值多高，则一定会出现这样那样的问题；在人格类测验中，最好的状态也是多种因素不能过高或过低，而是均衡出现于偏中间的位置……

　　其实，平衡是大自然的规律，任何事物都不是单一因素构成的，只有平衡才能稳定，有了稳定才有发展。

　　同样，教育也需要平衡：教育内容的平衡、教育方式的平衡。

　　平衡是一种折中，但它不等于"不好不坏"、"差不多就行"的理念，而是"损有余而补不足"。

　　20世纪五六十年代，很多家庭里儿女众多，父母工作繁忙，无暇照顾孩子，或者认为教育是学校的事情，此时的家庭教育提倡关注孩子的需要，重视早期教育等。到21世纪，尤其是70后、80后做了父母，教育理念也悄然发生了变化，强调家庭教育要尊重现实，对过度的行为予以收敛，对忽视的内容予以关注。

　　本书正是基于这一理念，首先在内容上做了选择：有些是教育热点问题，比如，隔代教育、儿童关键期、任性纠正、同伴交往等；有些则是家庭教育易被家长忽视的问题，比如，科学启蒙、责任心培养、过度教育等。

在方法指导上，为使家庭教育更具针对性和有效性，本书几乎在每章都会介绍儿童在该方面的阶段性发展特点，并对此提出了不同的教育方法，因而您会多次看到"因材施教"的小标题。

仅谈方法，好像还处于技术层面，而教育其实应是一门艺术。虽然在方法的介绍中有思想的渗透，但这更需要父母能智慧地运用，希望下面的故事能给您带来一些启示！

我有一匹小马请驯马师帮忙，他明确表示，只需两个月就能交给我一匹驯顺的马。

一个月后果然看到了变化，但驯马师为我试骑时，它却连甩头带尥蹶子。"这很正常"，驯马师自信地说，"有的马在进步之前必然先退步。你的马不一般，常用的方法都不好使。"又过了三周，驯马师给小马装上马鞍，骑了上去。它的进步简直令人难以置信，它不但对于指令乖乖听从，而且各种反应敏捷，比如，走步、快跑、停止、转向等。

我忍不住向驯马师讨教经验，他笑着说："在和一匹马打交道时，我唯一确定能够改变的就是我自己，所以如果马不听话，我就改变我的做法。我不断变换训练方法，直至找到一种有效的方法。"

驯马与育人有着何其相似之处，教育孩子"法无定法"，如果效果不理想，那就不断调整自己的方式吧！所谓"一物降一物"，这也正是大自然的平衡之道。

# 目　　　录

# 第四章　让孩子与科学零距离接触

# 第五章　孩子越玩越聪明

# 第六章　开启孩子的数学智慧

# 第七章　给孩子"镀镀钢"

# 第八章　帮孩子赢得好人缘

# 第九章　去任性、养耐性

# 第十章 让责任心在孩子心中扎根

# 第十一章 自由与规矩

# 第十二章 练就教育的"十八般武艺"

独生时代的平衡教育

# 第十三章　你会与孩子沟通吗？

# 第十四章　"过度教育"的七宗罪

# 第十五章 视听世界，不让声光"闪"了孩子的心

# 第十六章 给你的教育方式"把把脉"

# 第一章

# 忙爸爸也能成为好爸爸

父亲是孩子通往外部世界的引路人。在教育孩子的过程中，无论是性格培养，还是情感教育；无论是知识训练，还是道德品质的培养，父亲都起着巨大的影响，好的和不好的影响都同样巨大。

——英国社会学家　赫伯特·斯宾塞

自古有"天父地母"的说法，父亲相对阳刚，具有刚毅果断、强健有力、注重理性等特点；母亲相对阴柔，具有慈祥温柔、细致体贴、注重感性等特点。这种阴阳两极相辅相成，同时给予孩子成长的养料，才能使其获得人性发展的平衡。

当前，很多父亲为事业打拼，或出于认识上的偏差，认为孩子让妈妈带就行了，因此父亲就成了家庭教育的"配角"、"龙套"，甚者直接跑到了"幕后"。

## 一、家庭教育呼唤"男主角"

由于性别特征、活动方式的不同，父亲教育的影响自然有别于母亲。因为母亲与孩子的交往主要围绕哺育、养育活动，更多地给予孩子温情、舒适感；父亲和子女的交往常涉及游戏和探索活动，会影响孩子智力发展、性格塑造、品质培养等方面。

### 1. 体格发育

相对于母亲所使用语言交流来讲，父亲多通过肢体语言与孩子交流。他们鼓励孩子走、跑、跳，支持他翻、转、踢……在孩子肌肉、骨骼发展的关键时期，这样的活动能促进身体和心理的发育，更能使其体验充满兴奋、新奇、快乐的历程。

### 2. 智力发展

孩子与父亲在一起时的操作、探索活动，能培养孩子的动手操作能力和探索精神，继而激发孩子的动脑和创造意识，而这些又能促进其智力发育。

英国纽卡斯尔大学曾对 17000 名在 1958 年同一星期出生的婴儿进行了长达半个世纪的跟踪调查，结果显示，经常与父亲相处的孩子日后比同龄孩子聪明，并容易跻身高于父亲的社会阶层，这一优势在子女 42 岁前一直存在。

### 3. 个性发展

俗话说：父爱如山，母爱如水。孩子在与父母的交往中，从母亲那里获得温柔、体贴、细致的关怀，而在父亲那里可以感受坚强、独立、果断等特点，这会让他的个性发展更为完善。

此外，相对于老人和年轻妈妈，爸爸往往更为理智，因此，在某些情境中也更能坚持"不可以就是不可以"，从而为孩子的成长立下必要的规矩。

### 4. 情商发展

孩子在不同阶段有不同的教育特点，比如 3 岁前，可以无忧无虑地躺在母亲的怀抱里撒娇，享受母亲带来的温暖、宽容、柔软、感性；3 岁后，则需逐步建立并承担相应的责任，需要父亲给予的力量、规则、意志力、理性等。

### 5. 性别意识

幼儿期是孩子性别角色形成的关键期，父亲积极地与孩子交往，有助于孩子对男性和女性的认识有适当而灵活的理解。研究表明，如果男孩在 4 岁前失去父亲，会使他们在性别角色中倾向于女性化——喜欢非身体性的、非竞赛性的活动，如看书、听故事、猜谜语等；如果女孩在 5 岁前失去父亲，在青春期与男孩交往时往往会表现得焦虑不安或者无所适从。

# 二、10招成为好爸爸

芊芊4岁，有些胆小，过节时听到鞭炮声就会吓得直哭。每当这时，爸爸会马上抱住她安抚，还会模仿鞭炮的声音，发出夸张的"嘣、啪"声，让孩子觉得这是件有意思的事情，帮助她克服恐惧感。而当远处放烟花时，爸爸也一定会把芊芊高高举起，让她看到烟花的美丽和附近人群的热闹，渐渐地，芊芊不再那么害怕放鞭炮了。

爱孩子但没有行动的付出，或者没有让孩子感受到来自父亲的爱，这样的父爱是"虚拟"的。其实，成为好爸爸不必去刻意做什么，就像例子中芊芊爸那样，只要以自己的处理方式来关爱、照顾、引导孩子，就能体会到为人父的骄傲和责任感，孩子也能获得深深的父爱。

## 1. 给孩子有质量的父教

一个父亲的心声：菁菁4岁多了，由于我经常出差没时间和她玩，心里感到很内疚。为了弥补缺憾，每次出差都会给她买很多玩具和漂亮衣服。开始，菁菁很高兴，也很喜欢，后来随着一天天长大，除了喜欢玩玩具，她和我要说的话越来越少了，我感到很苦恼。

父亲与孩子之间的心灵沟通是不能靠物质和金钱来实现的，只有经常和孩子玩游戏、聊天，才能获得浓浓的父子（女）情。爸爸陪伴孩子并不在于时间的长短，而在于这段时间里孩子的感受如何，如果爸爸整天呆在家里，却总是独自看电视、上网，这种陪伴对孩子来说是毫无意义的。

一起享受放风筝的愉悦、猜谜的乐趣、做手工的新奇，把孩子放到肩上，让他像骑马一样逛游乐场……这些花样百出的活动，不仅拓展了孩子的视野，还能丰富他的想象力，培养其动脑、创造意识。更重要的是，爸爸的陪伴，让孩子体验到成长中别样的乐趣。

相比起妈妈，父亲和孩子之间更容易建立一种伙伴般的感情，因此，想让你们的父子情更深厚，还可以建立一些共同的暗号，比如，认可和鼓励孩子时，和他击掌、伸大拇指、拍拍他的头等。

### 2. 见证孩子成长的"坐标"

孩子从出生到 6 岁的成长可谓"突发猛进"，不论是身体还是脑力的变化都是那么清晰，见证孩子的成长足迹可少不了爸爸的身影啊！

会做了

会站了

会走了

第一次叫"爸爸、妈妈"

会认字了

会数数了

……

每到一个阶段，请爸爸参与记录、拍摄孩子这些具有"里程碑式"的成长坐标吧！相机、录音机、电脑都是您的得力"助手"。这个过程既可以加深爸爸对宝宝成长的了解，也增进了父子感情。日后，当自己不再年轻的时候，看到这些画面，会感觉那里面不仅仅记录着孩子的成长，也有我们自己的心血和成长的足迹。

### 3. 做孩子的"憨豆老爸"

哲学家周国平在他的《宝贝宝贝》一书中，曾写到做孩子的大玩伴，而且要特别舍得花时间，"我觉得和孩子在一起玩的时间是特别短暂的，你现在少写一些东西、少挣一些钱在以后都是可以弥补的，可孩子的童年时光一旦错过了就再也补不回来了。和孩子在一起的时候，我总是尽力调侃，在孩子面前搞笑，她也会和我互动，所以，我觉得孩子的幽默和我的这种努力也是有关系的。"

爸爸与孩子玩乐，要进入他的"语言表达系统"，用孩子的视角去看待周围的一切：下雨天，一起穿上雨鞋踩水花；用橡皮泥捏小兔子、小鱼等他们喜欢的小动物；孩子生病卧床时，给他讲故事、讲笑话；偶尔和孩子抢玩具玩；夏天傍晚，一起去捉知了……与孩子一起玩这些有趣、新鲜的游戏，对于爸爸来说，回归童真，何尝不是一次心灵的释放呢！

爸爸和孩子玩亲子游戏，可得把自身优势发挥好了，这里提供几个游戏，供您借鉴。

★ 活动的滑梯（0～1岁）

爸爸具有身强力壮的"天然"优势，那就当回活动的滑梯吧！手臂当栏杆，双腿作滑梯。孩子可以抓住"栏杆"，双脚先蹬到爸爸的腰部，然后从"滑梯"上慢慢滑下来。孩子不仅能从中获得快乐，还能感受到爸爸带来的安全感。

★ 小脚摞大脚（1～2岁）

地点可以选择在家里干净的地板上，或是室外有松软草地的地方。爸爸和宝宝一起脱去鞋子，爸爸两脚稍分开，然后把宝宝的小脚放在爸爸硕大的脚上，宝宝的两只小手抱着爸爸的腿。爸爸说："预备，开始。"大脚带着上面的小脚一起往前走、往后退、斜着走、转圈，动作由简到繁，默契会慢慢产生。

★ 棋子大挑战（2～3岁）

小小的棋子可是变幻无穷呢！围棋、跳棋或五子棋都可以，用棋子和孩子一起拼摆图形。比如，围成圆圈、笑脸、方形、房子等，比比谁围出的图案更有创意。在玩乐中锻炼孩子的想象力和动手能力。

★ 打保龄球

准备：可乐瓶10个，皮球1个。

玩法：先和孩子一起把瓶子摆成大三角形，然后轮流在距瓶子一定距离的地方，眼看前方抛球或滚球。击中目标后，请孩子数数击倒的瓶子数量。每次作个比较，击中的多者为赢。在游戏中锻炼孩子的数学计算能力和身手的敏捷性。

### 4. 寻找共同爱好

妈妈不妨鼓励爸爸和孩子培养相同的爱好，比如拍球、下棋等。这样在爸爸和孩子做喜欢的活动时，双方都是积极、兴奋的。不但情感能得以加深，而且父亲对孩子的影响，也都在这种潜移默化中产生了。

5岁的月月是个可爱、文静的小姑娘，平时的生活、学习都由妈妈全面负责，对妈妈很是"黏糊"。而爸爸平时在外忙事业，在家的时间很少，加上本身属于稳重、内敛的性格，因此，爸爸让月月觉得有些隔阂和陌生，爸爸也不知如何才能走进月月的世界。一次，爸爸送给月月一对非常漂亮的红金鱼，没想到月月特别喜欢，喂食、换水都特别积极、细心，还经常向爸爸汇报她的观察结果。爸爸对这些水族动物一直就很喜欢，这下可激起了他的热情，从鱼的种类到它们的习性都为月月详细讲解，真是为月月开启了一扇知识的天窗，月月每次也都听得津津有味。渐渐地，父女俩的话题和活动也越来越多了。

### 5. 偶尔让孩子做爸爸的"跟屁虫"

方便的时候，给孩子一个做"跟屁虫"的机会，带他出去参加爸爸交际圈子的聚会或郊游等活动，让孩子感受一个与平时生活完全不同的氛围，也让他见识到爸爸在外活动的另一面。

在离开家人帮助的空间里，爸爸要照顾到孩子的各个方面，这会让爸爸体会到妻子平日带孩子的辛苦，同时也给妻子一段自在的时间。

童童爸爸是个"交际家"，朋友遍天下，经常参加一些花样百出的聚会。偶尔的家庭聚会还会带着童童去，但大部分活动都是爸爸单独前往。当妈妈建议爸爸单独带童童去时，开始遭到了他的强烈反对。但聪明的童童妈总是在先生高兴的时候，耐心地分析爸爸带宝宝出去玩的诸多好处，并为他做好相关的准备工作，消除其后顾之忧。于是，童童爸抱着尝试的心理让儿子跟自己出去。没想到他越来越觉得有趣，只要是合适的时机，都会带上这个"小尾巴"。虽然也曾为宝宝的调皮而烦恼，但宝宝那天真的语言、动作却给大家带来无限的快乐。

### 6. 做创意型父亲

对事业来说，年轻是一种资本；对做父亲来说，年轻同样是一种资本。因为爸爸有活力和创意，当爸爸把这种优势渗透到亲子游戏、亲子活动中时，会让孩子体会到别样的父爱。

比如，当孩子不爱吃水果时，将它切开拼出可爱的图案，逗孩子吃掉；和孩子一起动手做冰激凌，加入他喜欢的原料，做出独一无二的口味；妈妈生日时，和孩子一起为她准备一份特殊的礼物……

还有下面两位爸爸的经验，不妨借鉴啊！

小凌爸：我给1岁的女儿换尿布时，她总是动来动去，每次要花很长时间。后来我发现，宝宝喜欢抢大人的电话，于是，我就"发明"了这样一个方法：要换尿布时，我就假装拿起电话听一下，然后对女儿说："宝宝，你的电话。"在她将注意力集中到电话上的时候，我迅速地把尿布换好。

欣欣爸：儿子已经上幼儿园了，每天早晨送他到园门口时，他就开始哼哼叽叽。为了让孩子尽快度过这个特殊时期，我提出每天给他这个"故事迷"讲个新故事。在路上先讲一半，如果到进校时他不哭不闹，晚上就接着讲另一半。就这样，孩子的入园适应期就在故事中顺利度过了。这个方法不仅使我和孩子的感情加深了，还提高了他的语言表达能力。

### 7. 参与网络育儿

不要以为育儿论坛、教育群组是妈妈们的天下，实际上那里有很多铁杆爸爸呢！

去注册个账号、添加个群组吧！只要找到了父母组织，就可以和"同志们"交流切磋、并肩作战：如果孩子是同龄的，可以沟通困惑，讨论共同的问题；对方孩子比自家大的，可以向其请教经验。不管是教育论坛还是群组，一般里面都会有几个对家庭教育有想法的资深爸妈或教育工作者，您的困惑在这里可以得到"靠谱"的解答。

此外，育儿博客也是个不错的空间。记录孩子的成长点滴、理性看待孩子对某些事情的反应，日积月累收获颇多，下面就是一个爸爸的感言：

我的博客从"宝宝的第一张B超照"到"宝宝的第一天"、"宝宝的露点裸照"、"宝宝的第一微笑"、"宝宝的第一次发声"、"宝宝的第一颗乳牙"……整理一个翔实的"第一次档案"，看起来会觉得很有成就感。

好多我现在已经忘记了的小细节，都图文并茂地被收藏在博客里。我在博客的前言里说，我力图把这些弥足珍贵的"第一次"都悄悄记录下来，等女儿长大后，再悉数整理出来，给她一个惊喜，希望她可以通过这样的再现，了解自己的成长过程，以及爸爸妈妈的辛苦。

## 8. 和孩子独处

如果妈妈不在场的话，孩子就只有爸爸可以"依靠"，爸爸也只有自己想办法来解决带孩子的全部问题。这样既能让孩子对爸爸产生依恋，增进父子（女）情感，又能锻炼爸爸带孩子的能力。因此，从孩子出生起，爸爸就应尽力享受单独与宝宝相处的时光。

孩子小的时候，爸爸可以把宝宝放在小推车里带着出去散步，或是用婴儿背带背着宝宝去超市购物；孩子长大了，活动内容就更加丰富多彩了。

妈妈不妨跟爸爸约定一个"固定"的父子/父女时间，自己暂时退场，把某项固定育儿任务交给他，比如，孩子睡觉前的洗澡、讲故事；或者固定某个家务由孩子与爸爸一起完成，比如，收拾碗筷、拖地。即使开始做得不好，妈妈也不要批评、责备，否定的态度会让爸爸望而却步。因此，给予些指导，但更重要的是放手，同时对好爸爸给以鼓励和认可。开头一旦顺利度过，后面就等着听父子（女）的欢笑声吧！

### 9. 树立知识"权威"

孩子从两三岁后进入求知欲的旺盛期，会有很多问题从小脑袋瓜里冒出来，此时父亲以知识权威的形象出现最合适了——当孩子问问题时，耐心、准确地回答，不嫌麻烦而敷衍了事，要抓住机会给孩子传授知识。一个热衷于和孩子一起探索世界的父亲，才能获得真正的威信。

著名教育家卡尔威特在他孩子很小的时候就常常利用生活中的场景来教导他，比如，当他们经过水果店时，父亲就问儿子有哪些水果；路过田野时，父亲就向儿子讲一讲看到的花草树木。

下面这个爸爸的做法也会给我们一些启发。

一天晚上回家时，儿子发现路灯把影子拖得老长，就问是怎么回事。爸爸没有立即回答，而是用手电筒做起了实验。他从不同角度打手电，让孩子看影子的大小和长短。儿子似懂非懂，他又拿出纸笔，画了一个月亮和地面上的人进行演示。经过比较，孩子终于明白了。爸爸又画了三种不同角度的月亮让孩子说说哪个影子最大、最小，结果5岁的儿子居然都说对了。

其实，生活中类似这样的"做实验"数不胜数，你也可以试一试！

### 10. 忙爸爸也能做好爸爸

忙爸爸也能成为好爸爸吗？先来听一位过来人的故事：

我有两个孩子，大女儿出生时，我30岁，那时觉得事业最重，根本没花时间在家庭上。当我想去教育孩子时，才发现她已经很叛逆了，根本不和我谈想法，有个朋友这样说："你没有见证她的成长，却要她来听你的经验，怎么可能？"所以，小女儿降生后，我决定要弥补曾经失去的东西。

我是做咨询的，平时听很多客户谈需求、想法，有时想想，为什么这些人就值得我花工夫，自己的孩子却从不去耐心去聆听她的心声呢？现在，我把孩子也当做客户，花工夫陪她们，感受她们的想法。渐渐地，孩子们越来越喜欢和我聊天，我也不觉得烦。因为跟她们相处越久，我就越发现与人打交道的道理是相通的，这对我给客户做咨询也很有帮助。

我的建议是，不要把孩子和事业看成矛盾体，多花时间在孩子身上，不表示你就会缺少时间干事业。事实上，和孩子相处最起码能让你在休息时充满乐趣，干起事业来更加有劲。

很多忙爸爸，总在孩子出问题后才强调爸爸的作用，但往往为时已晚。因此，为了避免日后出现教育困境，同时也让孩子健康成长，从现在就开始"经营"吧！

你是否每天都是披星戴月地早出晚归或者频繁出差，那就找找弹性的工作时间——为陪伴孩子寻找可能性。

• 调休的时间里，去送孩子上学或接孩子放学。如果孩子在家，留出部分时间与孩子一起玩耍、嬉戏。或许您已经很累了，但是这样的间隙会让孩子获得真实的父爱以及由此带来的快乐。

• 重新调整自己的日程表：上下班、开会、发 E-Mail、消遣……把"水分"挤掉，尽量不把工作带回家；假日尽量推掉一些应酬，和爱人、孩子一起郊游或看展览、演出，享受家庭相聚的快乐。

## 三、 来自好妈妈的调教

好爸爸很少是天生的，主要是靠后天养成的。而妈妈的理解和智慧，在其中起着举足轻重的作用。

※ 提供机会

当怀孕的幸福时刻来临时，妈妈不要能干地什么都大包大揽。不妨适当地向爸爸"示弱"一下，表达你对他的需要。越早把部分任务教给新爸爸，他们就越有可能早日成为熟手好爸爸。

当孩子成为家庭新成员时，就开始请爸爸"一展身手"了：为孩子洗澡、换尿布、冲奶，带孩子去游泳……爸爸带孩子的时间越多，他从带孩子的过程中感受到的快乐也就越多。爸爸对孩子的爱和责任感，就是从日常一点一滴对孩子的照顾中培养起来的。

※ 做好分工

随着孩子一天天长大，事情也越来越多，妈妈不妨和爸爸协商做些分工，既培养了爸爸主动参与的习惯，又分担了妈妈的辛苦。可以按时间段分工，比如，周一、三、五由爸爸做，周二、四、六由妈妈做；也可以按事务分工，比如，饮食、哄睡觉、玩耍、说理教育等分开承担。

※ 教育理念的一致

当爸爸和妈妈对孩子的某个教育问题各持己见时，是否知道这下可"苦"了孩子。要么他会觉得不知所措，要么他会趁机找到能庇护自己的"翅膀"。因此，当夫妻就某个教育理念或做法不能做到"统一战线"时，温柔的妈妈不妨建议先生对此冷处理一下，待二人心情平静时，再做沟通，也可翻些书刊、查些资料、请教些老师朋友，共同寻找解决办法。

※ 育儿实践的指导

妈妈千万不要因爸爸的笨手笨脚而对其责备或拒绝他的帮忙，这会打击他的积极性。发挥您的指导优势，告诉他正确的做法，并且给他练习的时间，新手爸爸必须经过这一把屎一把尿的"洗礼"才能成熟。新爸爸碰到一些生疏或者繁琐的细节不免会着急，妈妈此时万不可"火上浇油"，免得他临阵撂挑子，记得要"以柔克刚"来搞定！

# 第二章

# 隔代教育：让战场变舞台

"妈，别这样喂，大人嘴里有许多细菌，会传染给他。"贝贝妈看到婆婆把自己嚼过食物再喂孩子时，赶紧制止。"我又没病，怕啥？我以前都是这样带孩子的！"婆婆生气地说……

"强强，你都4岁多了，怎么往垃圾筐里尿尿？"爸爸对孩子的行为进行严厉批评，这时奶奶走过来"解围"："小孩子撒尿又不脏。""妈，这不是脏不脏的问题，这是行为规范的问题。""小屁孩，什么规范？你小时候我都没怎么管你，现在不也很好吗？"……

如果你家里也存在隔代教育，相信这样的情境你不会陌生，或者还有很多诸如此类的矛盾。在我们传统文化中，老年人的"天伦之乐"就是生活稳定、儿孙绕膝、三代同堂。这种根深蒂固的家庭伦理观念，可谓奠定了隔代教育的历史渊源。不过让祖辈带孩子，能够让老人、孩子都更加健康，这是美国科学家得出的最新结论。

美国艾奥瓦州立大学的生物学家开展了这样一项研究，他们首先对果蝇进行了试验，发现如果老果蝇与小果蝇在一起生活，老果蝇的寿命要延长1倍，而小果蝇对环境的适应能力也变强了。接下来研究者对人类进行了调查，发现与孙辈生活在一起的老人更加积极乐观，他们得病几率比不能与孙辈一起生活的人要低两成，而他们的孙辈则更加活泼好动，反应能力也更强。研究人员分析，祖孙相处能增进家庭关系，创造融洽的生活氛围，这对老人和孩子都有益处。

因此，当隔代教养不可避免时，父母应该设法找到一个较好的平衡点，让弥漫着无形硝烟的冷酷战场变成展示教育艺术的多彩舞台。

# 一、为年轻父母支招

## （一）把握原则

### 1. 尊重老人

伴随着我们这一代的成长，老人付出了毕生的心血，可是，当我们的孩子需要他们时，他们又义不容辞地承担起了本该是我们承担的责任。仅凭这一点，就值得我们终身感激。其实老人要求并不高，平时只要对他们多一些宽容、多一些赞赏、多一些关照，他们就会乐开花。年轻父母还要避免回到家中眼里只有孩子，而忽视了老人。

尊重老人的情感需求。"隔代亲"是祖孙之间的血缘亲情，由此而产生的天伦之乐是人类情感生活中最让人痴迷的一部分，不要因为老人的一些教育方式不妥或溺爱孩子而剥夺老人享受这份快乐的权力。

### 2. 定位"主副手"

父辈是家庭教育舞台的"主角"，祖辈是"配角"。对孩子来说，父母是不可替代的。因此，年轻父母应牢记属于自己的责任，即使你"日理万机"，也要"见缝插针"地履行自己的责任。同时，鼓励老人拓展视野，寻找健康、有乐趣的生活方式。并定期给老人放假，让他们有时间过属于自己的生活。

为避免教育中的矛盾，可以事前来个"育儿协议"进行明确分工，比如，在照顾孩子生活饮食方面，老人比我们经验多很多，时间充裕，那我们不妨听取他们的意见，还能让老人有被"重用"的感觉；在孩子习惯培养、智力开发等教育方面，年轻父母承担主要任务，因为老人缺乏科学育儿、智力开发等知识储备。

### 3. 隔代不断代

隔代教育是家庭教育的补充而不是替代，0～3 岁的婴幼儿时期，是亲子依恋形成的关键时期。此时孩子对世界的信任感、安全感完全来自其照料者，此时谁给予孩子最多的关爱，谁就在孩子心中占第一位。如果在这个时期，孩子和父母间没有形成紧密的依恋关系，那么就会使子女感到父母不关心自己，甚至不爱自己。

当然，随着孩子年龄的增长，这种想法会有所改变，但对亲子间的关系会有一定的影响。因此，不论父母多忙，都必须抽点时间和孩子在一起，孩子在幼儿园、在家的情况，要多和孩子沟通，这样才能增强与孩子的互动，感受孩子的喜怒哀乐，让孩子感受到父母的爱。

如果是混养型家庭，白天老人带养孩子，晚上则一定要父母带；如果父母不在孩子身边，尽量在周末或假期将孩子接到身边，平时应多打电话，给孩子讲讲你最近的生活、有趣的事情以及对他的思念和牵挂等，同时引导孩子说说他的生活和学习中的趣事，激发他想听你说话的兴趣。

另外，如果完全把孩子抛给老人，势必给他们增加过重的负担和心理压力。

### 4. 提高亲子质量

首先提醒你，不可为求补偿，总买玩具、食品、衣服等送给孩子，这会让孩子将家长和物质联系在一起，而淡化了亲子情感。

老年人体力有限，带孩子活动的范围和花样自然就有了限制，家长不妨在这点上"做些功课"，补充孩子的户外活动以及与同龄人的交往，有意地带给孩子一些惊喜。比如，郊游、坐摩天轮、玩嘉年华等，让孩子充分享受和父母在一起时的快乐时光。

如果你长期（两周以上）不在孩子身边，那就记录下自己思念他、牵挂他的心情吧！不管是存放在日记本里还是网络空间，留给日后孩子阅读，相信他会明白爸爸、妈妈"不管他"的苦衷，也会更加爱爸爸、妈妈。

## （二）掌握沟通技巧

在家庭教育中父母趋于理性，而老人趋于感性。父母教孩子知识，满足一个要求，往往着眼于孩子的品格培养、智力开发等方面，但老人对孙辈疼爱过度，往往以尽量满足孩子的愿望为出发点，而较少理会这些对他们有益还是有害。因此，父辈和祖辈的矛盾常常是"一出接一出"。

你是否已经为此深感烦恼了，别急，这里奉上几种经实践"卓有成效"的方法，不妨试一试！

### 1. 问题"私聊"

当父辈与祖辈产生分歧的时候，首先注意找准"组合"，才能事半功倍：如果是与爷爷、奶奶沟通，就请爸爸出马；如果是与姥姥、姥爷沟通，就请妈妈出马。因为是矛盾，当然要"私聊"。不管是谁有错，在没有外人的场合，更容易坦诚交流。

此外，在沟通之初，年轻父母尽量先表达对老人的感谢和关爱，再慢慢进入正题。相反，如果有先生（太太）和孩子在场的时候，不妨说些老人的功劳。

洋洋4岁了，在家像个小猴子，几乎一刻也闲不住。奶奶怕孙子磕到桌子角上，把家里所有棱角的地方都包上了胶布，还不许孩子到处跑，这样的过度保护当然对孩子不利。于是爸爸"上阵"，先是认可了老人为此事花的心思，然后说明这样的弊端，并和母亲一起找到了更好的办法。

### 2. 用事实说话

当发现祖辈对孩子有溺爱现象或不妥当的教育方法时，我们顾及老人的自尊心，最好从侧面提醒，或者让"事实说话"，让老人自己来改变想法。切不可当众驳斥老人，那样只会伤了老人的心。

一个妈妈就是这样做的：关于穿衣，我和公婆常有矛盾。我说不要穿太多，可他们怕孩子冻着，怎么也说不通。后来我换了种方式，只要我在家，我就会时时摸摸孩子的身上和头上，如果有汗，马上让公婆也实在地感受一下，这有凭有据他们自然就没话说，出了汗当然要擦身换衣，我会趁机沟通：早晚凉就多穿点，中午下午咱就换件薄的，这样既不会冻着也不会热着了。如此，他们也会欣然接受。

### 3. 找准理由

教子意见产生分歧时，不要就问题的表面进行争论，如果您有科学依据，不妨将反驳的理由往孩子智力发展、习惯养成、性格塑造等方面靠。这样既体现对老人的尊重之情，又利于老人接受您的建议。

天天5岁，是个"破坏大王"，得意之作就是将妈妈买的玩具拆了卸，卸了装，奶奶感到心疼，于是偷偷藏了些完好的玩具。后来妈妈发现了询问，奶奶说："等他不破坏了再给玩好的"。面对她的"好心"，妈妈也是哭笑不得，于是，这样引导起了婆婆："给孩子的玩具都是专门针对这个年龄开发智力的，如果现在不玩，会比别的小朋友智力发展上落后。而且拆卸玩具能锻炼动手能力，促进智力发育。"奶奶当然不希望孙子比别人差，于是赶紧把玩具都找出来了。

### 4. "曲线救国"

如果意见上你真的与老人发生了重大分歧，万不可针锋相对，否则容易激化矛盾，还会影响家庭关系。再教你一招，试试"曲线救国"的策略，即借别人的嘴说你想说的话。

请亲友帮忙。古语讲"三人成虎"，当老人对某个科学教育理念或方法拒不接受时，不妨发动亲朋好友联合向他"灌输"。当然，这不是声讨，可以请亲友（最好是老人平时就比较认可的人）在问候老人和孩子的时候，比较含蓄地说出此意，如能有具体事例，就更好了。

请孩子的老师帮忙。哪个老人不希望自己的宝贝得到老师的喜爱？当老师就孩子问题提出请家长配合时，老人一般都会欣然接受。您不妨拜托老师在老人接送孩子时，沟通教育中存在的问题。

请专家帮忙。当下，媒体中专家讲育儿知识和方法的节目很多，也可请老人一起看，专家的指导更有说服力，便于老人接受。如果是节目内容正好跟你们的实际情况相符，最好留老人自己看，给其学习、反思的空间。如果你在此时当场"揭短"，反而会引起老人的"逆反"。给个台阶，大事才能化小。

### 5. 把握时机

教育孩子讲契机，说服老人也要讲时机。如果对方此时心情愉悦，或是正好碰上孩子出现这个问题，你的建议和意见易于被老人接受；如果气氛、场合不对，你的说服则易遭遇"反击"，最终问题没有解决，还导致不欢而散。

依依 5 岁了，有些胆小，平时见了邻居、亲戚也不怎么打招呼。爷爷觉得孩子没礼貌，为这事说过孩子几次。妈妈觉得小孩子不能"贴标签"，而要及时鼓励和强化。

一次，爷爷的一位老朋友来家做客，两人多年不见，相聊甚欢。依依在熟悉了客人和现场气氛后，喊他们吃饭时主动说了声"爷爷好"。客人夸她有礼貌，依依很高兴，并礼貌地回答客人的问题，爷爷此时觉得格外有面子。等送走客人后，依依妈赶紧把自己的想法和公公沟通了一番，并且以刚才的情况做了实证，爷爷欣然接受了她的提议。

### 6. 冷处理

看看这位妈妈的做法。

孩子逐渐长大，活动范围也不断增大，开始翻箱倒柜，尤其喜欢玩遥控器和开关抽屉。奶奶看孩子拿着遥控器摔来摔去，把抽屉里的东西扔得到处都是，总是对此进行阻止。我觉得这没什么，孩子现在正处在好奇心强、好探索的阶段。只要大人提前把贵重东西和危险的东西拿开就行了。婆婆却认为我在惯孩子，还常对我"说教"。不过每当她抱怨的时候，我就不说话，也不生气，因为我知道，宽容孩子的做法并没有错。

我们也不妨学学这位妈妈，对于老人错误的做法或说教，不必争个面红耳赤，有时候这种冷处理，对老人而言貌似一种妥协，对于年轻父母而言，仍可以照自己的想法去做，且并不伤害双方感情。

### 7. 老幼兼顾

一般年轻父母在说服老人时，往往站在为孩子好的角度，比如：这样不利于孩子的身体健康。时间久了，容易让老人产生逆反心理：难道我是故意对孩子不好吗？因此，不妨在提出理由时老幼兼顾，既为孩子考虑，也为老人着想。

其实很多事情，当您站在老人立场上想过之后，也许就不需再去说服他了。如果遇到强势的老人，则不必试图去说服他，因为他不会承认自己有错误，您不妨以柔克刚，以弱克强，让老人体会到是因为自己的让步而使你不再为难，他们会很有成就感。

形形2岁多了，每次吃饭都是奶奶追着喂，这让妈妈十分烦恼。有一次，她又跑着不小心把碗里的饭撞洒了一地，形形妈听说后跟婆婆进行了"推心置腹"地谈话：妈，您年纪大了，这样满屋子追着跑是很累的；而且每次喂完自己也吃不好了，您的胃疼让我们很是过意不去，我们不妨想点让孩子愿意吃饭的方法。形形妈的话让婆婆听了很受用，她欣然接受了儿媳的建议，一起琢磨起了让孩子对吃饭感兴趣的点子。

### 8. 转移引导对象

为避免与老人起正面冲突，你不妨来个"釜底抽薪"，转移引导对象，如果是妈妈，视具体情况可从爸爸和孩子入手。

演示现场：爸爸版

欢欢爸是个超级球迷，这个假日又沉浸其中，欢欢跑来找爸爸玩，爸爸有些心不在焉，没注意让孩子磕到了桌子上。两个母亲都闻讯赶来，婆婆见此情境，反而说教起了媳妇："你就不应该让他看着。"欢欢妈很是委屈。但她知道做母亲的都爱自己的孩子，于是决定转战"地下"——私底下和老公沟通，让他知道做父亲的责任。

演示现场：孩子版

乐乐要喝水，奶奶赶紧给倒上，并叮嘱她："现在还烫，你别碰，奶奶喂你。"妈妈不愿意孩子从小被过于宠爱，自己能动手的还是让孩子自己做。她这样引导孩子：杯子在柜子里，先拿出来吧！嗯，开水要倒在凉杯里过一阵儿再喝。妈妈也口渴了，帮妈妈也倒一杯，真乖……

### 9. 善意的谎言

隔代之间的矛盾，未必都要"针锋相对"地争执，有时候一个玩笑，一个善意的谎言就能轻松解决。尤其是对于物质上的矛盾，不少老人都是一路节俭生活过来的，当看到为孩子花费过高时，会觉得不值，此时不妨来个"善意的谎言"，使其安心。

比如，家庭经济条件允许，给孩子用些稍贵的、高品质的用品也无可厚非，此时若老人有意见，不妨把价格说得便宜一些，尽量说打折、特价，或者说单位发的、朋友送的等。

有个妈妈就巧妙地用了这个方法：形形爸妈平时都特别忙，无暇照顾到孩子能力的提升，于是妈妈花"重金"请了一位既懂教育、心理，又会教孩子的老师，每周来家里陪形形"玩"两次，比如，讲故事、折纸、下棋等。姥姥觉得就是陪孩子玩，没必要花钱找人。形形妈意识到了这点，于是有意让她看到孩子学习后的进步，同时告诉她，这是朋友的亲戚，就是帮个忙，象征性地收点钱，姥姥也就不再计较了。

### 10. 常谈心

俗话说："不是一家人，不进一家门"。既然缘分让大家走到了一起，生活中的大事小情还是要相互体谅和关怀，与公婆多交流，即使不说孩子的事情，多多沟通也能加深彼此的感情，这也是一个妈妈的生活心得！

婆婆是个特别爱说的人，我下班回家后，她常跟我说些家长里短、报纸上和电视上看到的都市新闻、小区邻居的家庭琐事等。其实我对这些并没有多大兴趣，但我都会认真倾听并回应。这样，我们的婆媳关系也越来越融洽。虽然这些事情表面上与育儿无关，但两人关系好了，很多问题也就容易说通了。

俗话说：清官难断家务事。就是因为生活中的事情并不能简单地判断出对错，因此，当老人执意坚持自己的观点，而这种做法又不会给孩子带来负面影响时，则不妨做点让步，依老人的想法去做；如果是原则性的问题，您可以坚持己见，也可用上述方法进行沟通，不过切不要"硬碰硬"，在态度、气势上不可持"得理不让人"的架势，而一定要让老人感到宽心。

# 二、给祖辈老人献策

## 1. 祖辈老人不能"越位"或"错位"

把孩子的教养工作全部推给老年人，是年轻父母们的失职；相应地，把孙辈大包大揽在自己身边，看似好心，其实也是祖辈们的一种"越位"。

## 2. 帮助发现孩子的"闪光点"

孩子是这个世界的新人，他在了解身边的人和事，我们也需要慢慢地了解他。建议老人在与孩子相处时，有意观察和积累孩子语言、行动等方面的"闪光点"，比如，自觉为您剥香蕉、对他自己的玩具来了句感叹语等。将这些点滴与孩子的父母沟通，既让他们了解孩子的变化和进步之处，也帮助他们发现孩子的潜能，体会自己带孙辈的辛苦。

## 3. 帮孩子建立与父母的感情

不管是寄养型家庭，还是混养型家庭，孩子是否能与父母建立起良好的关系，老人的态度和方式十分重要。

平时多给孩子讲讲父母的故事，尤其是父母跟孩子同龄时的故事，更易激起孩子的兴趣，这样能够增进孩子对父母的了解，引起他对父母的好奇与尊敬。但需要注意的是，老人不要对孩子唠叨爸爸妈妈各方面不好的地方，以免影响他们之间的关系。

如果父母不在孩子身边，尽量找机会让孩子和父母交流感情。建议老人鼓励孩子给父母打电话，说说这两天的活动、趣事等，也教教孩子问候爸爸妈妈的身体和工作情况等。

### 4. 有机会充充电

时代不同了，孩子成长环境发生了变化，存在的问题自然也与以前有所不同。因此，带孩子的祖辈不妨也给自己充充电，了解一下当前的教育理念，掌握些更科学的教育、养育的方法。书籍、报刊、电视、网络等媒体已经为您敞开了"大门"，进去瞧瞧吧！

## 三、 说给双方的悄悄话

### 1. 建立"统一战线"

如果父母与祖辈产生矛盾，双方进行"拉锯战"、"持久战"，非得争得个"你输我赢"，那么孩子则是最大的"输家"。其实，父辈与祖辈的目的是一致的，都是希望孩子更快乐、更优秀。因此，还是建立"统一战线"，两代人尽量平心静气地多些沟通，统一认识，如此一来你们的教育才能产生力量，孩子也就成了"赢家"。

### 2. 换位思考

换位思考会让我们更理性地面对和接受眼前的事实，换个位置想一想："如果我以后老了，我的孩子也这样嫌我落后，我的心情会怎样？""长辈是在以他认为最好的方式对待孩子，并不了解这是否符合孩子的身心发展特点"……当年轻父母想到这些，自然就会体谅、理解老人的难处。

### 3. 不令孩子卷入人际矛盾

两代人之间存在矛盾是正常的，因为有着各自不同的价值观和道德观，但不要让孩子卷入家庭的人际矛盾，父母不要对孩子抱怨祖辈的不好，祖辈家长也不要在孩子面前唠叨其父母的是非。因为不论是祖辈以自己的权威占得有利位置，还是父辈以辩论胜出，这种冲突都会使孩子产生紧张感和不安全感，并感到无所适从，还会让他通过察言观色找到自己的"保护伞"。

～～～ **温馨提示** ～～～～～～～～～～～～～～～～～～～

### 老人为什么容易惯孩子

王先生一直很纳闷，当自己的父亲作了爷爷后，为什么之前的暴躁随之变成了现在的温情。自己小时候稍有不逊就会挨打，如今老爷子面对孙子却处处宽容、娇惯。

～～～～～～～～～～～～～～～～～～～～～～～～～～～～～～～～

王家这种情况正在中国的许多家庭上演，老人为什么容易惯孩子，其实是有其心理原因的。

老人的晚年幸福不仅仅指衣食无忧，更重要的是精神上有所寄托。而隔代教育可以缓解老年人的孤寂，使其从孙辈的成长中获得力量。因此，老人与孩子间有一种天然的亲密感，老人和孩子在一起，总是那么开心、和谐。这种依恋之情使老人一旦离开孩子，便会怅然若失。一位奶奶曾说：小孙孙不在家时，心里就空空的，不知道该干什么。

独生时代的平衡教育

# 第三章

# 关键期：捕捉孩子的
# 特别生命力

# 一、关键期关键在哪儿

"敏感期"一词，是荷兰生物学家佛里（Hugo de Vries）首度提出的。他观察到有一种蝴蝶把卵下在树皮或树枝上，之后孵出来的毛毛虫具有一种对光的敏感性，能朝有光的方向移动，爬到树枝的最顶端，吃树梢长出来的嫩芽。这是因为刚出生的毛毛虫消化系统还很脆弱，有了对光的敏感性，它们能找到嫩叶，得以饱餐一顿。但这种敏感性只持续一段短暂的时间，随着毛毛虫渐渐地粗壮长大，对光的敏感性也就消失了。

与昆虫相比，孩子体内同样含有一种生机勃勃的敏感性。但是，如果在这段特殊的敏感期内，孩子们受到外界的阻碍，那他们的身心就无法正常发育，甚至会紊乱和扭曲。教育学家称这个阶段为"学习的关键期"。

"狼孩"的故事也深刻地说明了敏感期的作用。一个在10岁左右被发现的狼孩，其生活习惯、性格和脾气几乎和狼一模一样，即使科学家对其进行长达几年甚至十几年的教育和训练，他仍然智力低下，行动、习惯与正常人相差很大。

美国儿童教育家蒙台梭利最早将敏感期的概念引入儿童发展并运用到儿童教育过程中。在她看来，在幼儿心理发展中会出现各种"敏感期"，"正是这种敏感性，使儿童以一种特有的强烈程度去接触外部世界。在这一时期，他们对一切都充满了活力和激情。"她认为，人的智力发展正是建立在幼儿敏感期所打下的基础上的。

敏感期是一种与成长密切相关并和一定年龄相适应的现象，它只持续一个短暂的时期就会消失，而且只要消失就不会再现。

蒙台梭利认为，某种学习的难易程度不易独立判断，应结合儿童该种能力发展的敏感期情况进行判断，比如幼儿处于语言敏感期，学习语言就比成人效率高。

同时把儿童知识的增加看做是随年龄增长而以一定速度逐渐增加也是不正确的。实际上，儿童的知识经验并非随年月日成正比增长，而是有时呈突然爆发状态急剧增加，有时呈相对停滞状态慢慢增加。

• 敏感期的特点：

1. 敏感是儿童发展过程中出现的一种潜能的迸发，是在一种冲动的驱使下出现的积极的活动力量。

2. 幼儿在特定的敏感期里都有一种特殊的感受和吸收外界某一事物、现象和信息的能力，这种能力促使幼儿对某种活动、某些事物很感兴趣，并将自己的注意力集中到这一事物、活动中。

3. 心理敏感期是有时间性的，会转移的，不是永久不变的，不同年龄的幼儿对某个方面习得的敏感期的时段长短不一，从几个月到几年不等，并且它稍纵即逝，不会出现周期性变化。

4. 对于同一年龄的孩子来说，敏感期出现的早晚、持续时间的长短和敏感程度、表现都存在个体差异。

• 儿童敏感期发展表

著名学者巴甫洛夫说过："从婴儿降生的第三天开始教育就迟了两天。"这说明早期教育应尽早开始，越早越好。教育应从零岁开始。在孩子生后最初 30 分钟内是宝宝学习吸吮的关键时期。

4～6 个月是为孩子添加辅食的关键时期，这一时期孩子的味蕾发育使他能更好地接受母乳以外的断奶食品。

6～12 个月是孩子与父母建立良好亲子关系的关键时期。

1～2 岁时是孩子学习语言的关键时期。

2～3 岁是计数能力（口头数数、按物点数、按数点物、说出总数）发展的关键期，也是形成自我意识的关键期。

2～3岁是学习口语的第一关键期，5岁左右是口语发展的第二关键期。

2岁半～3岁半是教育孩子遵守行为规范的关键期。3岁左右是培养其独立生活能力的关键期。

3～5岁是发展音乐能力的关键期。

3～8岁是学习外国语言的关键期（3～5岁是口语关键期，6～8岁是书面语关键期）。

3～6岁是音乐和绘画的关键期。

4岁以前是形象视觉发展的关键期。

5岁左右是数概念发展的关键期，也是综合数学能力形成的关键期。

6～16岁是体能发展最有成效的关键期。

6～7岁是运动知觉速度和灵敏度的关键期。

最后，要说明的是，关键期内儿童更容易学习一定的技能，但错过这个时期，并非完全不能再进行相关的学习，而是需要付出加倍的努力。比如，当孩子的语言在敏感期发展不良时，父母决不应该轻易给孩子的语言发展"判死刑"，而应当尽快采取措施补救。

# 二、如何对待关键期

抓住儿童关键期进行教育，不仅是一个技巧问题，更重要的是教育认识的体现，这就需要父母了解孩子不同阶段、不同敏感期的特点，然后施以有效的教育。

## （一）语言敏感期（0～6岁）

森森2岁后，语言能力发展的速度真是超乎人的想象，不仅表述更加流畅，还经常会说出一些新的词语和句子，而且学电视上的广告词和人物台词也惟妙惟肖。灰太郎的那句"我一定会回来的"也成了他的口头禅。

当孩子开始注视家长说话的口型，并发出咿呀学语的声音时，其语言敏感期就开始了。其中，从出生到 18 个月是语音发展的关键期，家长会发现宝宝几个月后就能区分妈妈和陌生人的声音。这是因为他的听力越来越灵敏，发音器官越来越成熟，能够辨认、理解、记忆、模仿周围成人的语音、语调，并获得最初的词汇，这将为他日后的"伶牙俐齿"打下基础。

18 个月到 20 个月时，孩子获得词汇的速度加快，2 岁以后更是语言爆发的阶段。等孩子 3 岁时，所说的句子已经接近成人的句子长度；4 岁时，说话开始有意识模仿有一定难度的成人化语言，偶尔还会有书面色彩，如"我真烦恼"。孩子通过模仿，正是沿着"发声—单字—词—短语—短句——一个完整的意思"这个轨迹发展起美妙的语言来，这些阶段是连续出现的，而不是截然分开的。

**爸妈应对**

儿童是通过模仿口语、练习口语，感觉语言、音韵的，因此，家人要注意在孩子面前的口语表达，最好运用文明、规范的言辞。与他交流时，尽量不要用婴儿语言和他对话，如把饼干说成"干干"等，这将阻碍他的语言发展。

**1. 根据孩子的年龄发展其语言能力**

4～10 个月：宝宝在 4～6 个月就已具备接受语言的能力，6～7 个月能听懂一些简单语句，这个时期，妈妈应多和宝宝说说话，并教宝宝用手指物。

11～12 个月：孩子这时已进入对语言的理解阶段，只是还不能说出词语。此时，妈妈和他说话时，多用他喜欢的拟声词和叠词。

13～16 个月：孩子能用一个字或只言片语来表达不同含义，或用不同的字表达相同的意思。这时，需父母对此适当解码，引导孩子学会说完整的语句。

17～24个月：这是幼儿学习名词的关键时期，他将感受到万物皆有名，而且常常会指着周围的事物问"这是什么？"您需耐心为其解释。

25～36个月：两岁半以后，孩子的生活经验丰富了，可通过多种途径，如亲子共读书、猜谜语、讲故事等方式发展宝宝的语言能力。

### 2. 进行适当的语言刺激

孩子周围的语言环境越丰富，接触到的语言素材越多、质量越高，自然也就学习得越快、越好。因此，宝宝18个月前，需为其提供正确的发音材料。2岁后，注意在生活、娱乐中，利用多种途径丰富其词汇。如在街上，可教他认识车的形状、颜色；在超市里认识常用的物品。

随着孩子年龄的增加，父母可利用好的儿童读物丰富其语言学习素材，如讲故事。父母的讲解要尽量吐字清晰、准确，语调生动活泼。同时留心与宝宝目光及肢体的交流。另外，生动形象、朗朗上口的古典诗歌也是不错的"教材"。

语言表达是一种技能，因此还需在实践中提高。家长不妨创造机会，让孩子能与更多的同伴、家人、亲戚等交流，使其既能从中学习新词汇，又能对已有词汇进行巩固强化。

对于各个年龄段出现的语言发展问题，如口吃、发音不清等，父母也必须抓住语言关键期进行矫治。

# （二）书写敏感期（3.5～5.5岁）、
# 　　阅读敏感期（4.5～5.5岁）

冰冰3岁半了，突然有一天，开始热衷于涂涂画画，还吵着要学爷爷写大字。甚至还假装正在写字，仿佛他真的在潜心谱写文章似的。

孩子的书写与阅读能力虽然发展较晚，但如果孩子在语言、感官、肢体动作等敏感期内，得到了充分的学习，其书写、阅读能力便会自然产生。

孩子进入书写敏感期一般会经历在纸上戳戳点点，画不规则的直线、圆圈，书写规整文字等几个阶段。但每个孩子的表现可能都不太一样，有的出现得更早些或者更晚些，也有的没有明显的书写敏感期的表现。

其实，孩子的书写热情能否长久，主要取决于父母对待孩子行为的态度，以及能否为孩子提供有利于这种技能发展的环境。比如，家人对孩子的这种行为给予鼓励和认可，同时提供丰富多彩的书写材料，就是激励孩子更加积极尝试书写的一种方式。

当孩子喜欢自己假模假样地读书，或者变得特别喜欢甚至非常依赖别人给他念书时，这可是他进入阅读敏感期的"信号"。值得注意的是，孩子其他阶段的敏感期通常都有比较突出的表现。而阅读敏感期的出现与否以及出现的早晚，也更多取决于他所处的环境，比如，是否有相应的阅读材料的刺激。

不仅如此，阅读敏感期的出现还需要依赖孩子其他能力的发展。因为阅读本身是一项需要手、眼、脑配合的活动，如果孩子的手、眼、脑协调能力发展得不太好，他阅读的时候就会出现跳行或者走眼现象，这会影响他对内容的理解，导致他难以享受阅读带来的乐趣。

对于孩子书写敏感期和阅读敏感期的促进教育，一方面需创设充满书香的家庭环境，帮孩子挑选喜爱的图书、刊物，亲子共读，这也是在让孩子做感知信息的积累；另一方面在肢体动作上也要不断练习，使孩子的大小肌肉得到充分锻炼，促进手眼协调运动，从而帮助孩子提高语言表达能力和动手书写能力。

## （三） 秩序敏感期（2～4岁）

皓皓3岁刚上幼儿园，这天妈妈接他回家是表哥开的门。他突然不高兴起来，吵着不进去，非让奶奶开门才进去。奶奶在厨房做饭，这时爷爷出来开门，皓皓还是不愿意，非得奶奶开门他才进去。

遇此情况，你是否会认为孩子过于任性呢？其实这是一种内在的秩序感在"作祟"。儿童这种秩序敏感力是从出生后几个月就开始了，常表现在对顺序性、生活习惯、所有物的要求上。一旦他所熟悉的环境消失，则会令他无所适从。蒙台梭利在观察中发现，孩子会因无法适应环境而害怕、哭泣，甚至大发脾气。

总之，孩子透过有秩序的精准的环境，来和自己的内部秩序配对，由此在心理体验上深化为安全感、归属感和规则意识。

儿童秩序的敏感期有三种表现形式：为了秩序的破坏而哭闹，秩序一旦恢复就会安静下来；为了维护秩序而说"不"，自我意识开始萌芽；为了维护秩序而执拗，一切要重来。

因此，当秩序敏感期到来的时候，孩子们在某些方面往往表现得非常"固执"：一个环节都不能错，一个环节也不能漏，先后的顺序也不能被打乱，否则就得重来一次。正是这种对秩序的追求，使儿童开始理解这个世界，理解每个位置上的事物，从而达到与环境的融合。

**爸妈应对**

观察孩子要求有秩序的事情，尽量满足他们的需求，如果孩子要求重来一次那就重来一次，如果做不到的话，就安慰孩子，一定不要谴责孩子。

### 1. 创设一个井然有序的生活环境

蒙台梭利认为：如果成人未能提供一个有序的环境，孩子便"没有一个基础以建立起对各种关系的知觉。"当孩子从环境里逐步建立起内在秩序时，智能也因而逐步建构。因此，创造井然有序的生活环境是培养孩子秩序感的前提。包括：

规律的作息——这不仅有利于孩子的健康成长，还能为他时间观念的形成和秩序习惯的培养奠定良好的基础；

整洁有序的家庭环境——家里的各种物品要摆放整齐，使用完毕后需物归原处，父母还要耐心培养孩子归置秩序的技能；

和睦的家庭氛围——只有家庭成员之间和睦关爱、长幼有序，才能促使宝宝从小形成一种追求文明、秩序的美好心态。

### 2. 培养孩子的秩序感

父母们还需注重日常生活中的细节，从小事入手，培养孩子的秩序感。一方面要告知其物品应摆放的位置，另一方面不妨将某些常识融进游戏，如和孩子玩"找东西"的游戏。家长和孩子轮流问对方："杯子在哪里？拼图在哪里……"请对方迅速说出来。另外，家人还要经常带孩子参加集体活动，让宝贝在与他人相处的过程中形成规则意识。

### 3. 培养孩子做事的条理性

鉴于此时孩子良好的秩序感，帮他从小养成做事有条理的好习惯。比如，洗脚前先把拖鞋和毛巾准备好，洗好之后要倒掉洗脚水，挂好毛巾等。对于熟悉的事情，也可请孩子先说出完成的步骤，一次次强化，久而久之就会养成做事有条理的意识和习惯。

## （四）感官敏感期（0～6岁）

灵灵4岁了，好像对什么都有兴趣，家里的什么东西都喜欢看个究竟，连废弃了的玩具、手机也不放过，总是喜欢把东西拆的乱七八糟，不断地用各种工具尝试拆装。

孩子从出生起，就会借着听觉、视觉、味觉、触觉等感官来熟悉环境、了解事物。各感知器官敏感期时间分别为：胎儿时期听觉的发展就开始了；0～0.5岁是婴儿视觉发育的敏感期；0～2岁是触觉发育的敏感期；3岁左右是方位知觉发育的敏感期；2.5～3岁是大小知觉发展的敏感期；3～6岁是观察力发展的敏感期。3岁前，孩子透过潜意识的"吸收性心智"吸收周围事物；3～6岁则更能具体地通过感官分析、判断环境中的事物。

在实际生活中，感知觉的活动从来都不是单独进行的。如孩子拿一样喜欢的东西就综合运用了多种感知觉：视觉——看着东西的形状、颜色；听觉——东西移动的声音；触觉——感受东西软硬凉热；运动觉——用手指抓握；如果是食物，还有味觉——酸甜苦辣。可见，感知觉是孩子所有认知活动的开端，同时也是智力发展的基础。

**爸妈应对**

感知觉是记忆、思维、想象、注意、观察等高级认知活动的基础，也就是说感知能力发展得越充分，记忆储存的知识经验就越丰富，思维和想象发展的空间和潜力也就越大。所以，从孩子来到这个世界开始，父母就应该通过多种手段促进各方面感知觉的发展。

**1. 视觉训练：给予不同颜色的感官刺激**

帮助孩子提高度量的视知觉，鉴别大小、高低、粗细、长短、形状、颜色及不同的几何形体。尤其是新生儿，应该更多地强调不同颜色和平面图形形状的刺激。当孩子稍大一些，带他到大自然中去，引导他看天空、彩虹、树木、花、原野、各种建筑物，以及辨别人们的衣服颜色，各种物体的大小、形状、长短、软硬、光滑或粗糙、轻重等。

**2. 听觉训练：聆听不同的声响**

让孩子听各种从不同方位发出的声音，这样既训练孩子的方位听觉又能提高他对不同音调的辨别能力。比如，当他精力较旺盛的时候找出各种能发出不同声响的物品，依次为其"奏"响，比如，小铃铛、音乐盒、杯子、闹表、手机铃声等，提高孩子对音色、音高的辨别。另外在孩子玩具的选择上，可买些有声响的玩具——拨浪鼓、八音盒、会叫的兔子等。

**3. 触觉训练：给孩子多一些不同的触觉体验**

在蒙台梭利看来，对儿童触摸能力的训练不仅能为他们小肌肉动作的发展打下基础，更为重要的是，通过让孩子亲自动手，促进其思维得到最初的发展。所以，触觉训练在于通过丰富孩子的触觉接触体验，以提高其感知事物的敏感度。随着宝宝的长大，尽量多让他触摸不同质地、不同形状、不同温度的物品。比如，毛绒玩具、塑料玩具、小布书等。

### 4. 其他感知觉训练：结合孩子的日常生活、游戏活动进行

嗅觉和味觉的训练则是注重提高幼儿嗅觉和味觉的灵敏度，结合孩子的日常生活、游戏进行即可，如有意识地让孩子品尝白水、糖水、橙汁的不同味道。

孩子感知事物的灵活性、准确性、全面性与其获得知识的深度、广度密切相关，因此，扩大他的活动领域，拓展其视野是非常重要的。

## （五）对细微事物感兴趣的敏感期（1.5～4岁）

吃饭的时候，扬扬突然抬头看着天花板，指着说："虫虫！"我抬头找了半天，也没看到，他很着急，又说"虫虫、虫虫"，我带上眼镜仔细找，终于发现在天花板上有一个非常小的小飞虫停在那里……

忙碌的大人常会忽略周围环境中的微小事物，但是孩子却常能捕捉到其中的奥秘。这似乎是大自然特意安排的一个时期，对细节的敏感促使孩子们对探索与捕捉大自然中的各种奥秘充满了兴趣。

**爸妈应对**

当孩子捏着小纸团、头发丝在手里玩，甚至往嘴里塞的时候；当孩子遍地捡拾小石子、小树叶并把它们当作宝贝收藏的时候；当孩子对那些小孔小洞非常敏感，并不厌其烦地抠来抠去的时候……您是阻止：快扔掉，还是责备：这些东西可不卫生……

孩子正处于细微事物的敏感期，如果家长引导得好，这正是培养孩子良好能力的好时机！

### 1. 培养专注的个性品质

当孩子对某一事物，尤其是细微事物有兴致地观察、把玩时，千万

别去打扰他。孩子能沉浸其中，则有助于形成专注的个性品质。如果孩子有了进一步探索的欲望时，不妨提示、追问来引导他的发现、思考。

### 2. 培养孩子的观察能力

如果在户外，就地取材是很容易的事情。父母和孩子一起寻找奇特的小果实、小花草，观察同类事物之间的不同，比如，同样的树叶可能有的会有个小虫眼，有的有个小斑点。面对这些细微的差别，说不准孩子的眼神比你还尖呢！

当然，如果再对此延伸加入一些思维的环节，那就更有趣味性、丰富性了，比如，小虫眼是怎么来的呢？这片小草像什么呢？这个果实上的刺怎么不扎手呢……

## （六）动作敏感期（0～6岁）

畅畅那天拿了一个小药瓶子玩，因为一直以来她都拧不开瓶子，所以大家都没在意。不经意间，姥姥发现她的小手熟练地把盖子拧下来，又拧上去。大家都不知道什么时候已经学会了这个技能。畅畅对这个过程好像也乐此不疲，一直拧下来，又拧上去的……

孩子一出生就进入动作敏感期——如果你把手指塞进他的小手心，他会紧紧抓住不放；如果将某个物件靠近他的嘴角，他会快速地转头吸吮……孩子还有些动作表现，比如，对于感觉新鲜的事物总想去摸一摸，但常被大人误解为好动、乱摸，伴随而来的是制止、批评，其实这些动作行为表现也预示着孩子动作敏感期的到来。

动作敏感期分为两大重要内容：一个是身体运动，即大动作的发育，如爬行、走路等，其中1岁半以前是四肢活动及视觉的敏感期，1～2岁是行走的敏感期，3～6岁是大肌肉运动的敏感期；另一个是手的动作，即精细动作的发育。其中，1.5～3岁是手的动作敏感期。

在敏感期内加强大运动和精细动作的锻炼，一方面能促进儿童身体的健康发育；另一方面，由于动作是大脑命令的执行者，动作的敏捷性直接反映了来自大脑的思维状况，所以，通过对孩子动作的训练能极大地促进其智力发展。

**爸妈应对**

放手让孩子去运动吧：大动作、小肌肉，一个都不能少。孩子的肢体动作锻炼得正确、熟练，不仅可以养成良好的动作习惯，还能促进左、右脑的均衡发展。

### 1. 在安全和卫生的前提下，让孩子随意玩

孩子会爬、会走后，活动的空间越来越大，孩子也就越活泼好动；翻抽屉、开关柜门、钻桌椅、东奔西跑……只要没有危险的地方，都可以变成宝贝的"游乐场"。如果有些活动貌似危险或复杂，先不要着急回避，不妨告诉孩子正确的活动方式，让孩子尝试过后再作决定。

### 2. 提供动手机会

手指运动中枢在大脑皮层中所占的区域最广泛，所以手的动作，尤其是手指的动作越复杂、越精巧、越娴熟，就越能在大脑皮层建立更多的神经联系，从而使人变得更聪明。

建议可选择一些训练小肌肉，尤其是手眼协调能力的玩具，比如，积木、插塑、橡皮泥、拼图、珠子、剪纸等，让孩子在玩耍中锻炼"十八般动作"：插、捏、揉、摆、拼、穿、拨、拧、扣、剪等。

## （七） 社会规范敏感期（2.5~6岁）

妈妈经常带嘟嘟去楼下花园散步，3岁的嘟嘟不管是在电梯里还是路上，只要碰到认识的大人都会主动地打招呼"伯伯好""阿姨好""奶奶好"……大人们看嘟嘟这么乖巧，都禁不住地连声夸奖，嘟嘟就更加得意和积极了。

刚进入社会规范敏感期的孩子，与他人交往的愿望及主动性增强，变得越来越懂礼貌、善交际，言谈举止有时像个小大人。但其行为仍具

有很强的以自我为中心的特点，不能理解他人的需要，如不愿意将自己的玩具和食物与别人分享。

**爸妈应对**

这一阶段是孩子认识、理解以及形成社会行为规范的最佳时期，因此，父母应为孩子建立明确的生活规范、日常礼仪，使其日后能遵守社会规范，拥有自律的生活。

### 1. 为孩子建立明确的生活规范、日常礼节

遵循一定的准则及社会规范是人际交往的前提，家长不妨有意识地融入一些社会和行为规范的教育元素，促进孩子的社会化发展。

因此，多教给孩子一些礼貌用语和文明举止规范，让孩子懂得社会生活中存在着种种秩序规则，不可"为所欲为"；同时注意在实践中培养孩子养成良好的行为习惯，比如，不可乱扔果核，公共场合不可大声喧哗等。

### 2. 适当给孩子一些约束

让孩子从小明白：世界并非围着自己转，自己的行为会受到很多限制。对于一些原则性的问题，父母一定要坚定执行，不可随意姑息迁就。如孩子因为得不到想要的东西而发脾气，可以用冷处理法。

否则，我们的做法就会给孩子一些负面影响，强化孩子不符合规范的行为。当孩子发现，父母很坚决时，他就会明白父母的底线是不可以突破的，自然就会变得越来越配合了。

### 3. 重视游戏活动

孩子的活动能力十分有限，交际的圈子也小，这就决定了他们不可能像成人那样去现实生活中接受磨炼，而游戏活动则为孩子提供了这种锻炼的机会。

在游戏中孩子们必须遵守共同契约，分担各自角色的责任和义务，这些是他们理解社会上人与人之间关系的钥匙。在游戏中孩子们相互监督，相互评判，彼此的社会性自然会获得很大发展。

## （八） 文化敏感期（6~9岁）

蒙台梭利指出孩子对文化学习的兴趣，萌芽于 3 岁；而到了 6~9 岁，即在我国小学中低年级阶段，孩子会出现想探究事物的强烈需求，对文字、算术、科学、艺术产生极大的兴趣。他们不再像两三岁时那样盲目地问为什么，而是就一个领域的疑惑提出疑问或自己的设想。

因此，这个时期孩子的心就像一块肥沃的土地，准备接受大量的文化信息。父母可以在孩子感兴趣的基础上，提供丰富的文化资讯，包括自然、科学、文学、艺术等方面，满足其文化需求。

对于这个阶段的孩子来说，培养他对知识、学习的兴趣比让他学会多少知识更重要。有的家长比较强调结果，侧重让孩子进行枯燥的练习，以致让孩子失去对知识渴求的兴趣和动力，甚者出现厌学，这些都是年轻妈妈未来要避免的。

总之，学前的孩子面临很多方面的关键期，吸收知识也很快，但家长不可急于求成，犯了以下故事中的错误。

古时有个青年，师从孟子修学 3 年，急于早日成才的他，自我感觉发展太慢，就把这种感受告诉了老师，孟子说："这样吧，你到田野里观察一棵麦苗每天的生长状况，一定要目不转睛地看着它，然后把看到的情况告诉我。"于是，这个青年人照做了：一天到晚地凝视着一棵麦苗，却未见它的成长。他如实地向老师做了汇报，孟子说："明天接着观察。"就这样，青年一连观察了两个多月，一直没有看见麦苗是如何成长的。可是，那棵麦苗已从几片小叶长出了高高的杆儿，并且长出穗儿来……他终于恍然大悟。

其实，孩子的成长正如麦苗的生长一样，良好行为习惯的养成、知识潜能的开发不会一蹴而就，不良习性的消除也不会片刻殆尽。

第四章

# 让孩子与科学零距离接触

雯雯喜欢静静地观察游来游去的小鱼，搬家的小蚂蚁都能吸引她兴致勃勃地观看、逗引；小智的问题最多：雨是从哪掉下来的？人为什么站着而动物是爬着；阿南则爱动手：折飞机、做风车、拆玩具、卸钟表，一会儿摆弄得齐齐整整，一会儿折腾得七零八落……

他们不是在玩吗？他们仅仅是在玩吗？有人说：儿童与科学零距离。此话极为贴切，孩子们的玩耍正是在轻叩科学之门。

科学和艺术本是人类文明孕育的一对双胞胎，但很多人偏爱让宝贝学习舞蹈、绘画等艺术类内容，而忽视了科学启蒙，并误以为科学高高在上，与生活距离遥远。

其实，科学并不神秘，科学就在我们的身边，就在孩子们的游戏中。它们就是孩子身边的花草虫鱼，是孩子常见的风雨雪霜，是有趣的游戏，新奇的活动。

# 一、科学教育：智力发展的又一"助力器"

每个孩子都是天生的科学家，他们有着与科学家一样的好奇心和探究欲望。孩子就是在生机勃勃、不知疲倦地探索周围世界的过程中，不仅获得对世界的认知，还能获得智力的发展。

## 1. 促进语言发展

随着孩子探索的世界不断扩大，越来越多的名词概念会自然地闪现在他眼前，这就是无意中的词汇积累：这是什么？它是怎么长大的呢？这朵花跟那朵花的颜色为什么不一样？……此时，他的种种提问、请求等都是锻炼语言能力的好机会。

此过程中，词汇、语句陆续"钻进"他的大脑，经过他的思考又随时"钻出来"。

### 2. 促进感知能力发展

多彩的科学活动也是一场视、听、触的"盛宴"：看见事物的颜色，红花、绿草、蓝天、白云；倾听动物的叫声、流水声、风声、下雨声、车鸣声；摸摸柔软的海绵、光滑的鸡蛋、冰凉的雪糕、烫手的山芋……这些都是对孩子感知觉器官的刺激。

而感觉和知觉正是孩子认识世界的第一道"大门"，是其心理发展的第一步，也是其智力发展的通道。

### 3. 提高思维能力

思维能力表现为分析综合、抽象概括、判断推理等能力，是在儿童认识事物的过程中逐渐发展起来的。引导孩子观察两片叶子的形状有何不同；教他了解苹果和西红柿各属于什么种类；引其思考为什么有的鸟冬天要飞到南方过冬……这都少不了思维能力参与其中。

## 二、 开启孩子的探索之旅

孩子从出生起就不断与周围环境接触，到 3 岁左右，他们已经感知了不少事物。但由于他认识能力的局限和生活经历的短暂，他们所获得的经验往往是片面、孤立，甚至是错误的。比如，3 岁的孩子虽然知道兔子，也见过兔子，但不能说出兔子比较完整的形象，因此，孩子对世界的认识还必须以事物和材料为中介，在很大程度上要借助于对物体的直接操作。

可以说，科学启蒙中的材料、活动，既是引发孩子主动探究的刺激物，又是他们实现主动建构对世界认识的中介和桥梁，您不妨从以下几个方面引领孩子走进神秘的科学世界。

### 1. 在自然中走近科学

爱因斯坦曾说：科学意味着一种探索和寻求之乐。科学教育的目标是让孩子去探索、去质疑，从而获得直接的经验与体验。多姿多彩的大自然为孩子准备了很多礼物，只要你打开视野，善于挖掘，就会感受到这座"宝藏"所带来的惊喜。

开启孩子的"探索之旅"，从走进大自然开始吧！

自然现象中的日月星云，风起雨落，电闪雷鸣；季节交替中的花红柳绿，草长莺飞，霜寒冰雪；自然资源中的山石河川，花鸟虫鱼，飞禽走兽……这丰盈富饶的自然界到处都有科学现象，成为对孩子进行科学教育的源头活水。

幼儿的思维特点以动作和感知觉为主，而这些呈现在自然界中千变万化的科学现象，以其绚烂的色彩、美妙的声音、万千的姿态、神奇的变化吸引着孩子的注意。

走进大自然，孩子不再是被动的接受者、承载者，而是主动的探索者、发现者。在这个奇妙无穷、千奇百怪的世界里，正因为没有过多的约束和要求，反而让孩子能在自由的状态下去观察、去发现。

德国就直接将自然公园开辟成"林间幼儿园"。园内有成片的白桦林、灌木丛、草坪及清澈的溪流。在"林间幼儿园"里，孩子们可以充分发挥他们的想象力、创造力，用树枝、沙子、石头等搭建各种各样的模型……

### 2. 在展馆中感知科学

博物馆、科技馆、动物园、植物园等都是学习科学的乐园。

天文博物馆里生动立体的球幕电影，让孩子认识地球，了解九大行星，知道巨大的银河；自然博物馆中奇形怪状的鱼；海洋馆里的海底世界；科技馆内对声学、光学、电磁学、生命科学、地理、天文、气象、通讯科技等方面神奇科技的展示；天文馆则尽情展示了地球、太阳系、银河系和海外星系以及宇宙的起源、演化等所有知识领域……无不让孩子的思想活跃起来。

澳大利亚是个重视全民科学素质的国家，父母在孩子还很小的时候，就常带他参观各种科技场馆。一般去之前，他们会找来介绍科技场馆的资料，找到与孩子年龄阶段和理解能力相适应的展区；进去后会给孩子充分的选择权去参观他自己所喜欢的区域或展品；结束后，父母还会鼓励孩子回忆当天的见闻，讲述喜欢的展品和活动，这能让孩子了解的知识得到进一步梳理和巩固。

### 3. 在生活中触摸科学

科学并不遥远，它就发生在我们的周围，现实生活中有许多孩子熟悉的现象，它们蕴藏着许多深刻的科学道理。

少年科学院士叶波说："我会在日常生活中，自然地发现事物的缺陷，再想办法解决。"叶波从好玩、好动、好琢磨中提高了发现问题、解决问题的能力，因此，她的创造力很强，有许多发明申请了国家的专利。叶波的观察、发现和创造的过程，正是科学家们做事、研究的过程。因此，在对孩子进行科学启蒙教育的过程中，我们不能单纯地给孩子讲许多枯燥的科学知识，而是要引导孩子发现和感受周围世界的许多神奇和微妙变化，带领和鼓励孩子在日常生活中大胆尝试，感受到科学就在身边。

做饭了，让孩子陪伴在身边。切藕片时，让孩子想想藕里为什么有那么多小洞洞；收拾鲫鱼时，让孩子认认鱼鳞、鱼尾、鱼鳔；对大一点的孩子还可以介绍：美丽的金鱼就是经过人们的长期培育由鲫鱼演变成现在的许多品种……这样，在不知不觉中就拓宽了孩子的知识面。

# 三、 科学启蒙的四大原则

### 1. 兴趣性

当孩子对某个新鲜或熟悉的事物迷恋、忘我时，那就引导他进入这个"神秘"的乐园吧！家长可以把抽象的原理编成故事，如介绍雨形成的原理时，先告知他什么是冷暖空气，然后说冷暖空气各自派了兵将厮杀搏斗，就形成了雨。最后双方谈判，以和平的风和日丽收场……有趣的内容才能引起他的兴致。

### 2. 生活性

孩子接触到的科学是生活中的科学，因此，父母应选择他们能看得见、摸得着、感觉得到的事物进行引导，如为什么自己踩不到自己的影子，树叶为什么绿了，又黄了……

### 3. 启蒙性

对孩子进行的科学教育不是简单记住几种动植物的名称，背诵不合年龄的科学名词、概念和原理，而是引导他们建立观察自然、爱护自然、探索自然的正确态度，从而培养其思考问题与解决问题的能力。

在幼儿阶段，我们希望以知识为桥梁，使孩子能够：

- 对新鲜事物有着旺盛的好奇心和求知欲；
- 有敏锐的感知能力和观察力；
- 善于思考和动脑筋；
- 有灵活的动手能力；
- 享受探索的乐趣，拥有成功感；
- 珍惜生命，热爱自然。

### 4. 探究性

孩子头脑中的科学世界是个神奇的世界：吹一口气使纸条飞起来，伸出舌头接住飘落的雪花……因此，科学启蒙应注重让孩子对亲历的事物和现象进行观察、比较、操作、实验。不要求孩子记住多少科学知识，而是激发其探究的兴趣，培养科学精神。

### 5. 随机性

此阶段孩子对外界事物的兴趣是"来去匆匆"，注意力也短暂不定。因此，更需要您善于把握好时机——抓住偶发性科学活动或事件，如闪电、彩虹、肥皂沫在阳光下闪出五颜六色；及时察觉他的好奇心：当他为车胎上的花纹感到惊讶时；当他被街头的充气娃娃所吸引时；当他拿着小风车欢畅的奔跑时……你的"机会"就来了。

# 四、 走进好玩的科学世界

### 1. "牵手"阅读

科学世界虽然是规范的世界，但同样能闪现灵动的光辉。想让孩子用诗意的眼光看世界吗？那就请文学作品帮你实现吧！

科学诗，由科学内容与诗歌形式相结合的产物。"吹呀吹，云彩变成小白船；吹呀吹，云彩变成大狮子"……这让宝宝在联想中认识白云。

科学童话，内容浅显，情节简明，如《蚯蚓的日记》、《小蝌蚪找妈妈》。

科学故事，把科学技术上的发现、发明及发展，常见自然现象的科学道理、动植物的生活习性或其他物体的特征、性能等知识融合于有人物、情节的故事中，此外还有科学家的故事，这类书刊很多。宝宝在津津有味地聆听童话的过程中，间接学习了科学知识。

谜语，以游戏、描述的形式呈现科学内容，如《鹅》：头带红帽子，身穿白褂子，走路摆架子，说话伸脖子。吊足宝宝的好奇心，揭谜的过程也是他开动脑筋的过程。

科普画册，图文并茂深受宝宝的喜爱，如《大眼睛看世界》……

这些类型的书籍，本身的内容或情节就很有趣。我们不妨在读书之余，动动脑筋，设计几个和故事内容相关的小游戏，亲子同乐。比如，阅读《阿利的红斗篷》后，一起尝试做个斗篷或角色扮演，演示一遍书中情节，也给孩子手脑并用的机会。当孩子逐渐养成了看着故事就想自己尝试的习惯，到那时，只怕您想不让他亲自去探索科学的奥秘，都很难哦。

另外，有些常识性内容，如果照本宣科会显得非常枯燥，不妨结合生活中的情景，帮助孩子理解书中的内容。比如，亲子共读《骨头》，不妨边读边让孩子自己动手摸一摸身上的骨头，帮助他认识得更深刻，理解得更清晰。

### 2. 情境教育

美国道尔顿学校创办于 1919 年，堪称美国中小学实施素质教育的典范，也是一所颇具国际影响的学校。尽管其生源参差不齐，但只要在这所学校里经过一段时间的培养，学生们就会具备很强的创造力、想象力和意志力等优秀素质。因此，被权威媒体盛赞为"哈佛熔炉"、"天才教育的殿堂"。

我们看看，这里的老师们是怎样运用情境教育进行科学启蒙的。

一个冬季的早上，下雪了，孩子们都非常高兴。"下雪了，下雪了！"他们七嘴八舌地叫着。在此情境下，老师与孩子们之间产生了这样的对话：

"对！是在下雪，你们对雪有什么感觉？"

"老师，好冷啊！"

"你怎么知道？"

"我摸过呀！我把雪捏成雪人，但是马上就化了。"

"为什么马上就化了呢？"

孩子们可能不知道马上化了的理由，老师就把雪带进教室，将其中一团放在暖炉上，一团放在冰凉的房间角落里，另一团则放入冰箱中。放在暖炉上的雪马上就会融化，放在冰凉的房间角落里的雪，过一会儿才会融化，但是，放在冰箱里的雪却不会融化。

"在房间角落里的雪还没有溶化，为什么？"老师问。

孩子这时也注意到了冰箱里的雪，就说："这里的雪也没有融化。"

然后，他们就开始思考，暖炉上的雪会融化是因为太暖和的缘故，冰箱里的雪不会融化则是因为那里比较冷。

这就是以"雪"为题材的科学实验，这个过程可以激发孩子们深入探究的热情。老师还可以进一步问："你们冷的时候怎么办呢？"孩子们会回答："我们穿大衣"、"我们穿长筒靴"，等等。然后老师再问："你们最喜欢的动物怎么办呢？"家里养猫和狗的孩子会回答："留在家里。"然后老师再问："没有家的猫和狗怎么办？"以这个方式，慢慢地诱导启发，进而谈到动物的冬眠……

生活时时、处处有情境，您不妨借鉴上述老师的方法，逐步引导。比如，夏天看见雨后的彩虹，可鼓励孩子说说彩虹的形状、颜色。对大一点的孩子还可一起探讨彩虹是怎样形成的？为什么只有夏天有彩虹？别的季节跟夏天有哪些不同……遇到困惑时，科普书刊、网络等都会成为你们的"咨询师"。

### 3. 启疑解惑

教育家拉瓦特里说：在最为适当的时候提出适当的问题，这样就有可能推动儿童在较高水平上进行活动。因此，适宜的问题有着非同寻常的教育意义。

活动前的提问，能够引导孩子注意到一个新的探究和学习领域；活动中的提问，有助于孩子注意到某种关系，使操作变得更有意义；结束时的提问，有助于孩子反思探究的过程和澄清已发现的问题，并能使其注意到新的探究领域。您可以根据现象原理设疑，逐步指导他把自发的活动转化成为有目的、有意识的活动。

☆ 认知记忆性问题

风和日丽的日子，带孩子去野外郊游或者去公园散步，都是科学启蒙的好时机：还记得妈妈说过这是什么花吗？这类问题，孩子只需对事实或其他事项作回忆性重述，或通过认知、记忆和选择性回想等历程，进行再认。

☆ 推理性问题

下雨了，和孩子一起透过玻璃看雨：雨是以什么方式掉下来的呢？落到地上又是什么呢？对这类问题的回答，需要孩子对所有接受或记忆的资料进行分析，或有一定的知识积累。

上述主要是启疑，而孩子都会带着"大问号"，抛出一连串的"为什么"。比如："月亮有多大？月亮掉下来地球能装下吗？"……建议您在解惑时不要急于解答或纠正，否则，会让孩子失去独立思考的机会，而应启发、引导，使他们在分析、推理、判断中得到正确的答案，或找出错误的原因，自我发现和自我修正错误。

心理学家皮亚杰主张要给儿童一种智力的自由，给予其出错的权利；并且在看待儿童回答时，要撇开它的所谓"正确性"。因此，当孩子回答问题出现错误时，也不要马上纠正或通过语言、表情让他感到自己错了，而是由此判断他的经验水平，以调整对他提出的问题或引导方法。

在给予孩子反馈时，如果笼统地表扬"很棒"、"真聪明"，则会产生一种误导，将他和问题本身融为一体。建议家长作出具体反馈，如描述其正确答案的具体环节：你刚说的某某部分很精彩。还可以通过补充材料对孩子原先的结论提出质疑，促使其进一步思考。如："对的，不过，要是你放上……又会怎么样呢？"

**4. 观察、实验**

科学小实验是一种非常有利于孩子手脑并用的有趣活动，而且普通家庭就可以为这种小实验提供条件，因为它不需要专门的仪器，身边的日用品、废弃旧材料和玩具等都是很好的实验用具。只需家长的鼓励和引导，就会把孩子引入科学殿堂。

★ 科学小实验

和孩子一起收集、准备实验的简单用具和材料，如放大镜、磁铁等。小实验非常灵活，也可根据需要和孩子一起动手做。

对于孩子而言，科学小实验更像是新奇的游戏。例如：用太阳光去点燃火柴。目的是让孩子亲眼看到太阳光的热能。先放一些火柴在太阳下曝晒，让他摸一摸，感到手发热，继续晒下去，火柴仍没有点燃，用一只放大镜，将焦点对准一枝曝晒着的火柴头，过一会儿，他就会看到火柴头在冒"烟"，并发出"吱"的一声，太阳光把火柴点燃了。在孩子兴奋的欢呼声中，科学的种子已深深埋入孩子的心田，科学的兴趣也已深深地被激发起来了。

此活动在提高孩子科学素养的同时，还有一层隐含的意义：孩子在实验中对每一次实验结果的期待，对每一步意外发展感受到的惊喜，都使他在情感上得到极大丰富，为其童年的幸福增添一抹色彩。

★ 科学玩具

玩是儿童的天性，而科学玩具以它自身的直观性、启蒙性特点，能让孩子开阔眼界、启迪智慧，成为培养孩子初步建立科学态度、培养科学精神及方法的有效载体。

目前，市场上的玩具虽然样式丰富，功能齐全，但有针对性的科学玩具并不多见。建议可以和孩子一起开动脑筋，在原有玩具的基础上，进行设计、改造，不论是做还是玩，都是利于孩子进行科学启蒙的好办法。

科学玩具推荐：

光与色玩具—镜子与透镜、转色陀螺、潜望镜、万花筒等；

力与能玩具—机器狗、斜坡滚球、磁铁玩具、弹力火箭等；

水、风玩具—水车、旋风玩具等。

此类玩具操作简单，科学现象有趣、直观，能引发孩子的好奇心、探究欲和主动性，培养孩子积极探索科学现象的情感和态度，同时也可以锻炼孩子的观察、分析比较等多种能力。

**5. 错误中的引导**

科学启蒙不只是科学知识的激发，还有善于发现、钻研和解决问题等科学态度的培养。而这种教育的契机往往就隐藏在孩子的活动中，甚至是错误的活动中。不信，大家瞧：

有位叫史蒂芬·葛雷的小朋友，有一次当他想喝牛奶却失手打翻奶瓶，将牛奶洒了一地。母亲闻声赶来看到地上的牛奶，并没有大呼小叫、责怪教训，而是打趣说："我还没见过这么大的牛奶水坑呢！反正已经浪费了，在我们清理他之前你想不想在牛奶中玩一会儿？"

尽管很愕然，但葛雷仍觉这个提议很有意思，并这么做了。几分钟后，母亲接着说："很有趣吧？你知道，每次当你制造这样的混乱时，最好还是把它清理干净，物归原处。我们可以用一块海绵、一条毛巾或一个拖把。你想选哪个呢？

葛雷依然沉浸在兴奋中，把清理牛奶也当成了一种玩乐，最后他决定用海绵和妈妈一起清理。

之后，母亲告诉他："你已经做了一个失败的试验，现在让我们来学学看如何用两只小手拿大牛奶瓶"。母亲一边示范、一边指导，聪明的葛雷很快就学会了。

这位叫史蒂芬·葛雷的孩子长大后成了著名的医学家，有记者问道："你为什么比一般人更有创造力、更能另辟巧径解决困难呢？"

这位科学家向大家讲起了上面这个故事，他说："就是在那一刻，我懂得了错误是学习新东西的机会这个道理，因此，我们不需要害怕犯错，而应该从中汲取教训、勇于实践，这样才能更快更好地进步！"

对于孩子来说，科学是玩出来的，因为在玩的过程中，完全可以反映出观察—思考—提问—寻找答案—动手验证—实际应用这一科学探索的一般规律；对于家长来说，只要您善于在孩子玩耍中抓住时机，及时引导，就可以将随意性地玩耍变为观察、思考、实践性地玩。

# 五、不同年龄的孩子如何启蒙

★年龄：0～1岁

适宜活动：利用玩具和游戏材料进行感知觉活动。

目标：培养视觉、听觉、嗅觉、味觉、触觉等感知觉以及探索兴趣。

★年龄：1～3岁

适宜活动：观察环境中的自然物、自然现象，如树木、花草、水土、小动物等。

目标：培养初步的观察力、探索能力和对自然的兴趣与热爱。

★年龄：3～5岁

适宜活动：对日常用品和自然现象，如气候、季节、常见动植物的观察和思考。

目标：锻炼观察能力、简单的动手操作能力和对科学的兴趣。

★年龄：5～7岁

适宜活动：探索亲身经历和未曾经历的领域，如太空、恐龙等；学习科技产品或电器、工具的原理和使用，如机器人、电脑、交通工具；对身边声、光、电等科学现象进行初步认识。

目标：锻炼观察、比较、分析、推理和初步的概括能力，进一步强化孩子对自然世界和科学现象的兴趣与求知欲。

总之，科学教育的目的不是在简单地传授知识，而是建立实事求是、追求真理的科学态度。同时，基于我们的传统文化，还可以让孩子对科学现象、科学问题有新的认识。比如，在幼儿园的科学教育中，有一个关于"风"的案例，即让孩子了解空气是一种物质，风是流动的空气。这个教案在中国和法国的幼儿园都进行，从科学内容上看是相同的，但我国某幼儿园进行此案例教学时，则引导孩子把风对我们的影响分成了两类：风是我们的朋友和风给我们带来的危害，这种看问题的方法就是典型的中国传统文化的反映。当法国科学院代表团参观这个幼儿园时他们感到很吃惊。因为在西方的思维中白就是白，黑就是黑，不能折中，而在中国一个事物具有它的两面性是普遍被接受的道理。

~~~ 超 链 接 ~~~~~~~~~~~~~~~~~~~~~~~~~~~~~~~~~~~~~~~~~~~

### 我国古代的科学教育

我国古代没有把科学教育放在特别重要的地位，是有其历史渊源的。中国古代先民的生活以土地耕作为中心，渐渐地形成了以血缘关系为核心的庞大家族。这种家国同构现象使得人们更多关注经营、管理家国的指导思想和行为准则，于是伦理道德就成了当时人们最为重视的内容，而很少像自古生活在半岛或海上的民族那样，埋首于对自然的探索。

因此，古代儿童启蒙经典作品中，关于自然科学教育的内容，多是只言片语、零散分布。但所涉范围也算广泛，主要内容有：

宇宙起源——"混沌初开，乾坤始奠，气之清轻上浮者为天，气之重浊下凝者为地。"（《幼学琼林·天文》）

天文——"牛女二星河左右，参商两曜斗西东。"（清·《笠翁对韵·一东》）

地理——"三楚"、"五岳"、"五湖"等地理常识。《幼学琼林·地舆》

气象——"云腾致雨，露结为霜"（《千字文》）

此外，还有农事、畜牧、冶炼、制作、医药、军事等方面。虽然相关科学启蒙内容散落在不同的读物中，但就其特点而言，对于今天的科学教育来说，仍不乏可借鉴之处。

第五章

# 孩子越玩越聪明

16世纪，一位荷兰眼镜商有个聪明、顽皮的孩子，常到磨镜房玩耍。一天，他和磨镜工人一起玩镜片游戏，把近视镜片和老花镜片放在一起，一会儿拉开一点，一会儿又放近一点。正是这一前一后的移动，奇怪的现象出现了：透过两层镜片，远处的景物就近在眼前了。就是在孩子的游戏中，望远镜被发明出来了。

可见，孩子的游戏世界，是一个充满发现的世界。其实，玩耍是孩子生活的一种方式，儿童试图用各种有趣的方式来调整这个新奇的世界。正如德国生物学家、心理学家卡尔·格罗斯所说：儿童不是有了童年而要游戏，而是因为他要游戏才给他童年。

# 一、 玩出花样

著名儿童教育学家陈鹤琴先生说："游戏从教育方面说是儿童的优秀教师，让儿童从游戏中认识环境、从游戏中强健身体、锻炼思想、学习做人……游戏是儿童的良师。"因此，本着"省钱、省力"的原则，我们从不同角度为您介绍一些能提高儿童能力的游戏。

### 1. 动作发展

• 大动作发展

锻炼大动作能促进孩子神经、大小肌肉群以及骨骼的生长，还可以锻炼其身体平衡能力。而这些也是大脑发育的重要基础，同时也让孩子在活动中具有一种精神：用开阔的心胸和敢于挑战的态度对待世界。

**扔纸团** 将废纸揉成团，然后扔出去。和孩子 PK，看谁能扔得最远，或扔到垃圾桶。

**跳台阶** 根据孩子的能力，确定孩子从较低或较高的台阶上跳下来，注意地面应比较松软，或在他落地的地方放个小毯子。

**金鸡独立**　抓住孩子的手让他单脚平衡站立，随着年龄的增大，逐渐减少帮助，直到孩子能独立单脚站立。

**走圆圈**　握住小孩的双手和他一起走圆圈，先快后慢。注意走时要和着音乐的节拍不时改变步子，锻炼孩子的身体平衡能力。

**学杂耍**　请孩子扮成一杂耍演员，将小球或小块积木分别放在手、肘、膝、前额、下巴、脚等身体各部位。

• 精细动作发展

前苏联教育家苏霍姆林斯基曾说："儿童的智慧在他的手指尖上"。正如研究所示：人脑中与手指相关联的神经所占面积比较大，指尖上的神经能将外界刺激传送给大脑，大脑再对刺激进行加工、处理以调整手的动作。因此，手指的动作越复杂、越精巧、越娴熟，就越能在大脑皮层建立更多的神经联系，从而使人变得更聪明。

**抓黄豆**　请孩子将很多黄豆从一个碗里移到另一个碗里；也可以将不同的豆或圆形物品放在一起，引导孩子将里面的黄豆拣出来。

**套瓶盖**　让孩子练习盖上瓶盖和旋紧瓶盖，家中各类有盖的器皿或者矿泉水瓶子都可以当做道具。年龄小的孩子只要求他会盖上盖子，大些的孩子可锻炼他自己打开和旋紧盖子。

**钓小鱼**　一般市面上都能买到，无论是磁铁钓鱼玩具还是电动钓鱼玩具，都能锻炼孩子的精细动作和手眼协调能力。一般适合3岁以上的孩子玩，如果是小点的孩子，可以先不给"鱼"装电池，使其静止在盘中，通过降低难度让孩子玩。

**套杯子**　找几个大小各不相同的杯子，依大小次序把杯子套在一起，先让孩子把小杯从大杯中逐次拿出，等全部拿出后，再把小杯套到大杯子上，这样反复几次。还可以选择不同颜色的杯子，让孩子将同色系的套在一起，继而激发其游戏的兴趣。

**捏橡皮泥**　准备一些橡皮泥，让孩子随意地按压、揉捏。还可以找些小模具，让他在橡皮泥上印出各种图案。

## 2. 语言发展

语言是智力发展的重要标志之一。语言表达能力强的孩子理解力强，更加自信，在以后的社会交往中也会更受欢迎。

**阅读** 1岁左右就可以给孩子阅读各类画报、讲故事，开始时可以比较口语化以便于孩子理解。等他慢慢有一定理解能力后，讲故事时逐渐用较为规范的书面语，便于孩子学习词汇、语句，并尝试复述简单的故事。

**唱歌谣** 根据孩子的年龄选择他喜欢的歌谣，用普通话教唱，同时应注意歌谣的速度、语气，以及音调的变化。对于孩子一时掌握不了或发不准的音，家长要多示范，多鼓励，不可嘲笑和批评，以保护孩子学习的积极性。

**情景再现** 请孩子复述或回答之前发生的事情，比如，爸爸带孩子去动物园，过段时间可向他提出问题。如"你看到什么动物了""怎么去的"等。既能锻炼孩子的语言表达能力，还能锻炼他的记忆力。

**打电话** 父母与孩子设计某种情境打个电话，比如，请爸爸去吃饭。电话的内容可由孩子自己决定，也可以尝试不同的沟通方法，以此训练孩子言语的清晰性与条理性。

**家庭表演** 为孩子的语言学习提供复习的机会，找个闲暇时刻，用上家里的音响、话筒等道具，引导孩子将儿歌、故事进行复述表演，还可以锻炼孩子的胆量。

## 3. 认知性游戏

3岁前儿童主要是神经心理的发展奠基时期，还谈不上真正意义上的认知思维能力，也谈不上知识的学习。早期让孩子参与丰富的活动，目的是促进大脑神经网络的发育和良好个性的形成，而不是让孩子掌握什么知识与技能。

心理学研究发现，儿童出生后的前四年智力发展最快，占整体水平的50%，4~8岁占发展水平的30%，其速度比第一个四年明显缓慢，以后的发展速度更加缓慢。可见，我们应抓住这个黄金时段。而对于婴幼儿来说，智力与运动不可分割，智力的发展需要活动的刺激；各种活动的进行又依靠智力的参与。于是，游戏就成了媒介。

**观察力**：捉迷藏、拼插搭建、找不同、连连看等游戏，小伙伴的反应、场面的变化、玩具的差别等情境都需要观察力来发挥作用。

**想象力**：孩子生活的世界因想象力而变得更加多姿多彩：小猴、小兔成了自己的好朋友；妈妈带上三角帽成了魔法师；摆好各种武器开始和"敌军"战斗……

**记忆力**：不管哪类游戏，时时都在考验孩子的记忆力，比如，角色扮演游戏需要记住之前的故事或编定的情节；群体游戏需要记住规则、玩法；唱歌需要记住歌词，等等。

**思维力**：下棋如何胜过妈妈；群体游戏如何与伙伴配合；做手工如何让颜色涂得更匀称；小弟弟抢玩具怎么办……这都是孩子的小脑袋瓜儿要思考的问题。

**拼图**　让孩子练习将拼图块取下来，再放进相应的洞里。这不仅可以提高孩子的注意力，还能锻炼其推理、想象等思维能力。

**测量**　在一个塑料量杯里装满米，让孩子拿起来试试有多重，然后在量杯中放入谷物，比较一下，再试试水、面粉、面条等。

**"瓜"的聚会**　将许多以"瓜"结尾的事物放在桌子上，如西瓜、黄瓜、香瓜、哈密瓜等，与孩子一边品尝食物，一边谈论以瓜结尾的词，还可以试试别的字。

**挑异类**　随意组合一些东西，如各类动物、水果、生活用品等，如"小猫、饼干、澡盆、西红柿"，将不属于这一组的那个挑出来。

**趣味收集**　每次带孩子出去玩时带个小袋子，收集些贝壳、树叶、羽毛、石头等物品，边收集边给孩子介绍这些小玩意。

**4. 社会性发展**

幼儿阶段是儿童社会性发展的关键时期，如2～4岁是秩序性发展的关键期，3～5岁是自我控制发展的关键期，4岁是幼儿同伴交往发展的关键期，5岁是幼儿由生理需要向社会性需要发展的关键期。

而游戏是孩子进行社会交往的起点，它为幼儿提供了许多交往的机会，使孩子逐步了解自己和同伴，学习规则、交往技能等。

**角色扮演** 扮演爸爸、妈妈、医生、售票员等角色扮演游戏，能让孩子在游戏中学习协作，学会帮助、照顾他人等好品格。

**人偶游戏** 在幼儿的眼里，玩具也是有生命的，也会把常玩的玩具看成是熟悉的朋友。因此，不妨和孩子一起创设个童话世界，让这些"老朋友"也参与进来。

**同伴游戏** 其实，上述三种游戏都可以和同伴一起玩，但同伴游戏又不仅仅局限于此，还可以一起搭积木，玩水、沙、土，捉迷藏等。

除了上述游戏外，大自然也给了我们足够丰富的资源，不妨带孩子畅游其中：拾麦穗、抓泥鳅、观瀑布、饮泉水、赏花、采摘、钓鱼、骑马……在韩国，每至周末，许多居住在大城市的父母就会带孩子前往乡间游玩，这会让孩子有什么收获呢？

在田野里，父母教孩子辨识有趣的植物和昆虫，教他观察四季的变迁和候鸟的迁徙……在游玩中拓展孩子的视野、丰富其知识；孩子终日生活在钢筋水泥的"丛林"，走进空旷的乡野里能舒展心性，获得精神上的愉悦。当然，更重要的是，在游戏和游玩中增进孩子与父母的情感。

# 二、玩出人气

## 1. 自主玩耍：展示自我的多彩舞台

自主玩耍，即不预先做任何安排，让孩子自由玩耍。他想玩什么就玩什么，想怎么玩就怎么玩，没有好玩的东西和活动的时候，发呆也可以。自由玩耍的过程正是孩子展现自我的过程，在这里，他的兴趣、性格、能力、发育状况一览无余。

美国儿科学会 2006 年 10 月的一份报告显示，自由玩耍能培养孩子的创造力和社会技能。当玩耍没有特别的安排时，孩子在解决冲突、协调以及领导等方面变得足智多谋，而这些往往是在没有成人组织的氛围下才得以自然显现的。

### 2.  亲子游戏：亲子情感的有益桥梁

藏猫猫、看漫画、玩水、踩沙……这些游戏，既可以给父母和孩子带来快乐，也可以成为相互间沟通情感的桥梁。与父母在一起的愉快体验，能让孩子获得安全依恋，促进其良好情绪的发展，进而形成活泼、开朗的性格。

同时，这些游戏也给父母带来全新的体验，正如著名电视节目主持人李静所说"有了孩子，我才能在家里张牙舞爪地说我是'哈利波特'"。

### 3.  集体游戏：人际交往的初步体验

德国当代哲学家、美学家伽达默尔曾指出，游戏的存在方式就是自我表现。儿童在游戏中就会表现自我，他们需要欣赏者，因而建立游戏群体也就成了必然。

现在的玩具五花八门，功能多种多样；电视、网络等各种媒体遍布孩子生活的每个角落，但物质的丰富不能掩饰孩子情感上的需要，正如发声娃娃无法代替同伴间的交流一样，因此，同伴群体游戏不可或缺。孩子通过与同伴的互动来认识自己和他人，学会谦让，获得处理人际矛盾的经验。

## 三、 陪孩子玩的智慧

### 1.  做积极的陪伴者

做孩子游戏的陪伴者，不干涉、不约束，给予他选择权、决定权。还可以重复和模仿他的语言和行为，这会让孩子倍感幸福。

61

### 2. 成为平等的参与者

在亲子游戏中，父母与孩子是平等的参与者，这能让孩子获得尊重。因此，家长不能以高高在上的姿态，对孩子的行为指手画脚，而应给予孩子自我表达的机会。

### 3. 当有心的引导者

善于观察孩子在游戏中的反应，并据此及时调整游戏的玩法和难度，并不断增加新的游戏内容。遇到问题时，有心的引导者不会去代替，而是鼓励或点拨孩子尝试自行解决。

### 4. 做真诚的帮助者

多让孩子接触不同的玩耍空间和形式，充分满足他们的好奇心。最大限度地提供玩的材料，越是原始的材料，越能让孩子在玩耍中锻炼动手、动脑的能力。生活中真实存在的事物，如水、沙、泥、米、面、豆、石子，乃至锅碗瓢盆，都是可以"玩"的。

## 四、0～6岁孩子的玩具挑选

游戏是孩子的天性，玩具则是发挥天性的一个工具。好的玩具不但能够促进孩子身体动作和语言的发展，提高注意力、观察力和认知能力，还可以发展孩子的想象力、思维能力。所以玩具的选择就至关重要。下面为您推荐适合0～6岁孩子玩儿的玩具：

### 1. 0～1岁孩子的玩具推荐

★ 月龄0～2月

也许有些父母认为这么小的宝宝不需要什么玩具，他们根本不懂得玩耍。研究表明，即使新生儿也有很强地学习能力，从一出生，他们就会用自己的独特方式来认识周围的世界。此时的孩子还不会翻身与移动，主要是以声音、光影与触感来认识这个世界，因此，可选择悬吊在婴儿床上的旋转玩具。

| 玩具选择 | 玩 法 | 培养能力 |
|---|---|---|
| 摇响玩具（拨浪鼓、花铃棒等） | 从不同方向摇动，摇动拨浪鼓，让孩子用眼睛去寻找铃声，还可边摇边用口发出相似铃声，诱使他小嘴微张并发声。 | 听觉能力 |
| | 让宝宝抓握拨浪鼓，摇动。 | 精细动作、因果关系 |
| 活动玩具 | 吸引孩子的视线，追随玩具的活动。 | 视觉能力 |
| 悬挂玩具 | 悬挂在床头能吸引宝宝的视线，发出声音。最好隔几天更换一种颜色和悬挂方位。 | 视觉、听觉能力 |
| 图片（人像、有一定模式的黑白图片） | 脸谱可为黑白线条，满月后改为彩色脸谱。悬挂在床头或贴在墙上让宝宝观看。 | 视觉能力 |

★ 月龄 3～4 月

此阶段的孩子需要足够的口腔刺激，也已经具备了一定的抓握的能力，不妨给些柔软且可以用力抓握的玩具。但选择玩具需注意安全：材质应无毒，以免对孩子的身体健康造成危害；其次，玩具里的小珠子和装饰品要不易脱落，玩具的大小不能小于孩子的拳头，以免被误食引起窒息。

| 玩具选择 | 玩 法 | 培养能力 |
|---|---|---|
| 吊挂玩具 4～5 个，用松紧带缚好吊挂在横杆或绳上（每次放两个，隔几天可轮流更换） | 将玩具悬挂于离婴儿眼 70cm 左右处，让婴儿仰卧观看，或竖抱时转头观看，要让婴儿每日俯卧 2～3 次，同时用玩具引导他抬头观看，逗引他发出笑声。 | 视觉能力、愉快情绪 |
| 婴儿床拱架 | 悬挂各种玩具，便于宝宝抓握、踢打。 | 全身的动作、手眼协调能力 |
| 抓握类玩具 | 让宝宝去抓握或用手去击打。 | 手眼协调能力、因果关系 |
| 能发出声音的手镯、脚环 | 戴在宝宝的手腕、脚腕上，增加他活动的兴趣。 | 全身的动作、因果关系 |

★ 月龄 5～6 月

此阶段的孩子可以准确地把手伸向玩具，还可以用手抓挠桌面，够到桌上的玩具，会摇动和敲打玩具，并且可以用两只手同时抓住两个玩具。

| 玩具选择 | 玩　法 | 培养能力 |
|---|---|---|
| 家里用的大镜子 | 大人同孩子一起照镜子，让他认识抱他的大人和他自己，让他同镜子中的自己笑，同他做鬼脸。认识亲近他的人，并区别生人。 | 自我认识 |
| 积木 | 认识积木，抓握积木。 | 手眼协调能力、认知能力 |
| | 家长给宝宝搭积木，做出新的造型。 | |
| 球类 | 抓握，他会拿着玩具往嘴里放，大人应示意"不能吃"。 | 手眼协调能力 |
| 能够发出声音的填充玩具 | 认识填充玩具的名称，如娃娃、小猫等，将玩具放在婴儿身旁引诱其翻身，放在床尾使之踢动，或让婴儿俯卧，在头顶方向捏响诱其抬头。 | 认知能力、因果关系 |
| | 教他用手挤压有音响的玩具。 | |

★ 月龄 7～9 月

此时孩子已渐渐学会坐立与爬行，可选择能增进其手眼协调及肌肉发展的玩具，如按压玩具、软软的球类等。同时，此阶段孩子的玩具也越来越多。研究表明，给孩子过多的玩具，会导致他兴趣不专一，注意力不集中。因此，不妨给他玩几个喜欢的玩具，家长可以引导他进行"花样"玩耍，促进孩子智力的发育。

| 玩具选择 | 玩　法 | 培养能力 |
|---|---|---|
| 拉绳音乐盒 | 捆在婴儿车上，让宝宝学会如何通过拉绳使音乐盒发出声音。 | 手眼协调能力、因果关系、音乐感知能力 |
| 玩具鼓 | 随意敲打，满足宝宝手动作的需要。 | 听觉刺激、手眼协调能力、因果关系 |
| 积木 | 练习抓握。 | 手眼协调能力 |
| | 大人用积木搭出造型。 | |

| 玩具选择 | 玩 法 | 培养能力 |
|---|---|---|
| 拖拉玩具 | 推拉，利用玩具上拴的绳把它拉过来。 | 解决问题的能力 |
| 装玩具的小盒子 | 把玩具拿进拿出。 | 手眼协调能力、认知能力 |
| | 藏找玩具。 | |
| 卡片认识 | 事物的名称。 | 认知能力 |

★ 月龄 10～12 月

孩子已经开始学站立与走路，大动作发展良好，可以让他尝试敲打类的玩具，或是玩玩大积木等。

| 玩具选择 | 玩 法 | 培养能力 |
|---|---|---|
| 球 | 滚球、踢球。 | 大肌肉运动、因果关系 |
| 爬行隧道 | 练习爬行、攀登，锻炼身体各项技能的协调能力。 | 大肌肉运动、探索能力 |
| 套娃 | 把套娃按照大小套上去。 | 手眼协调能力、大小概念、因果关系 |
| | 旋转套娃体会力量与速度的关系。 | |
| 玩具琴 | 随意按键，满足宝宝手的动作的需要。 | 听觉刺激、手眼协调能力、因果关系 |
| | 根据音乐做动作。 | |
| 形状分类玩具、橡皮动物玩具 | 认识形状、教给孩子认识几种动物，模仿动物独特的动作、叫声，让孩子用手去摸它的头、鼻子、眼睛等器官。 | 形状概念、认识动物 |
| 金属丝串珠玩具 | 上下移动珠子。 | 手眼协调能力、因果关系 |

## 2. 1～3 岁孩子的玩具推荐

这个阶段的孩子更加活泼好动，是感觉、知觉以及注意力和记忆力发展较快的时期，喜欢用手去探索世界。因此，适宜的玩具可以帮孩子在游戏中锻炼能力。

★ 1～2 岁

此阶段孩子的运动和感觉能力都有所提高，会模仿做操，合着节拍活动手脚和身体，也能说一些简单的词语来表达自己的需要，理解力和语言能力有了很大进步；手眼配合能力提高，喜欢用笔在纸上涂画。

| 玩具选择 | 玩 法 | 培养能力 |
| --- | --- | --- |
| 球类、沙包 | 教孩子向不同方向抛球，要求手高过肩，向前方远处抛去。教他向前、左、右三个不同方向踢球。 | 锻炼手臂活动能力、认知方向 |
| 积木等拼搭、拼接类玩具 | 教孩子将积木排成行，搭火车或砌高楼，用3块积木搭桥，让小船在桥下通过。 | 想象能力、思维能力、手指精细动作 |
| 小动物、交通工具、小小生活用品、图书等 | 设计游戏教孩子认识小动物、交通工具、小生活用品等。 | 认知能力、语言能力、社会性 |
| 画笔和画板、玩具电话等 | 涂鸦、模仿打电话。 | 语言能力、想象力、手部精细动作 |

★ 2～3岁

此阶段的孩子除了选择上述玩具，还可选择训练精细动作的玩具。

| 玩具选择 | 玩 法 | 培养能力 |
| --- | --- | --- |
| 各种形状立体插孔玩具 | 教孩子将竖棒插入小孔，学认竖棒的颜色，学数1、2、3等。 | 手指精细动作、认知能力 |
| 简单形状的塑料镶嵌板 | 教孩子将镶嵌板拆开，学认圆形、方形、三角形，再将拼块放入相应洞内，将拼块或小动物放入板内。 | 认知能力、手眼协调能力 |
| "穿珠"：圆、扁、椭圆等不同形状、不同颜色的木制或塑料珠子若干（中央有孔）。绳或鞋带一根 | 教孩子用绳子将珠子穿上，边穿边数数、认颜色。可引导他按颜色相间或形状相间将珠子穿成"项链"。 | 手眼协调能力、手指精细动作 |
| 大娃娃，备有完整的衣、裤、鞋、帽 | 教孩子学习帮娃娃穿脱衣服、解扣、扣扣、按冷热季节穿适合的衣服，穿鞋、袜等。 | 自理能力 |

### 3. 3～6岁孩子玩具推荐

此阶段的孩子爱结伴、好动，有较强的求知欲、模仿欲和思维能力。可挑选需要自己动手操作、拼接组装的玩具，以满足他们的好奇心，锻炼其动手能力。

| 玩具选择 | 玩　法 | 培养能力 |
|---|---|---|
| 运动类 | 皮球、足球、篮球、跳绳、儿童自行车、沙包等。 | 锻炼肢体的灵活性 |
| 技巧类 | 钓鱼玩具、画板和画笔、投球、套圈、简单的儿童剪贴画、胶水、折纸、儿童用的塑料工具，如锤子或螺丝刀、沙子、小火车、小孩用的录音机。 | 锻炼小肌肉群及机体协调能力 |
| 智力类 | 拼图、插塑积木、橡皮泥、组装玩具、科学模拟玩具、彩笔；彩色书；编织物、做卡片用的工具等。 | 空间想象能力（加深对时间、动物、交通工具和房屋形状、颜色等方面的理性理解）、思维和动手能力 |
| 主题类 | 仿真厨房器具、仿真医生器具等。 | 社会性发展 |
| 数学类 | 积木、数字卡、小算盘、逻辑狗。 | 启发孩子对形状、数、量的准确理解，进而锻炼小肌肉群的灵活性 |
| 交通类 | 各类汽车、飞机。 | 训练其组装、拖拉和整理的能力，提高动手意识和生活自理能力，并通过拼搭了解物体之间的变换关系 |
| 玩偶 | 动画片中的玩偶，如喜羊羊等。 | 社会性发展 |

**4. 警惕玩具隐患**

毛发：玩偶或毛绒玩具上掉落的毛发如果被孩子吸入肺里，有可能导致窒息或呼吸不畅。

线绳：带有线、绳、网、链等部件的玩具，孩子不小心可能会缠绕住手脚。

电池：电池因长期不使用有可能会泄露；电动玩具使用不当可引起触电和火灾。所以，这类玩具更适合年龄大些的孩子玩耍。

磁铁：小块儿的磁铁若被孩子误吞，有可能导致窒息；若吞入多块，磁铁相互吸引，还可能导致肠梗阻，危及生命。

小零件：玩具上松动的零件，毛绒玩具上未粘牢的眼睛、鼻子，玩具上掉落的纽扣，汽车上的轮子等，这些小零件都有可能造成窒息。

# 五、玩具挑选的大方向

面对琳琅满目、花样百出的玩具，您是否有不知所选的时候？这里提出几个原则，自己把握吧！

### 1. 玩具的操作性要强

如果玩具的操作性强，则可扩大孩子发挥的空间。当孩子对自己的玩具捣鼓几下就没有新鲜感的时候，不妨一起开动脑筋变换玩法。如果玩具是可以被拆卸的，它会更吸引孩子的注意力，因为拆装也是玩法之一。当孩子成为"破坏王"时，家长可不要厉声制止，这都是在锻炼他的思维能力和操作能力呢！

### 2. 玩具要有一定难度

市场上标志适合某年龄段孩子的玩具一般都偏简单，这会让孩子很快就兴趣索然。因为，孩子会很愿意通过自己的努力完成一项任务，如果玩具过于简单，他就没有动力，而适当的高难度，会大大增加他的成就感。

### 3. 玩具不在昂贵

部分家长认为玩具越高档、越精致对孩子越有益。其实未必，昂贵往往是成人的视角，孩子却往往只是新鲜一时。因此，选贵的不如选对的。最好的玩具是适合孩子年龄的、安全的、耐玩、耐用、能发明多种玩法的。

有的父母还纠结于买木质的还是塑料的，其实这没有绝对，关键看玩具本身的品质。

孩子一岁以后，最喜欢到处翻箱倒柜，家里的抽屉、书柜、衣柜等，只要是能打开的，都会遭遇他的"洗劫"。不过，游戏、玩耍对孩子来说，意味着探索和发现，在安全的前提下，何不把家变成孩子的游乐场呢！

# 开启孩子的数学智慧

当当妈

当当3岁了，汉字认了不少，能唱会跳，可就是对数字符号"不感冒"。任凭爸妈用尽浑身解数，小家伙数起数来还总是漏数。父母真是看在眼里，急在心上：用什么方法才能让孩子开了数学这一"窍"呢？

霖霖爸

从儿子一出生，我们就注意开发他的数学潜能：床上方的气球不断地变换数量、颜色、大小；玩的识字卡片被我剪成各种各样的长方形、正方形、三角形、梯形、菱形、圆形等，玩时按形状分类，按类别数数；卡片上编上序号，认字时同时认读数字；家里买了水果，让儿子分一分，每人分几个……数学教育可谓寓于生活的点滴中。现在4岁的儿子已能轻松地掌握一万以内的数。会正数、倒数、区分大小、单数、双数、简单的加减乘除法计算等。

数学具有抽象性、严谨性、逻辑性等特点，而幼儿的思维则呈现动作性、形象性特点。因此，年龄尚小的孩子，很难对那些枯燥、抽象的数字符号产生兴趣，很多父母也就有了当当妈那样的烦恼。兴趣是最好的老师，只要您找到叩开数学之门的钥匙，就能像霖霖爸一样轻松引导孩子学数学。

# 一、数学启蒙智慧自测

你善于引导孩子学数学吗？如果你拿不定主意，不妨做做下面的测试。请边看边计算得分。

A. 经常这样做（2分）　B. 偶尔做（1分）　C. 基本没这样做过（0分）

1. 夏天吃西瓜的时候，告诉孩子大西瓜重、小西瓜轻；

2. 切蛋糕时，告诉他一个蛋糕可以切成许多块；

3. 碰到有楼梯或台阶的地方，和孩子一起数台阶；

4. 拿饼干时，告诉孩子，饼干盒里的饼干被孩子吃了，就变少了；

5. 每次吃饭的时候，让孩子"帮忙"分发碗筷，告诉孩子，一个人要两只筷子、一个碗、一把汤匙；

6. 给孩子喝水的时候，用不同大小或不同形状的杯子装；

7. 和孩子一起给他的动物玩具排排队，按玩具的身高或按其他方式排列；

8. 家里的东西"各有几样"都教孩子认识过，比如，有 3 张桌子、4 把椅子、1 台电脑等；

9. 一起去超市购物时，教孩子认认"价签"上的数字；

10. 全家"比赛"折纸时，告诉孩子"第一、第二、第三"分别是谁；

11. 孩子想吃雪饼的时候，问问他要方的，还是圆的；

12. 告诉孩子家长下班的时间，并教孩子通过钟的表针位置来判断；

13. 会明确地告诉孩子，东西不能放在×××旁边，要放在×××的下面；

14. 和孩子一起数数，从卧室走到卫生间要走多少步；

15. 给孩子买过和数学学习有关的玩具，比如积木等。

现在就来看看，你是不是一位善于引导孩子数学学习的家长。

(1) ≤7 分，你是一位不太善于引导孩子数学学习的家长。或许你认为孩子还太小，等上了学或年龄再大些自然就会了。如果真是这样，你需要改变观念了。因为对婴幼儿的数学启蒙并非小学数学教育的提前，只是让孩子在生活、游戏中感受一些和数、量、形、关系相关的信息，增加对数学的感性认识。

(2) 8～17分，你基本能引导孩子的数学学习。或许你已经意识到孩子的数学学习非常重要，并能有意识地结合生活实践给其一些引导，甚至是刻意训练。但你现在做得更多的可能是教孩子认数或数数，至于更丰富的数学教育却不知如何进行。你需要了解对孩子进行数学启蒙的内容和教育方式。

(3) ≥18分，你在引导孩子学习数学方面有非凡的能力。你能结合生活的各个环节帮孩子感知数学学习的各个方面。相信有你的引导和启发，孩子会有一个扎实的数学基础，也能轻松面对今后的数学学习。

# 二、数学潜能早知道

## 1. 孩子数学能力的阶梯发展

数、量、形和关系是数学的四大内容，不同阶段的孩子应该掌握到什么程度呢？下面的表为您具体呈现。毕竟儿童能力发展存在个体差异，因此，当孩子数学能力与下表对应年龄段水平稍高或稍低时，都属正常情况；当孩子并没表现出相应年龄段的数学水平，那您需反观之前的教育，是不是还未或很少对他进行数学启蒙教育呢？

| | 0～3岁 | 3～5岁 | 5～6岁 |
|---|---|---|---|
| 对数的认识 | • 3岁前的孩子对数量已有笼统感知，能区分明显的多和少。<br>• 但数数只是口头上的唱数，不能真正理解数的含义。 | • 在点数实物后能说出总数，并能取相应数量的物体。<br>• 逐步认识到数与数之间的关系。<br>• 能进行简单的加减运算。 | • 能认识到数不因实物的变化而改变，形成了数的"守恒"，但这种认识局限于10以内的数。<br>• 能够脱离实物，进行小数目的抽象运算。<br>• 学会100以内的数数，开始从表象向抽象的数运算过渡。 |
| 对量的认识 | • 对物体量的认识主要靠感知，带有很大局限性，基本认识不到物体量的差异。 | • 一般能正确区分物体的大小差异，也能用简单词语表示相应的量，如大娃娃，感知物体大小的准确 | • 感知量的精确性有了提高；<br>• 能区分和排列不同大小的物体，能较为精确地认识 |

| | 0～3 岁 | 3～5 岁 | 5～6 岁 |
|---|---|---|---|
| 对量的认识 | | 性有所提高，能判断差别不太明显的一组物体中最大或最小的物体。<br>• 还不能认识其他量的差异，也不会用词语来表示。对于高矮、粗细、长短、宽窄、厚薄等量的差别，往往都笼统得说"大小"。 | 和区分物体的高矮、粗细、长短、厚薄等，学会用相应的词语来表示。<br>• 能正确认识并用相应词语描述物体量的各种特征。同时对量的相对性有了较好地了解。也逐渐能在逻辑基础上理解量的可逆性和传递性关系。 |
| 对形的认识 | • 3 岁前的幼儿可以认识简单的三角形、四边形、圆形等。 | • 3～4 岁孩子能正确地认识和区分圆形、正方形、三角形，且对椭圆形、长方形、半圆形等有一定的匹配能力。能根据成人提供的范例找出与之相同的图形。<br>• 4～5 岁孩子能认识基本图形，且能逐步理解平面图形的基本特征。<br>• 能逐步做到图形守恒，能不受图形大小、摆放位置的影响，正确地辨认出图形。<br>• 能对相似的平面图形加以比较，理解图形之间的简单关系。 | • 基本能理解图形的典型特征，并在头脑中形成某种图形的"标准样式"，从而进行正确的判断，同时能进一步理解图形之间的复杂关系。<br>• 能认识一些基本的立体图形，如球体、立方体、圆柱体等，并能正确地命名。 |
| 对关系的认识 | • 3 岁以下的孩子完全没有排序能力，但他们会找出最大的与最小的物体。 | • 3～5 岁孩子的排序能力仍然较低，一般是任意排放物体。 | • 5～6 岁孩子虽可按长度或大小将物体排序，但却不是一种整体思考、有系统的排序，而是在尝试错误中完成排序任务。 |

孩子在成长过程中存在数学学习方面的关键期，其中：

　10 个月左右　是辨别物品大小的关键期；

　22 个月　是掌握初级数概念（如粗细、高矮、轻重、多少等）的关键期，可在父母的指导下学会按自然数顺序口头数数"1、2、3……"

第六章　开启孩子的数学智慧

**2 岁半左右** 是计数能力发展的关键期，能掌握初级数概念，如知道一个香蕉等；

**5 岁左右** 是掌握数学概念、进行抽象运算以及数学综合能力形成的关键期。

**6 岁以后** 是心算能力、掌握数学概念以及掌握空间概念的关键期。

### 2. 数学花园的奥秘

对孩子进行数学启蒙需要教育哪些方面的内容呢？下面为大家一一列举。

#### 观　察

观察不是直接的数学内容，但却是很多数学活动的基础。学龄前的孩子观察事物没有什么目的性，很容易被无关事情吸引，因此，不妨让你的提示帮孩子观察得更有目标、更准确，比如"这是什么形状的？""大的那只鸟在哪里呢？"等。

#### 比　较

比较是思维的基本过程之一，是孩子认知能力发展的具体体现。生活中可比较的地方太多了，随意提出来就是一个启示：孩子比桌子矮、饭盆比碗大、5 个苹果比 2 个多、窗户比门口宽等。孩子的认识能力尚浅，因此比较事物也多关注其外部特征，你不妨做些更深的引导，比如，哪个更凉、糖水跟饮料哪个更甜等。

#### 配　对

配对是比较的形式之一，也是发展儿童对数的理解应掌握的一个基本要求。最开始可以出示比较简单、明显的事物，比如，两只玩具小鸭子、两只玩具小老虎，引导孩子进行配对。不要一次都拿出来，不妨打乱顺序分开拿出来，提示孩子将比较像的放在一起。当他对此能轻而易举地做到时，再逐渐增加三对、四对，且差异越来越小的事情，也可以

独生时代的平衡教育

是图片、符号、颜色等。

### 分　类

按物体共同特征归并和分类的能力，是发展数概念的一个最基本的能力。可先以外在的特征为类别，按照物体的颜色、形状、大小等进行区分，其中颜色是最容易被儿童感知的特性，比如"把红色玩具拿到这边""帮妈妈把绿叶菜收到筐里"等。

### 排　序

对两个以上的物体按照某种要求进行排序，是较高水平的比较。例如：从大到小，从高到矮，从粗到细等。开始排序时，记得给孩子一个信心，材料不要超过5种，物体间的差异尽量明显。除了套娃、套杯之类的，还可以找不同类的玩具、物品或增加数量，提示孩子按一定顺序排列。

### 集合与对应

它们是现代数学两个最基本的概念，具体集合和一一对应也是孩子接触数学的感性基础。当然，并不是倡导教给孩子具体的概念，而是渗透在生活中。比如，果盘里的水果、家里的成员都可以作为一个具体集合；给家中每个人一根香蕉，则渗透了一一对应的思想。

### 相等量

这一概念体现了合成和分解的思想，比如，3块饼干，再添上几个就与5块饼干一样多；这个玩具脸谱上都有哪几种颜色呢？诸如此类的小提问，都可以帮孩子理解相等量。

### 型式排列

这是数学的一个基本主题，识别型式是理解数学的基础。貌似很深奥、复杂，其实孩子在平常游戏中就已经这样做了。比如，把积木摆成圆形、三角形、正方形；也可以将跳棋摆摆"天门阵"：家长摆两红一蓝，孩子摆红蓝相间，还可请孩子模仿家长摆的造型。也不妨小小地讨论一下它们是怎么排列的，等熟练以后鼓励孩子自己设计排列型式。

# 三、避开数学启蒙的误区

## 镜头一

凌凌 2 岁半，已经能认好几个数了。妈妈心里很高兴，觉得宝宝年龄这么小，就对数字这么敏感，长大了数学一定会很棒。

**误　区**　数学就是记数和运算。

**解　惑**　数的运算是数学的一部分，实际上，数学包括四个领域的内容。1. 数与计算：数数、一对一的对应；2. 量与实测：多少、大小、长短、轻重；3. 形状与空间：基本平面图形、空间位置、图案组成；4. 逻辑推理关系：相关位置、分类、前后顺序。可见，在对孩子进行数学启蒙教育时不能出现片面性，否则就违背了我们的教育初衷。

## 镜头二

月月妈妈早就有给宝宝进行数学启蒙的意识，因此，她平时也是有意教 2 岁的宝宝数数、简单加法。聪明的月月进步很快，妈妈也常对亲朋好友说，自己对宝宝数学启蒙教育做得好。

**误　区**　数学启蒙教育就是让孩子识记数字、做计算题。

**解　惑**　前苏联教育家加里宁说过：数学是思维的体操。学数学是学习一种思维方法，锻炼数学思维能力。因此，数学启蒙不是简单的计数练习，而是培养孩子运用手脑、探究问题的数学思维能力。

## 镜头三

小熊刚 1 岁，爸爸已经"迫不及待"地实施他的"全方位教育大计"了。就数学而言，爸爸每天抽出一定时间，通过"宝宝，这是1"、出示图片数字1等语言、图片、动作的方式来教小熊学数学，生怕他会落后于其他同龄的宝宝。

**误 区** 数学启蒙越早越好。

**解 惑** 让孩子尽早接触数学不等于让他过早地练数学，3 岁前的幼儿对抽象概念理解力很低，即使他们会念，也并不理解真正的数的概念。数学中的很多概念相对还是比较抽象的，需要以一定思维能力为基础，因此，父母不必操之过急。

### 镜头四

壮壮已经上幼儿园中班了，但对 20 以内的加法还不是很熟练。这让妈妈看在眼里，急在心上。于是妈妈放弃了晚上的休闲时间，每天都出几道计算题让壮壮练习。

**误 区** 运用小学的教学方式提高孩子的数学能力。

**解 惑** 幼儿学数学，不要只看会做多少题，要在"理解"的基础上下工夫。如果孩子只是会机械地数数和运算，不等于已经理解了数的概念，而且枯燥的学习方式还容易让他失去兴趣。提示家长最好在生活和游戏中"做文章"，这样既有利于孩子理解，又能培养其积极性。

# 四、启蒙方法总动员

数学的魅力众所周知，但如何启发孩子学数学却成了许多父母的心头难题。别急，接下来就为你呈上生活和游戏中的具体方法，相信会让你"满载而归"！

## （一）生活情景

现实生活是孩子学数学的源泉，比如，平时和孩子上下楼梯，就可以引导他边走边数梯阶，让实物和数字结合起来，更能促进孩子的理解；比如有 10 级阶梯，可以引导孩子上楼从 1 数到 10，下楼时就从 10

倒着数。在这个看似简单的活动中，加法、减法的启蒙已经含在其中了。类似的生活事例还有很多！

### 1. 厨 房

不要因为孩子乱碰东西而让厨房成为他的"禁地"，这可是一个不可轻视的好"教室"呢？不信，我们就从刚买菜回来说起。

当你拎着沉甸甸的菜走进厨房时，不妨把"小跟屁虫"也领进来，请他和你一起来整理，比如，按种类、形状等将蔬菜、水果分门别类地放进冰箱或储物架。对事物进行分类，是孩子今后学习数学时的必备技能。

好了，准备做饭了，数学在这里可大有用途呢！因为这里无时不在进行着比例、测量、比较、计时等。往锅里倒多少水，取多少米下锅，让孩子也跟着看看刻度或量一量；在电饭锅设定时间时，也可以清楚地告诉孩子，便于其了解数字；切青菜的时候，也可以有意直着切和斜着切，启发宝贝观察两种菜条的形状有何不同；切面包或馒头的时候，向他"咨询"：想要两份，还是三份或四份，切成长方形、正方形还是三角形，就这样几何和分数的概念在他的小脑袋里留下了痕迹。

开饭了！如果孩子已经 3 岁了，那也让他试着承担一些"任务"吧！比如，安排孩子饭前给每个家人分配一只碗、一副筷子、一把勺子，孩子在行动中体验数学，更容易理解其含义。上菜了！妈妈今天做了四菜一汤，既可以请他数数菜有没有上齐，也可以引导他将桌上的菜和汤一一对应……

### 2. 家 务

在孩子眼里什么都是可以玩的，家务也不例外。因此，当孩子屁颠屁颠地想参与到你正进行的家务中，不妨给予热情的"欢迎"，还可趁此添加数学"元素"。

要洗衣服了，请孩子帮忙倒好洗衣粉，如果衣服多，别忘了提示：这次衣服多，需要多加一勺，在行动中感受度量。

独生时代的平衡教育

如果孩子 4 岁了，就更能干了。你收拾屋子时，不妨请他一起来整理书架，按照从高到低、从大到小的顺序给书籍排队；换季时衣柜也要来个"大换血"——把夏天的衣服收起来，把秋冬的衣服拿出来，和孩子一起将上衣、裙子、裤子分开放置，让他在动手过程中了解排序、比较、分类等数学知识。

……

### 3. 出　行

乘车出行也是一个学习数学的好时机，如果孩子"干"坐在车上是待不住的，那就给他"安排任务"吧！

前面那些车的车牌号是多少呢？在这里，哪个数字出现得最多；旁边的房子上都有什么形状，你喜欢哪个呢？如果乘坐公交车，可与孩子一起数数还有几站到目的地？刚才上来几个人？这些游戏，既可以让他旅途中解闷，又可以学点儿数学，拓展视野，可谓一举两得。

### 4. 购　物

走进产品丰富的大卖场，这里又是一片感受数学的天地。

带孩子看看喜欢或需要的货品标价，也不妨教他比较同类中哪个更便宜；一般超市已经把物品分门别类了，那我们就来个"二级分类"：帮妈妈找找纯白色的毛巾。结账付完钱了，再和孩子一起对照购物小票，看上面的物品、价钱是否和袋子里的能对应起来……

## （二）　游戏中的潜能开发

数学启蒙的游戏无需刻意，对孩子而言，他本来置身于一个五彩斑斓的世界中，一个充满数学知识的环境中，伸出小手有 5 个手指，衣服上的纽扣是圆的，积木在盒子里……只要家长不将数、量、形的数学知识从孩子的生活中抽离出来，稍微变换一下规则，各种游戏尽在掌控之中，享受亲子之乐的同时还可以开发宝宝的数学潜能。

数学启蒙游戏可以从两个角度进行：将数学内容游戏化，在游戏中渗透数学学习。孩子学数学不是将数字、形状等机械地灌输进他的大脑，填充他的世界，而是将此作为灵动的符号，点亮他的游戏、生活，为天真烂漫的童年增添一抹特殊的色彩。

看小凯妈就是这样做的：

小凯妈平时工作忙，只有周末才能陪儿子，无奈地成了"周末妈妈"。当她知道宝宝在幼儿园学习数字有困难时，她就多方请教、咨询，最后得到的一致的建议是：玩数字——孩子还小，正儿八经地教，肯定教过就忘，而用玩游戏的方式，孩子就用心多了，也记得牢。

取得"真经"，小凯妈立即就行动上了，先是把数字与玩具对应起来，帮助孩子记忆，然后在与孩子的游戏中也融入了数学元素，其中电话、扑克都成了他们的"道具"。别说，这招儿还真奏效，小凯现在对数字感兴趣多了，老师也表扬他进步快。

### 1. 扮演性游戏

根据现有的材料、孩子的语言水平，再结合其以往经验，幻化出现实中的童话世界，在故事发展中渗透数学知识。比如，和孩子扮演"喜羊羊和灰太狼"，在他们的争斗中植入要学的数学知识。

**现场演示**

游戏：采蘑菇

目标：帮助孩子理解"1和许多"；学会"比较大小、多少"。

适合年龄：3岁左右

人物：妈妈和孩子分别扮演兔妈妈、兔宝宝。

道具：提前约定好的任意事物都可以作为"蘑菇"，比如杯子、树叶等。

故事：一个风和日丽的早晨，兔妈妈带兔宝宝去"采蘑菇"（家中客厅、小区花园、街道公园都可以成为游戏的"舞台"）。他们来到"林子"里，东看看，西望望。兔宝宝很困惑：什么蘑菇才是好蘑菇呢？妈妈没有直接告诉他，而是先带他采了一朵合适的，然后拿着这个与更大或更小的进行比较，聪明的兔宝宝立即就明白了，每次都是还没等妈妈说，他就先兴奋地表示"这个大了""那个小了"。

于是妈妈鼓励宝宝自己"采摘"，10分钟后集合。宝宝可有积极性了，最后的"劳动果实"一对比，竟然比妈妈多了3个。

### 〜〜〜 温馨提示 〜〜〜〜〜〜〜〜〜〜〜〜

还可以根据孩子喜爱或熟悉的人物设计故事情节，同时父母应注意游戏的过程不宜太新奇，规则不宜太复杂，以免分散孩子的注意力。

还可借助讲故事或读故事的形式，对孩子进行数学启蒙，孩子会在兴致勃勃的故事情景中进入数学学习状态。例如：小明的猫生了5只小猫，3只是黑色的，2只是白色的……也可以利用孩子喜爱的动画片情节进行"数学新编"，如羊村有8只羊被灰太郎抓走了，村长先把喜羊羊救出来，他们一起救出懒羊羊和美羊羊，并再次进入狼堡中。现在的狼堡里有多少只羊呢？

〜〜〜〜〜〜〜〜〜〜〜〜〜〜〜〜〜〜〜〜〜〜〜〜〜〜〜

#### 2. 竞赛性游戏

未来社会是个竞争激烈的社会，让孩子学会竞争、敢于竞争，不妨先从参与竞赛开始。竞赛性游戏不仅能满足孩子的好胜心理，而且有助于孩子巩固知识，发展思维的敏捷性和灵活性。

**现场演示**

主题：猜数字

目的：帮助孩子理解数的组成，为日后学习加法、减法打基础；锻炼孩子的记忆力。

适合年龄：5岁左右

规则：妈妈给孩子出示1～5的数字卡片，但不要按顺序出示。请孩子用三十秒的时间记住，然后妈妈把数字翻过去，请孩子指出和2加起来是6的数。

过程：妈妈可以在和孩子游戏时，随意说出数字，也可出示扑克牌，双方展开竞赛，轮流进行猜和答。孩子答对，妈妈亲一下作为小小奖励，妈妈答对了，孩子也要给妈妈一个奖励的亲吻。

~~~~ **温馨提示** ~~~~~~~~~~~~~~~~~~~~~~~~~~~~

父母还可同孩子一起比赛猜拳数数、猜手指分纽扣、比高矮、挑游戏棒等。当孩子因屡次输掉而哭闹时，不可随意迁就，否则容易使其形成以自我为中心的性格。在此过程中，家长需要鼓励、引导孩子，也可以偶尔输掉一次，培养孩子的自信心；当孩子能轻松答对题目时，家长需要适当调高难度，让孩子在充满挑战的激情中自然而然地提升能力。

~~~~~~~~~~~~~~~~~~~~~~~~~~~~~~~~~~~~~~~~~~

### 3. 运动性游戏

幼儿时期本身就是孩子身体快速成长的阶段，因此，适宜的运动是不可缺少的。而将数学知识寓于体育活动中，则可起到两全其美的作用。它满足了孩子活泼、好动的天性，又渗透了数学的基础概念。

**现场演示**

主题：投沙包

目的：让孩子了解数的组成，在游戏中理解、练习归纳、总结。

适合年龄：5 岁左右

规则：在空地画个类似足球大小的圆，以此为"框"，投进即中。每人每次投掷一组 8 个，谁一组命中的总数多，谁就是赢家。为公平起见，大人在"框"外两米处投，孩子在"框"外一米处投。

过程：为了保证实力的充分发挥，爸爸提议先进行热身练习，每人一组。然后开始"石头、剪子、布"孩子获胜先投。别看宝宝人小，精着呢，拿着沙包往目标处侧侧身子，伸伸胳膊，原来找感觉呢。结果显示孩子这招还是灵验的：投中 6 次，未投中 2 次。接下来看爸爸的了，可能是他好长时间没活动了，投掷的结果是：投中 5 次，未投中 3 次，这一轮孩子赢了。

游戏过程中，家长不妨启发孩子思考如何投掷更能有效命中，或者让孩子观察家长的动作并加以借鉴。如果孩子在不断的实践中能够做到初步的归纳、总结，那孩子一旦将其运用到学习中，能力将会加速提升。

### 4. 运用各种感官的游戏

眼睛、鼻子、耳朵、嘴巴、小手，这些都是孩子探索世界的"武器"，自然也可以用来"征服"数学，这样一来，则能够对数、量、形等知识进行充分的感知。

**现场演示**

▲ 念唱数字歌　适合年龄：2.5 岁左右

和孩子一起唱数字歌，例如：1234567，你的玩具在哪里；或一起念数字口诀，如：星期一，猴子穿新衣；星期二，猴子肚子饿……将数字寓于儿歌、故事中，让孩子在玩乐中学习数学。

▲ 找形状　适合年龄：3 岁左右

当孩子明确了形状的概念后，不妨进行形状寻宝游戏，比如，请孩子找找出家中圆形的东西，如饼干、爸爸的手表、厨房里的碗、台灯等。或是教导孩子观察生活中同样的东西，也有不同的形状，如盒子有圆形，还有方形、管状等，通过家中的实物让孩子认识身边的世界，就是一个有趣的几何游戏。

▲ 听声凑数　适合年龄：5 岁左右

和孩子约定：与他的动作不同，但两人声响加起来应是 10 下。如孩子拍手 3 声，妈妈则跺脚 7 次；孩子跺脚 6 次，妈妈则拍手 4 下……在游戏中让孩子练习数的组成。

当孩子出现错误的时候，家长需耐心启发其再试一遍，尽量不要直接告诉答案；家长也可以故意出错，请孩子纠错，激发其练习的积极性。

▲ 扣子排队　适合年龄：5岁左右

多找几颗纽扣，它可是对孩子进行乘法启蒙的好材料！将12个相同颜色、大小的纽扣排成一排，和孩子一起数一数纽扣的个数。然后分别将纽扣摆成两排、三排、四排、六排，请孩子数出每排纽扣的数目，不妨记下这些数字，启发孩子找规律。但此时不必直接教他如何算乘法，因为学习内容过于程式化不适合孩子的思维发展特点。

### 5. 数学智力游戏

善于借力，才能让教育力量更强大。对孩子进行数学启蒙，找几个小帮手吧！其实不一定选择复杂、贵重的教具，生活中的很多玩具、用品，如果运用得好，同样能为孩子的数学学习"发光发热"呢！

· 扑　克

认数——选1～5的数字牌，给孩子辨认，也可家长说数字，请他找对应的牌，或轮流进行，适合3岁左右的孩子；

分类——黑桃、红心、梅花、方块、红色、黑色都是你们进行分类的依据，适于3岁以上的孩子；

比大小——父母和孩子各出一张牌，看看谁的牌数字大，大牌吃小牌，牌多为胜，适合4岁以上的孩子，可帮他理解10以内数的关系；

排序——可以按数字从小到大，或从大到小自由进行排列，适合4岁以上的孩子；

口算加减——父母和孩子同时出示一张牌，看数字自由进行加减运算，连加、连减或加减混合运算。谁先算出，谁收牌，牌多为胜，适合5岁以上的孩子。

……

这里的玩法变幻无穷，在玩"连火车""找对"等游戏中，其实已然把上述内容渗透其中了。

· 积　木

孩子在操作活动中，通过拼插、堆积、摆放、平衡等方式，感知尺寸、形状、重量、空间关系、结构、对称、体积等基本数学概念，不同的创意还可以锻炼孩子的想象力和创造力。

- 水　沙

沙箱里有各种类型的碗、纸盒、瓶子、管子、漏斗、水枪、小桶、勺、杯子等，当孩子把水或沙从一个容器倒向另一个容器时，很容易对容量、重量、容积等概念进行感性认识；沙还可以用来建模型，以此了解固体的形状、体积。

- 计时器

一般手机上都有这个功能，在这里可是派上用场了。家长掐表一分钟或 30 秒，看孩子能拍手多少次，当然还可以做其他喜欢的活动，主要是通过这个方式，让孩子感受时间和活动的数量。

以上介绍的游戏意在抛砖引玉，父母们在运用时，可根据孩子的情况，调高或降低难度，灵活、综合运用。也不妨寻找或自行创设更多对孩子的发展有趣、有益的数学游戏！

第七章

# 给孩子"镀镀钢"

育苗人种了一片桃花心木树苗，他浇水时很不规律，有时早上来，有时下午来；水量有时多，有时少。经常有树苗莫名地枯萎。他来的时候总会带几株树苗补种。有人讥笑他："如果你每天有规律地浇水，树苗就不会枯萎了。"

他不以为然地笑了："种树不像种菜或种稻子，几个星期几个月就会有收成，树木自己要学会在土地里找水源。我浇水只是模仿老天下雨，老天下雨是算不准的。如果无法在这种不确定中汲水生长，树苗很自然就枯萎了。但是，能在不确定中去寻找水源，拼命扎根，长成百年的大树就不成问题了。如果我每天定时定量来浇水，树苗就会养成依赖的习性，根就会浮在地表上，无法深入地下，一旦我停止浇水，树苗会枯萎得更多、更快。侥幸存活的树苗，一旦遇到狂风暴雨，也会一吹就倒……"后来，他不再经常来，桃花心木也不再枯萎，并且都是那么优雅自在，充满旺盛的生命力……

育人也是这个道理。孩子成长中的"旱涝"是不可忽略的教育"营养"。教育必须遵循其自身规律，施教过程必须尊重自然的"涝旱"情境，不回避难题，不忽略挫折，不减降压力，让受教育者经历自然真实的成长历程，方可锤炼出可造之材。

但是近几年来，一桩桩、一件件触目惊心的青少年自杀事件屡见报端：某名牌大学研究生自杀，遗书中称找不到理想工作，不愿成为父母拖累；某重点中学一位保送生因老师一句批评，先割腕后跳楼；一名初中生只因早上睡懒觉被家人批评了几句，一怒之下跳楼自杀；一名成绩优秀的小学生有次没考好，曾有过自杀念头……这禁不住令我们追问：孩子们为何如此"不堪一击"。我们不排除来自各方面的压力，但其心理承受力和耐挫力的薄弱势必为主要因素，而这与孩子从小的经历和磨练有关。

独生时代的平衡教育

当前家庭中的孩子都是"金娃娃"，家人自然宠爱有加，而且随着中西教育理念的交流，赏识教育越来越多地被父母运用，这个理念倡导欣赏孩子，是个很棒的思路。但有些家长理解有偏差，认为赏识孩子就是多表扬、鼓励，尽量不批评。

有个小学老师就曾遇到过这样一个学生：她因为没完成作业被老师批评了几句，竟然拿起书包就要回家，还说以后不上学了。后来向家长咨询，原来她从小被宠爱惯了，家人很少批评她，甚至不敢批评，因为稍微一批评，孩子就发脾气，家人就更没辙。

# 一、 挫折教育

### 1. 何为挫折教育

挫折教育本质上是"抗挫折教育"，主要是教给孩子面对挫折的勇气和积极的态度，承受挫折的能力，避免和减少不必要的伤害以及解决问题、战胜困难的方法。

很多人认为生活条件越来越优越，很难有锻炼孩子心理承受力的天然条件。其实挫折并不仅是物质上的贫乏，更多来自精神方面无形的磨砺，如失败、被嘲笑、受责备、被刁难等。所以，提高孩子的心理抗挫折能力，不倡导给其设置脱离生活实际的障碍，而是从克服身边的小困难、小问题做起。

### 2. 挫折教育对孩子成长的意义

美国阿拉斯加国家动物园鹿群曾被安逸地圈养起来，不用觅食，不用逃避敌害，这让它们很快繁殖起来。但在一度兴旺之后，病弱残者却与日俱增，最后竟面临绝种的危机。当地政府曾不惜斥巨资予以挽救，可惜一概无效。

后来一位管理人员建议：引入敌人，让鹿奋发起来。于是他们引进了几只凶残的狼，没多长时间，许多病、弱的鹿就被狼捕杀了。但过了几年，鹿的数量反而大大增加了。原来狼捕食了病弱者，进而使得鹿群为逃避狼害而重新拼命奔跑，从而使得留下来的鹿群体质日益健壮，生存能力、繁殖能力都越来越强。

动物的成长、壮大需要这种历练，人的发展又何尝不是呢？从心理学观点看，一个儿童早期经历过一些挫折，并能承受、妥善处理挫折，这对他未来的成长是大有裨益的。

**让心理的力量更强大**　很多孩子由于多方宠爱，生活顺利，久而久之依赖性变强，心理脆弱，害怕面对困难；而经历一些失败、冲突，体验一些寒冷、孤独等挫折，则能让孩子更加坚韧、顽强，进而提高心理承受能力。

**锻炼非智力因素**　我们知道很多人之所以优秀，并不是其智力因素的原因，更在于其非智力因素（意志、态度、动机、兴趣等）超群。而挫折正是意志、动机的磨刀石，会让人更进取、奋发。

**增加经验，提高能力**　挫折可以从反面丰富人的阅历，俗话说"吃一堑，长一智"，孩子在生活中经受困难和坎坷，然后进行反省、总结，才能丰富自身经验，提高处事能力。

**3. 挫折的"信号"**

幼儿的表达能力有限，因此，遭受挫折时，常通过情绪发泄表达出来，因而父母主动了解孩子的情绪反应和行为反应就显得尤为重要。一般来说，常见表现如下：

受不了一点批评，光爱听表扬的话，一批评就不高兴，甚至哭闹；

要求得不到满足时就乱发脾气、哭闹；

特别娇气，做错了事，家长一说就哭；

怕困难，遇到一点问题就退缩；

自尊心较强，好胜心强，好面子，承受不了失败；

不敢承认错误，老是用哭来推卸责任。

常见情绪有：

愤怒——常表现为哭闹、发脾气、闹别扭等；

焦虑——常表现为焦躁不安、畏惧、莫名其妙地发脾气等；

攻击——常表现为打人、谩骂、迁怒自己和别人；

退缩——常表现为冷漠、依赖性强等；

还有固执、逃避、敏感、缺乏安全感等表现。

# 二、"镀钢"有方法

曾几何时，许多父母为了对孩子进行挫折教育，给孩子报名参加各种"挫折教育夏令营"、"挫折集训班"等。但孩子真的离开家又不放心，为孩子准备"行囊"，买饮料、买零食，甚至直接跟到训练场，给孩子擦汗、捶背、递水。这样的"挫折教育"能有效果吗？

其实，挫折教育不必专门走上"战场"，生活中处处都有机会：到幼儿园十几分钟的路程步行去；煮好的鸡蛋自己剥；桌上没有孩子喜欢吃的饭菜……

### 1. 生活中的抗挫折机会

优秀的将领是在战场上摔打出来的，同理，良好的心理承受能力也是在生活中锻炼出来的。其实，生活中可锻炼的机会比比皆是，家长只需对此放手就行了，否则也会有下面故事中国王的烦恼。

有个伯乐送给国王一匹千里马，国王非常喜欢，封其为御马，并亲自拉着缰绳去兜风；还给它配上银镫金鞍，十串响铃；并把大殿前广场辟为草场，供马嬉戏玩耍；将上等青豆给它当饲料……御马真是过着"锦衣玉食"的日子。不久，便日渐发胖，鬃毛长长，肚子滚圆。

有一天，伯乐路过这里，国王把他带到草场说："看，御马被我养得多好！"伯乐定神一看，大为震惊，纵身跃上马鞍，它没走两步就站住了；伯乐举鞭抽打，它更无动于衷，而且露出痛苦的神情。

伯乐大声疾呼："陛下，再这样下去，千里马可就毁了，到时日行百里、十里都难啊？"此话惊醒了国王，他焦急地问："那该怎么办呢？"伯乐语重心长地说："让它去锻炼吧！行疾车，拉重载，经风雨，才能舒筋骨，复原姿啊！"果然，不到一年，千里马变得身强体壮，奔跑起来四足生风，疾如闪电；叫起来，昂首朝天，声如洪钟。

马尚且如此，人不是一样的道理吗？

◆ 体验劳累

现代都市人喜欢过"夜生活"，尤其是年轻人熬过零点更是"家常便饭"。长久如此自然会引发身体不适，即便用药调理，如果习惯不改，仍是"旧病复发"。而若改掉熬夜习惯，那些伴随的病症也逐渐"销声匿迹"了。

同理，教育中也会出现很多"伴随的病症"，比如，对孩子百般呵护，事事代劳，随之而来的是他的娇气、依赖、脆弱；如果放手让他去体验艰辛、劳累，增强意志力和坚持性不说，曾经的"叫苦连天"也会一并消失。

下面就是一个典型的例子：广东有个富翁送 7 岁女儿学习舞狮，刚开始，在家被宠惯了的小女孩非常不适应，也不肯学，又哭又闹。老师总结了她的六怕：一怕出力气；二怕晒太阳；三怕吃苦；四怕出汗；五怕融入团队；六怕吃饭（感觉伙食差，不合口味）。

这个父亲每天接送孩子，得知情况后，打了孩子几巴掌，并告诉她，练不好就不要想回家。这样孩子才硬着头皮，慢慢地适应了训练。

后来经过努力学习，加上悟性好，还被老师推荐参加国际上层次最高的"黄飞鸿杯"狮王争霸赛，而且她的意志、毅力和吃苦耐劳等方面也都有了较大的提高，曾让大人代劳的事情也渐渐能自己完成了。

怎么样，您也放手让孩子去体验吧：

经历饥饿、酸痛等体能上的考验；

爬山、走路时的坚持；

独
生
时
代
的
平
衡
教
育

顶着凛冽的寒风出行；

酷暑正午出行，感受炎热；

……

在给予劣性刺激时，您可要"狠狠心"。比如，带孩子出去玩，只要他还可以走，就让他自己走完全程；孩子不吃饭，不要追着他哄着喂，就饿他一次，告诉他过了吃饭时间就不能再吃东西了……

当宝贝经历上述体能的考验时，首先您言谈中不提或者少提过程的辛苦，否则会让他"打退堂鼓"，因为此阶段孩子对事情的认识，主要取决于大人的评价，比如，一个简单的活动，父母告知他很难完成，即使没有尝试，他也会信以为真。

同时给予孩子鼓励和支持，称赞孩子的坚持和顽强。比如，一起步行回家，如果家长暗示东西多、走路累，孩子也容易止步不前，不妨边走边聊路上的见闻、回家要做的饭等，这会让孩子也感到不知不觉就到家了。

当然，给了孩子劣性刺激是让他获得一种负面的体验，而不是来刁难他。因此，活动的安排不可过于激烈。最好根据孩子的具体情况，设置他能承受的活动。

◆ 体验失败

失败可以锻炼孩子的心理韧性和反省能力。实践证明，凡是犯过错误的地方，也总是记得最清楚的地方。很多父母不忍看到孩子失败，于是从"拔刀相助"到"包办代替"，表面上是帮了他，实际上是夺走了他实践的机会和体验失败的权利，也阻碍了孩子的成长。下面这个小故事就揭示了这个道理。

有个渔人因捕鱼技术高超，被村里的渔民尊为"渔王"。然而，他年老的时候却陷入苦恼，因为他三个儿子的捕鱼技术都很平庸。

于是，他不断向遇到的人诉苦："我真不明白，从他们懂事起，我就开始教他们捕鱼的技术，从最基本的东西教起；他们长大了，又教他们怎样识潮汐，辨鱼汛。我把一生捕鱼经验全都传授给了他们，可他们的技术竟连普通渔民都赶不上。"

一位路人听了他的诉说后，问："你一直手把手地教他们吗？"

"是啊，为了让他们学到一流的捕鱼技术，我教得很仔细很耐心。而且，为了让他们少走弯路，我一直让他们跟着我学。"

路人笑了，说："这就是你的错误所在。你只传授了他们技术，但没有给他们获得教训的机会，对于一种技能来说，没有教训与没有经验一样，都不能使人成大器。"

因此，在生活中适当地让孩子承受一点失败的压力是有必要的。但很多家长对孩子寄予过高期望，只许成功，不许失败，这会让孩子长大了输不起，经受不了挫折和打击。

不妨来借鉴一个家长的做法：

莉莉 14 岁，舞蹈跳得非常棒。可不久前在市里举行的少年才艺大赛中，她竟连个末等奖也没拿到，不禁在父母面前失声痛哭。可妈妈却连说："输得好！"女儿一脸不解，妈妈解释道："输了，以后你才知道天高地厚。树受到创伤的部位，结了疤之后，便成了树身上最坚硬的地方。你输过，对挫折有了免疫力，将来才能输得起。我们希望你是一个能赢敢输的孩子，而不是只会赢却输不起的孩子。"

当然，当孩子处于失败的"低谷"时，父母万不可"落井下石"，对其无视、指责或谩骂。而要用信任来鼓励孩子，比如"这点困难没什么大不了，你能行的！"并告诉孩子，失败是不可避免的，人人都要经历失败，勇敢的人要懂得从失败中吸取教训，让孩子明白失败的价值，从失败中重新站起来，向着成功不断前进。

……

孩子的成长中还有很多挫折教育的机会，但有一点需要注意，那就是把握好度。我们是倡导给孩子体验失败、劳累的机会，但还是应以掌

独生时代的平衡教育

声和鼓励引导为主。因为童年的不当刺激，会加深孩子对负面事物的印象。

5岁的琳琳喜欢画画，每周还上一次课。突然有一天，孩子说不想画画了。当妈妈追问时，她反而一个劲儿地说"我不会、不学"。任凭妈妈招数用尽，琳琳就是不去。后来再有新的艺术学习，她都表现得比较胆怯，不敢主动尝试。

上小学后，妈妈与孩子的一次无意闲聊才知道琳琳放弃学画的原因：学画房子时，因为她画得实在别扭，被老师耻笑，还当场撕了画，小朋友们都笑话她……虽然事隔多年，但这一阴影对孩子稚嫩心灵带来的打击依然难以消除。

因此，低龄幼儿需要挫折，但挫折教育必须同时拥有爱心、支持这把"保护大伞"，这样，孩子才会在战胜困难的过程中体会到成功的喜悦，从而更有自信地面对新鲜事物。

### 2. "炼钢"有妙招

• 故事法

选取或自编一些挫折故事，讲给孩子听，还可以一起收看相关的动画片，并和孩子进行讨论，让孩子对此有一个感性的认识：生活中不光是顺利和如意，也有困难和挫折。

比如，动画片《倒霉熊》，里面的小动物虽然倒霉，但是他屡"败"屡"战"，从不气馁，永远保持着乐观向上的态度。看完后不妨和孩子一起聊聊里面的情节，如果碰到倒霉熊那样的倒霉事后该怎么办等。

给孩子讲讲《汤姆历险记》这样的小故事，可以用夸张的语气来描述故事中主人公遇到的苦难，再以敬佩的态度讲述主人公勇敢、坚强的经历。让孩子从小了解、模仿这种对待困难、坎坷的积极精神。

对于年龄稍大的孩子，还可以翻开他的相册，讲讲他小时候战胜困难的事例。例如，学走路时，怎样摔倒又勇敢地爬了起来；跟孩子登山，怎样坚持自己上，等等，也不妨适时地赞美他：你跟××一样勇敢呀！因为是自己小时候的故事，孩子会更有兴趣，而且对战胜困难也更有信心。

• 因材施教

枪枪小时候被家里人宠得厉害，长到6岁，很多坏毛病就凸显出来了：懒惰、知难而退、缺乏耐性，爸爸想纠正孩子的缺点，决定先从提高其意志力开始。于是要求他练习长跑1000米，实际上枪枪常常是跑300米就气喘吁吁、脸色煞白。可不想跑，爸爸还会严厉地批评他，时间一长，孩子反而变得情绪波动更大，比如，砸家里的东西等。

其实，挫折教育要"挫折"，但是不能过于苛刻，尤其不能忽视孩子的实际情况。否则能力没有锻炼出来，反而产生了新问题。因此，良好的挫折教育应该尊重孩子的承受能力和发展特点，因材施教。

• 困境法

在美国著名歌星惠特妮·休斯顿的成名之路上，妈妈曾故意制造困境，在她17岁时，有一次，她正在为当晚与妈妈同台演出的演唱会做准备，忽然妈妈打来电话，声音嘶哑地说她嗓子坏了！不能演唱了，让女儿一个人上台演唱。就这样，惠特妮·休斯顿只好硬着头皮上台，没想到却一唱成名。正是妈妈精心策划的这场"意外"给了惠特妮·休斯顿独立锻炼的机会。父母如果没有让孩子摔倒的勇气，孩子将永远不会站立起来。

为孩子制造一些困境，让他在"实战"中得到锻炼，逐渐学会面临困境的处理方法。如果是三四岁的孩子，带他出去玩时，可先提出假设："你和妈妈在大街上走散了，怎么办？"当孩子不知所措的时候，告诉他先不要惊慌，如果有陌生人要带你找妈妈不要相信，然后告诉孩子具体的做法。

对于2岁左右的幼儿，不妨在游戏中设置障碍，比如，玩"钻洞"：

在家里把大纸箱侧放在地上，让孩子从里面爬过去。当他爬的时候，家长可以在外面制造一些声音，或轻轻摇晃箱子，让孩子感到害怕。然后，再鼓励孩子勇敢地爬出来。

• 练习法

体育训练——练出意志力

阿力是个耐性比较差的孩子，很多事情不能坚持。针对这一缺点，爸爸将目光投向了各种孩子能做的体育运动，比如，徒步、爬山等，鼓励孩子参与有难度的运动，并常带他一起进行。起初，阿力走个5分钟就已经叫苦连天，后来，在不断地鼓励和引导下，慢慢地提高到10分钟，甚至更多。慢慢地，在别的事情上，坚持性也越来越好了。

体育运动最能考验孩子的意志力和承受力。因此，日常生活中，不妨循序渐进地多给孩子提些有难度的"目标"，以此磨炼和提高孩子的意志力。

尝试训练——练出胆量和勇气

有些孩子常常会主动拒绝尝试新的或者他们认为困难的事情，尤其是习惯了父母包办代替的孩子。因此，不妨根据他的具体情况，提出行动要求，帮孩子锻炼勇敢的品质。比如，独自下楼去买东西（4岁以上）、走没有走过的路、自己动手制作玩具、参加各种比赛和活动等。孩子第一次没有做好、遇到挫折时，父母可以告诉他：这一次失败了没关系，我们可以重来。

### 3. 根据孩子的不同反应进行引导

不同的孩子面对挫折时，反应也不尽相同。因此，只有仔细观察是何种挫折，再结合孩子的特点，给予适合的引导，才能使挫折教育发挥最大的作用。

**退缩型**

贝贝在幼儿园和别的小朋友做游戏玩球，开始很高兴。过了段时间，当她看到其他同伴都能接着球，而自己一个球也接不住时，就沮丧地走开了。后来，老师几次让贝贝参与其中，她总是摆摆手，胆怯地说"我不玩"。

爱心提示：此类型的孩子往往比较害羞内向，若有一连串的挫折，他会以逃避的方式面对困难。有时在尝试前，孩子就已经放弃，很容易知难而退。这常源于家人对孩子的过度保护，使其失去自己锻炼的机会，也切断了他探索世界的通道。于是，遇到困难，便封闭、退缩。对于害羞胆怯的孩子，有时候他感到的挫折并非来自于失败，而是来自对新事情的陌生感。

妈妈对策：

◆ 来自与失败有关的故事或动画中的教育

此阶段的孩子主要未用形象思维方式，听不懂抽象的道理，因此，不妨找些和挫折教育有关的故事或动画，和他一起阅读、观看，可用夸张的语气来描述故事中主人公遇到的苦难，同时，要激励孩子向故事中的主人公学习，学习他们的勇敢。并和孩子进行讨论：故事里的小朋友遇到了什么困难？他是怎么克服困难的？如果你是他，你又会怎么做呢？让孩子了解生活中有许多困难和挑战，面对它们不能胆怯，要勇敢地面对，才能收获那份成功的喜悦。

◆ 建立积极的心态

当孩子遭遇失败，对其给予适当的肯定是必要的，如"其实，你刚才摆得已经很不错了"、"没关系，你再坚持一下就成了"……性格内向、遇事退缩的孩子在遇到失败时更需要妈妈的鼓励和肯定，这能为他播下积极乐观的种子，使其面对挫折时仍抱有希望。孩子心境乐观，也就更乐意去思考解决问题的方法，自然也就不会"输不起"了。

◆ 给予具体指导

如果孩子屡遭失败，容易形成受挫心理和自卑感。妈妈需根据孩子的个性特点、能力水平，给予具体指导，增加他成功的经验，使其能体会到成功感和胜任感。如案例中的贝贝，可帮她找出失败的原因，也让孩子懂得方法不当、努力不够、条件不足等都可能引起失败。然后弥补不足，如换个方法或再努把力等，最终获得成功的体验。帮孩子从失败体验成功，始终要注意保护他的自信心，使他不自卑、不失望、不放弃，继续努力。

◆ 培养自信心

注重孩子早期自信心的培养，增强他的心理承受能力。他在遇到挫折时就不会害怕、退缩，抗挫折能力也会增强。给孩子提供锻炼的机会，可以通过不断提高她的生活自理能力、动手能力和人际交往能力，多管齐下，帮他获得自信。

飞飞妈妈就很懂得引导孩子，它不仅让3岁的飞飞自己穿衣服、扣扣子，有时候还会请她帮妈妈来扣纽扣；在小区散步时，鼓励飞飞自己走花池沿儿。当飞飞畏缩不前时，妈妈就伸出手在旁边做一定的保护给她信心，但并不直接扶她走。

通过这些生活小事让孩子经常性地体验因成功做好了某事而感到内在的满足，认识到自己是有能力的，对自己有一个良好的感觉，感到自身的价值。这样，在以后面对挫折时才不会沮丧失望。

**推过型**

毛毛跟妈妈学习折风车，妈妈边说步骤他边跟着折。但一到复杂的部分毛毛就跟不上了，即使妈妈重复几遍，他还是索性把纸丢在一边。问他为何不做时，毛毛推脱他的纸太硬了，折不上，妈妈又说得太快，所以不想折了。

爱心提示　此类型的孩子遇到失败时，常把原因推向外部，如把过错推到他人或别的事物上，认为借此可以摆脱责任，不必努力寻求解决方法。其实他的心里对失败的原因很清楚，只是不敢正视自己的不足，用这种方式以掩盖自己的责任。孩子推卸责任应引起妈妈的高度重视，长此以往不利于他形成应有的责任感。

**妈妈对策**

◆ 榜样教育

首先，妈妈需反思家人在教育孩子时，是否出现过如下现象：孩子不小心碰到桌子哇哇大哭，家长拍打桌子说：都是桌子不好，碰了我们宝宝；孩子绊倒在地，家长连忙扶起搂在怀里，边安抚边训斥：都是地面不平或都是这个碍事的凳子捣乱……其实，这种转移责任的教育方式很容易影响孩子对挫折、失败的态度。

◆ 情境重现

当孩子遇到失败推脱责任时，可尝试按照他的解释，重新演练一次。通过情境重现来引导他的认识，证明他的错误，再引导他正确面对困难。如按照毛毛的解释，给他换更软的纸张，妈妈描述步骤再慢些，重新学习折风车。如果证明出孩子对失败或困难的推脱，妈妈不要就此教训他，需要启发他想办法折过复杂的部分，并给以鼓励和帮助，促使他敢于面对困难，解决困难。

◆ 分享失败经验

孩子面对失败时情绪不好，往往是由着性子来，因为他缺乏失败的经验，不知道该怎样面对失败。妈妈可与他分享失败的经验，让他知道爸爸、妈妈也有许多做不到、做不好的事情，失败和做错不是什么"丢脸"的事。关键要让孩子明白结果不是最重要的，只要努力了，即使失败了也没关系。

**逃避型**

森森和表哥下棋，看着自己的棋子被表哥一个一个吃掉时，森森不干了，不满地说："你不能这样走，"边说边耍起性子来。他把棋子打乱，带着哭腔说："一点儿也不好玩，我不玩了！"

**爱心提示**　此类型的孩子在游戏中输了后，常不认输、耍赖、哭闹

独生时代的平衡教育

或发脾气。一般来说，这是自尊心强且缺乏安全感的表现。他们很害怕输，一输就无法肯定自己。同时，由于个性好强，当他们无法随心所欲地控制环境时，常以耍赖来否定既定的事实。

**妈妈对策**

◆ 建立正确的"成败观"

通过游戏来帮孩子建立正确的"成败观"是一种方便、有效的方法，如常玩的"石头、剪刀、布"游戏，规则简单。和孩子在玩的过程中，可以先故意一直输给他，再告诉他：总是赢就会觉得没挑战，再引导他明白：玩游戏就会有输有赢。让孩子尝到"输"的滋味，在亲身体验的过程中认识成功与失败的关系。当然，孩子开始经历"输"的时候总会稍有失望和不快的感觉。这时妈妈可给以适当的安慰和鼓励，告诉他：我知道输掉游戏令你有点不开心，不过这次输不代表每次都会输，只要尽力参与，总会有办法成功的。

◆ 给孩子自己面对失利的空间和机会

孩子克服挫折的能力和动机常来自于遭遇过的挫折，当他经验足够丰富时，就会获得更多的成就感和自信心。因此，虽然妈妈要尽可能帮助孩子成功，但在平时的生活中请不要过分刻意地为他排除一些在正常环境中可能遭遇到的困难。不妨留给孩子自己面对失利的空间和机会，比如，他用积木搭一座高楼，快成功时"楼"塌了。如果这时孩子已经生气，妈妈也尽量不要直接替他解决问题，可以和孩子一起讨论，启发孩子去思考解决办法，然后再次尝试。

◆ 引导孩子反省

此阶段的孩子尚未形成完备的自我意识，自我反省力还处于萌芽阶段，因此需要家长的正确引导。如上面的案例，面对孩子失败时的哭闹，家长需要先接纳他的情绪，让他描述当时的场景，然后告诉他："森森想赢，妈妈和你一样也想赢，如果妈妈输了，不甘心，吵着说不算，或是阻止你赢，那你会不会生气，还和妈妈玩吗？"用这样的方式与孩子沟通，提供给他一个自我反省的机会，让他发现自己错在哪里？也可以等他情绪缓和下来后，邀他玩同样的游戏，并且学他刚才霸道的模样，让他体会别人的心情，再告诉他遵守游戏规则的重要性，这更易使其接受。

第八章

# 帮孩子赢得好人缘

同伴交往是孩子学习人际交往的第一步，在当前独生子女圈养的背景下，教孩子学会交往既是重要的，更是必要的。那就先从认识他们的同伴交往能力开始吧！

# 一、孩子眼中的交往

## 1. 1岁前

心理学家贝克曾做过这样的实验：以9个月的婴儿为研究对象，把他们分成两组。让一组婴儿一对一地玩耍，先后共让他们玩耍10次；另一组同样是一对一，但只让他们在前组玩耍第一次时玩耍一次，然后在前组婴儿玩耍第10次时，再让他们玩耍一次，即共玩耍两次。最后再让两组宝宝自由和新同伴玩耍。

此时发现：同样时间内，第一组婴儿（已有交往经验）注视、抚摸、向新同伴微笑的次数以及与新同伴"交往"的复杂程度都远远超过了第二组婴儿（较少交往经验）。类似的实验研究还有很多，结果说明，1岁内的孩子已经需要同伴交往了，而且早年的交往经验对日后同伴交往水平有很大影响。

## 2. 1~2岁

▲1岁~1岁半

此阶段真正的伙伴互动开始了：当一个孩子对另一个孩子发出微笑、声音，抚摸、轻拍或递玩具等动作时，另一个孩子也会报以微笑，发出声音，注视行动等。但此时孩子受情绪影响大，比如，高兴时能与小朋友玩耍，生气时则不愿或拒绝参与游戏。

▲1岁半~2岁

1岁半以后，孩子间的交往出现了模仿性和互补性的特点，比如，照相时一个孩子摆某种 Pose，另一个孩子也会摆相仿的姿势。此阶段，有些孩子在一起玩，往往互不干扰，各玩各的。

### 3. 2～3 岁

两岁后的孩子越来越喜欢和小伙伴一起玩，虽然他们还不能像大人那样主动打招呼，但已可以用行动来表示自己的意愿，比如，用身体撞、挤、拉别的宝宝，这都是孩子特有的交往手段。

此阶段孩子可有些"重物轻友"。虽然与同伴在一起活动，但吸引力是在对方的玩具等物体上。随着年龄的增长，才不只是钟情于玩具等物品，而是开始了同伴游戏。

### 4. 3～6 岁

随着运动能力和交往技能的发展，孩子与同伴在一起玩的游戏也在逐渐丰富：

**功能性游戏** 简单地重复操作物体或不操作物体的肌肉运动，如跳跃类运动；

**构造性游戏** 带有一段目的，为了制作某个东西而操纵物体，如积木、剪纸；

**假装游戏** 使用某一物体或某人来代替真实的不在身边的对象，如过家家、警察抓小偷等；

**规则性游戏** 按照事先制定的规则和限制条件进行游戏，如棋类游戏等。

尽管此阶段孩子的游戏水平在逐渐增强，但是 3 岁之前孩子的单独游戏和平行游戏的情况此时仍常见。

在这个时期，孩子们还没有形成友谊的概念。朋友只是暂时的游戏玩伴，而且朋友往往与物品或邻近性相联系。比如，问他"你们怎么成为好朋友的"，他的回答通常是"一起玩"。如果请他描述一个朋友，他也常回答具体活动：他带好多玩具；他会分给我好吃的等。

## 二、赢得好人缘从受欢迎开始

提到"好人缘""会交往",很多人以为就是交孩子会说话,会处理人际关系,其实这只是表面文章。就像武侠故事中的武林高手,如果没有深厚的内功,只会几个招式,那也是花拳绣腿。因此,"打造"受欢迎宝宝要从修炼"内功"开始。

### 1. 形成良好的家庭教育环境

同伴交往与家庭教育环境有关系吗?答案是肯定的,因为家庭是孩子学习交往的第一场所。

首先,家庭成员间良好的关系将对孩子日后的人际交往产生重大影响。比如,父母感情和谐、融洽,对待老人和善、孝顺,对待亲朋邻里真诚、实在,孩子在这种环境中长大,自然会受到良好的熏陶,在与同伴交往时,也往往对人友善,乐于帮助他人,因此容易赢得良好的人际支持。

如果父母常发生争执,家庭气氛紧张,会使孩子产生焦虑不安的情绪。在同伴交往时易出现不友好、不信任他人、不顾及同伴感受等问题,从而导致在群体中成为"讨人嫌"的一员。

前苏联教育家苏霍姆林斯基曾说:"父母自身的行为对孩子有重大影响。不要以为只有你们同孩子谈话和教导孩子、吩咐孩子的时候,才是在教育孩子。在你们生活中的每一瞬间,甚至当你们不在家的时候,都是在教育孩子。你们怎样穿衣,怎样跟别人说话,怎样表示欢欣和不快,怎样对待朋友和仇敌,怎样笑,怎样读报……所有这一切,对孩子都有很大的教育意义。"因此,您要想创设能滋养孩子心灵的精神氛围,那就先营造一个良好的家庭氛围吧!

### 2. 建立良好的依恋关系

婴儿与同伴最初的互动方式,是在和母亲早期所建立的互动方式基础上发展起来的，因此，孩子与母亲的依恋质量也是影响他与同伴互动的一个重要因素。依恋理论创始人约翰·鲍尔比认为，与母亲依恋关系安全性高的儿童，与同伴交往中更易表现出自如和大胆；而与母亲依恋关系安全性低的儿童的同伴交往则会存在一定困难。那么，孩子主要依恋父母什么呢？

为了研究孩子对母亲情感的依恋，心理学家曾做一个试验：他们制作了两种假的猴妈妈，一种是铁丝编成的"铁丝妈妈"，另一种是在模型外套上长毛绒布的"布妈妈"。试验的时候，把它们和小猴放在一个笼子里，观察小猴究竟喜欢里面的铁丝妈妈还是布妈妈。如果铁丝妈妈身上没有奶瓶，而布妈妈身上有，小猴很快就和布妈妈难舍难分；即使奶瓶放在铁丝妈妈身上，小猴也只是饥饿时才跑去吃奶，其余时间仍都依偎在布妈妈怀里。心理学家对此的解释是，小猴对母猴的依恋并不只是因为母猴给它喂奶，更重要的原因是母猴能给小猴柔和、温暖的感觉。

虽然这种试验只能在动物身上进行，但生活中有些例子却能验证这一点。

台湾著名演员张艾嘉在儿子刚出生时就为他计划好了未来的路——成为最好的童星。儿子5岁时因妈妈的成功策划一夜之间红遍台湾。以后的日子里，妈妈更是不遗余力地打造儿子，聪明的孩子很快成为一颗耀眼的童星。不幸的是，一次上学路上遭人绑架，结果虽有惊无险，但仍给孩子幼小的心灵以极大的刺激，一度出现自闭的倾向。于是她开始试着以母亲最本能的方式与孩子相处。有一次，他们在埃及共骑一峰骆驼，骆驼脖子上的鬃毛蹭的孩子小腿发痒，于是她让儿子将腿盘起来，半躺在自己怀里，左手帮他抚摸着蹭红的小腿，右手轻轻地摸着他的头发，儿子忽然动了动，将脑袋往妈妈的胸前挤了挤，梦呓般地说："妈妈，谢谢。"由此，张艾嘉甚为感慨"我让他成为全校最优秀的学生，他没有感谢我；我让他成为童星，他没有谢我；我曾打算倾家荡产去交赎金，他也没有谢我。可就在落日大漠里，靠在我怀里的时候，他由衷地感谢我。"

所以，孩子对父母的依恋更多是一种精神上的关爱：委屈的时候，父母给予安慰；困难的时候，父母给予帮助；脆弱的时候，父母给予力量……

**3．好行为是获得好人缘的"保障"**

孩子们在选择伙伴时常以"他不打人"、"他给我玩具玩"等为标准。可见，孩子的好行为是受人欢迎的重要"保障"。培养孩子的好行为从生活中开始吧！

• 学会分享

孩子良好交往行为最初始于相互间的物物交换（玩具交换），因此，想把更多的朋友吸引过来，最有效的方法就是乐于与人分享、合作。而且独生时代的孩子在家"独占"惯了，更需要教他学会分享。

**以身作则**　如果父母平时经常关心、帮助别人，毫不吝惜地借给别人需用的物品，这些行为将会潜移默化地影响孩子，他也会在此类情况下自然而然地与人分享。

**故事启发**　直接讲解有关分享的大道理，对于孩子来说无异于"对牛弹琴"。不妨从他能理解的故事中给予启发，比如，看这个小哥哥对小朋友是怎么做的呢？跳跳蛙爱吃的零食有没有也给大家分享呢？

**及时表扬**　当孩子做出与人分享的举动时，记得给予认可啊！比如，"你能和朋友分享玩具，真是好孩子。""宝宝懂事了，能与别人分享爱吃的零食了。"这种不失时机的夸奖和肯定，能让他的分享行为得到及时强化，继而做乐于分享的孩子。

• 引导孩子体察他人情感变化

在与同伴交往中，对他人情绪的正确感受和积极反应是交往的基础。虽然孩子小，但是家长可以通过看电视、玩游戏等方式，教他通过观察同伴表情和动作来认识情绪变化，比如："看小姐姐疼得都哭了。"

还可以引导他学会思考自己的行为对他人会造成怎样的情感变化，"如果你是别人，你会怎么想？"特别是在生活中遇到一些实际问题时，让孩子自己去辨别、去领会，适宜地去和别人交往。

当然，上述只是列举了一部分内容，好行为还包括不计较、合作等，这需要您在生活中有意进行培养。

### 4. 学习与同伴交往的方法

#### • 培养孩子遵从规则

被同伴拒绝的孩子，很多是因为他们不懂得交往规则。比如，他在参与团体游戏时，不懂得"轮流"规则，只想自己先玩够了；小朋友们一起商量做哪项活动时，他也不知道"协商"、"少数服从多数"，一味地要求别人按自己的想法做。

遵守规则使儿童学会运用行为准则来约束自己。日常生活游戏中，给孩子讲清楚游戏应有的规则及要遵守的原因，如与他下棋时，有意强化其规则意识。久而久之，孩子在与父母交往过程中习得的社交规则，能被他逐渐内化形成巩固的能力后，再运用到和同伴的交往中。

耐心等待也是遵守秩序和规则的前提条件，当其他伙伴更受关注或自己喜欢的东西不能立刻拥有时，孩子的耐心等待会体现他的宽容，更受同伴欢迎。

#### • 指导交往方法

虽然孩子间的交往活动简单，但仍可以交给孩子一些方法，让同伴关系更融洽，继而赢得好人缘。

**礼貌协商** 孩子想加入其他人的游戏时，教他先友好地询问："我可以加入你们的游戏吗？""带我一起玩好吗？"

**赞赏他人** 当某个同伴大秀舞技时，如果孩子也觉得很过瘾，不妨夸奖同伴"你跳得真好！"认可朋友的特长或优点。

**关心别人** 如同伴生病了，提示孩子主动去看望或送个小礼物等。无形中能增进他们间的友谊。

**帮助别人** 当同伴出现了麻烦，如打不开瓶盖、玩具出现松动等，可以鼓励孩子主动上前帮忙……

另外，家长还应为孩子创造交往的环境，比如，带孩子去小朋友多的场合，鼓励、指导他多和其他陌生小朋友打交道，主动与常碰到的陌生叔叔阿姨、爷爷奶奶问好。"生熟通吃"才能成为"社交达人"。

# 三、 交往中的"另类插曲"

对于交往中的"另类"孩子，需要父母们认识其中问题，并通过引导帮孩子改进行为，找到玩伴。

## 1. 家有"小暴君"

从孩子融入群体生活那天开始，也意味着"走进江湖"了，于是有些"恶劣"的问题也就出现了：打人、骂人、推人、踢人、抢东西……

虽然孩子此类行为"粗鲁"，对他人会造成伤害，但一般没有强烈的目的性，比如，看到别人玩具新奇而自己没有，特别想玩就直接去拿。如果同伴不愿意，诸如抢、咬、打等各种招式就纷纷上阵了。要是成功一两次，他便会得出自己的经验：使用"暴力"能得到想要的东西。

其原因主要有两大方面：一个受家庭、媒介、同伴等的影响，模仿而来，一个是与自身神经系统发育不健全有关，导致出现不满意的情况时，情绪波动，直接"武力解决"。既然已经追根溯源了，那么不妨用下列方法来对付家中的"小暴君"。

• 教孩子宣泄情绪

孩子虽小，情绪可不少，烦恼、生气、愤怒等，这些都是容易引起攻击性行为的负面情绪。因此，当他的此类情绪"升腾"起来时，可以引导他说出自己的感受和发脾气的原因，或者哭出来以释放不平情绪。

• 转移注意力

孩子集中注意力的时间比较短，同时新鲜、好玩的事情很容易吸引他。因此，当某件事或物使他情绪起伏，想要"以拳头解决"时，您不妨及时找新的兴趣点把他逗引过去，避免他因情绪不好而对其"实施暴力"。

- 严厉制止

有的孩子很小就有此类行为，比如，撕扯妈妈的头发，对此不要认为孩子小就任其胡来，应严厉制止，告诉他这是不对的，最好用严肃的语气和神情。如果是嬉笑着表达，孩子会以为在跟他开玩笑呢。

- 处理善后

当孩子为夺玩具无理地攻击了同伴，避免说"不要欺负小朋友"这类笼统的句子，最好告诉他具体该怎么做。比如，郑重地告诉他这是不可以的，并教他先向小朋友道歉，并将玩具还回去。同时您还需给孩子讲明，同伴被打会很疼，还会很难过。还可以引导他，如果真的想玩可以想办法与同伴商量，比如，拿自己的玩具去换。

### 2. 家有"受气包"

当孩子脸上挂着泪花，身上脏兮兮，脸上或身上落下指甲抓过或咬过的红红的痕迹，委屈地扑向你，家长自然会心疼万分。此时你如何引导他呢？是让孩子还手还是退让，抑或是亲自"出面摆平"？

先来看几种错误的做法：

**强行要求"打回去"**　很多孩子被打就是因为内向、胆小，让他们还击就等于又增加了一重心理压力，而且还会出现动了手也"打不回去"的情况。

**责怪孩子"你真笨"**　此时孩子非常委屈，希望得到父母的安慰，如果听到的是斥责或嘲讽之词，会让他更加难过，甚至以后不再敢将被受欺负的事情告诉家长，只得暗自落泪，从而形成自卑的性格。

**约束孩子的交往**　因为孩子常被人欺负，就限制他与同伴交往。这种做法貌似保护，实质上是剥夺了孩子与同伴交往的机会。痛楚的经历，加上父母教给其处理问题的经验，才是对孩子交往能力的良好磨炼。

**为您支招**

• 鼓励孩子谈判

如果孩子被欺负是因为别人拿走了自己的玩具，可以鼓励孩子自己找小朋友交涉，告诉对方可以交换玩具或者过两天再玩。家长不妨作为孩子的"后盾"远观守护，为他壮个胆儿。如果孩子落败而归，家长再提出新的方法，尽量不要直接代劳。

• 扩大朋友圈

鼓励孩子主动与同伴分享玩具以扩大自己的朋友圈子，因为朋友越多力量就越大，无辜受欺负的机会就越少。

• 大声地说出来

如果孩子被打，教他高声说出：不能打，打人不对，既能起到"威慑"作用，又能引起老师或父母等大人的注意。对此不妨在家进行演练，如果孩子声音小，可以装作没听到，直到他能大声地说出这句话。

**3. 不合群**

孩子不合群的原因各异。

环境因素——独生时代的孩子在家没有同龄人，加上城市独门独户的生活环境，与同伴接触的机会减少；有的孩子生活环境突然改变，而他对原来的幼儿园、朋友有了一定程度的依赖性，继而在面临新环境时表现出不合群。

个性问题——有的孩子性格天生内向、胆小，这种孩子尤其怕和陌生人交往，因此，当他接触不熟悉的群体时，容易出现不合群的状况。

父母教养态度——有的父母无暇照顾孩子，常让他独自游戏；有的父母怕孩子在外面被同伴带坏或者受欺侮，减少其与同伴交往的机会，这都容易使孩子惧怕与人交往，即使走到同伴群体中，也会因缺乏交往经验，而被边缘化。

**为您支招**

• 切忌给孩子贴标签

不合群的孩子内心比较敏感，如果再经常对人说"这孩子胆小"、"他老跟人玩不到一块儿"等，一方面会给其制造精神压力，另一方面会让孩子觉得自己就是不合群的人，并朝这个方向发展下去。

• 及时发掘和强化孩子的"合群欲"

不合群的孩子表面上对伙伴游戏无动于衷，但事实上他常会从旁暗自观察。当孩子向你讲述其他小朋友的活动，这说明他有和同伴玩到一起的愿望。这时，最好及时强化这种渴望，不妨鼓励他："你也可以参与进去啊！"还可指导他如何走进小朋友的圈子。

• 鼓励孩子接触需要团结的运动项目

有些活动需要群体一起参与，不妨鼓励孩子从玩这类游戏开始。这能使他自然地参与到伙伴间的互动中，也使同伴自然而然地接纳孩子。

**4. 嫉妒心**

心理学家发现，年龄较小的婴幼儿大多数也有嫉妒的表现。如当孩子发现别的小朋友被大人抱着，而自己没人抱或者发现自己的爸爸妈妈抱着别的小朋友，就会出现嫉妒的行为。

虽然，嫉妒是孩子成长过程中一种可以理解的正常情绪反应，但如果任其发展，不加遏制，既会影响孩子的心理健康，也会让他成为一个不受欢迎的人。

**为您支招**

• 倾听孩子的内心感受

孩子都是"喜怒形于色"，不管什么场合，嫉妒、不高兴的情绪都会随时表露出来。此时，与其对他指指点点，不妨做回孩子的"心理咨询师"：倾听孩子的内心感受。比如，"哦，你很喜欢那个模型飞机，但是你没有，所以，很难过对不对？"每逢这种情况，妈妈只要对孩子的感受表示理解就可以了。

另外一种处理方法是不可取的，比如，"不用羡慕他那个玩具，妈妈也给你买一个！"这样的处理方式等于变相鼓励孩子以嫉妒的方式来表达内心感受，容易诱发孩子的贪欲与攀比心。

- 让孩子输得起

有的孩子会因为自己折不好一张纸，或者在游戏中输给小朋友而产生嫉妒心理。这种情况下一方面可以帮助孩子锻炼相关技能，以减少嫉妒情绪；另一方面可以在生活中锻炼他承受输局的心理压力。比如，在玩下棋、扑克牌、拍球等亲子游戏的时候，别总故意示弱让他赢，也让他尝尝因为能力不足而失败的滋味。这样的心理感受会渐渐迁移到其他情境中，使孩子敢于承认别人比自己强，从而减少嫉妒情绪的产生。

- 让嫉妒成为孩子进取的动力

嫉妒有它消极的一面，也有它积极的一面。何不给宝贝的嫉妒心来个180度扭转，让嫉妒转化为动力，进而发展其良好的品质。

比如，当孩子看到妈妈为亲戚家的小妹妹忙前忙后时，往往顿时"醋意大发"。这时不妨告诉他：妹妹还小，需要多照顾。为了加深他与小妹妹的感情，请他和妹妹一起玩耍，既消除了嫉妒心，也使其体会到做哥哥（姐姐）的乐趣。

当孩子与同伴玩下棋等对抗性游戏，因失败而产生嫉妒时，不如先换一个角度引导，比如：你下棋不如小朋友，可小朋友画画还不如你呢；小朋友下棋好是因为经常练啊，你要想赢小朋友，也要经常练习，向别人请教呀！通过这种迂回的方式，让孩子找到一种积极释放自己嫉妒情绪的方式，从而变得更加自信，更加宽容。

### 5. 被忽视

如果孩子是个不善表达又不起眼的孩子，他很可能成为小群体里被忽略的对象：孩子们玩游戏不带他玩，玩具抢不到最好的一个，因此这样的孩子变得更加内向自卑。

教育"被忽略"孩子的关键策略则是为他们提供与其他孩子在一起

游戏的机会。这种相互作用有助于他们建立自信，从而增加成功交往的机会。在自由游戏时间里，家长不妨先邀请不同年龄的孩子与自己的孩子"配对"，让他首先敢于融入一个群体。

**为您支招**

- 教孩子积极响应同伴的主动邀请

受欢迎的孩子善于协调人际关系，当他们面对同伴的"邀请"时，比如，要和他一起玩滑梯等，他们总是乐于接受而不是拒绝，即使心里不同意，也会给予对方恰当的建议。但被忽略的孩子一方面容易直接回绝同伴的主动行为，另一方面自己也不爱主动、积极地加入到群体活动中。您不妨就此教他相应的技巧，比如，"我这会儿不太想玩，待会去找你吧，谢谢！""这个游戏真有意思，咱们一起玩吧！"

- 教孩子对同伴表现出积极的情感

对同伴表达积极的情感，给对方带来好感，帮其逐渐在群体中获得好人缘。教孩子通过微笑、拥抱、安慰、分享和帮助等向同伴表达积极的情感。比如，鼓励孩子当看到同伴搬不动一件东西时，主动"请缨助战"。

# 四、帮孩子找朋友

给孩子找什么样的朋友，妈妈们心里可都有一个"小算盘"呢！比如，孩子太闹了，希望他能和文静一点的孩子做好朋友；孩子太腼腆了，希望他能与活泼开朗的小朋友玩；孩子从小依赖惯了，给他找个大点的、懂事的孩子做朋友，在玩耍时还能照顾他……

为了博采众长，我们可以借鉴美国儿童专栏作家夏洛特·拉提委拉的观点，为孩子找以下几类朋友。

**1. 就近的朋友**

寻找途径：邻居的孩子；父母同事或朋友的孩子。

好处：便利的条件让这些小家伙们经常碰面，也让他感觉跟自己一样大的人玩更有意思。

提示：无需硬性规定孩子们的游戏，只要提供一个安全的环境即可。即使开始两人相互观望，过不了多长时间就会玩得热火朝天。

### 2. 异性朋友

寻找途径：孩子们一起游戏的地方，如亲子班等。

好处：在两三岁的时候，性别没有多大差别；然而，到四岁的时候，孩子会更喜欢同性朋友。从小跟异性小朋友自然玩耍，会让他们今后更尊敬异性，更容易与异性交流。

提示：有意增加孩子与异性朋友相处的机会；强调异性朋友带来的正面影响，比如，更胆大有力，更认真细腻等，让孩子做事的思路更开阔。

### 3. 年龄稍大一点的朋友

寻找途径：亲戚好友中找，如堂哥、堂姐、表哥、表姐等。

好处：因为大点孩子的思维相对更成熟，知识掌握得更多，因此，孩子与大朋友在一起，学东西更快。

提示：大孩子也是孩子，因此，他们在一起玩仍免不了会发生冲突，注意调解。

### 4. 孩子自己选择的朋友

寻找途径：无需大人帮忙。

好处：这是他向独立迈进的一大步。

提示：孩子进入到一个群体中，不管这个群体是固定还是不固定，一段时间后，孩子都会找到自己喜欢的朋友，因此，家长不要因为自己不喜欢而进行干涉。

此外，关于帮孩子找什么样的朋友，还得"具体情况具体分析"。比如，有的孩子爱当"老大"教训别人，不妨引导他和大点儿的孩子交往，让他体会被别人指挥的同时，也学会调整自己在群体中的地位；有的孩子热情似火，但往往只跟某一个好朋友玩，不妨帮助他扩大朋友圈，认识、交往更多不同的朋友。

如何帮孩子找到朋友自然也是"法无定法"，举行家庭聚会是一个既方便又有效的方法。有相仿年龄孩子的家庭常聚到一起，也可约定共度周末，让孩子们在一起自由玩耍，这样既给了他一定的交友示范，又扩大了他的交友范围。

# 第九章

# 去任性、养耐性

# 一、和任性的孩子过招

在一个玩具专柜前，4岁的浩浩就是赖着不走，原来他相中了一辆新款小汽车。妈妈说："我们家已经有好多种车了，公共汽车、敞篷车、小轿车……这个又贵又不好看，不买了。"浩浩哪听得进去？跺脚、撒泼，妈妈劝他、哄他，甚至打他都不行。最后，只好买下。

晴晴5岁了，这天妈妈做了她爱吃的豆角焖面，谁知临吃饭，"小公主"变脸了：不吃这个，我要吃包子。但包子买回来后，晴晴咬了一口说："不好吃，我要吃蛋糕。"爸爸看到她的任性批评了两句，晴晴大哭起来。奶奶过来哄，可她却越哭越厉害。妈妈只好决定去买蛋糕。

这些情境你是否也很熟悉呢？这就是孩子任性常见的表现：

他要什么，就得给什么，不给就大声哭闹，甚至在地上打滚，直到你让步为止；

专门和大人对着干，你让他往东他偏往西，甚至大人发脾气了他也不让步；

为一点小事就大吵大闹，乱发脾气，怎么劝也不管用；

想干什么就非要干什么，不理会时间地点，也不理会禁令。

……

总之，这些"小人精"的武器通常是：哭闹；哀告乞求；持久性地"磨"；赌气噘嘴、不说话、摔东西、不吃饭，等等，一般家长对此只好"举手投降"。

不过在此提示您要分清孩子的任性与主动性：

孩子自己拿着勺吃饭，搞得狼狈不堪；自己还没有扫帚高，却拿着扫帚扫地……这些都是表达主动性、独立性的行为，并不是任性的表现，应给予鼓励、表扬和引导；孩子吃东西时挑三拣四、边吃边玩儿，不满足要求就赖在地上打滚哭闹……这些就是任性的表现了，要按任性处理。

# （一）孩子任性有隐情

意大利著名教育家蒙台梭利曾说："对成人而言，儿童的心灵是一个难解之谜。我们应该努力地探寻隐藏在儿童背后的那种可理解的原因。没有某个原因，某个动机，他就不会做任何事情。一个成人若想找到这些谜底，他必须对儿童采取一种新的态度，增强对儿童的责任感。他必须成为一个研究者，而不是一个迟钝麻木的管理者或专制的评判员，现实中成人以管理者或评判员身份对待儿童的情况实在是太多了。"

蒙台梭利的话给了我们一个启示：与其对此苦恼，发牢骚、埋怨，不如先来解开孩子任性背后的隐情。

### 1. 生理角度

对于不满意，要自己想要的东西，一般成人可以控制自己或通过与人沟通，说服别人满足自己的愿望。但孩子因神经系统未发育完善，因而自制力差，情绪不稳定，稍不如意就要发脾气，或用哭闹应付。

### 2. 心理角度

儿童成长不是匀速平稳的，而是有起伏的阶段。有的阶段较为平稳，有的阶段则棘手问题频出。

随着语言的发展，自我意识的萌芽，孩子到 2 岁左右就进入了"第一反抗期"，情绪反应变得更加强烈，凡事都喜欢说"不"，很多事情上表现出任性；这种心理变化持续一段时间后，步入 4 岁，孩子又进入了一个不平衡阶段：情绪不稳、脾气暴躁、行为粗野、喜欢拒绝别人的要求……种种任性言行再次表现出来。

### 3. 教育方式角度

• 有求必应

爱孩子就尽量满足他，是很多父母的行为准则，殊不知，在一次次的满足之后，孩子越发"得寸进尺"。孩子的认识能力有限，他对于自己要求是否合理不善分辨，只是记得上次满足我了，这次为何不可以呢？于是哭闹开始上演。

• 于心不忍

小孩子真是"人小鬼大"，他一般会试探、总结哪个招数能降服您，继而作为"杀手锏"。比如，当要求被拒绝后会先央求，此行无果，则换之以哭闹、撒泼、耍赖等。很多父母在此时败下"阵"来，只好"就这一次，下不为例"，可他的经验是：这招有效，下次还用。

• 一味退让

在孩子任性表现激烈之时，很多家长为图消停，于是就此妥协。一味退让的结果是孩子从中尝到了"甜头"，日后更加"变本加厉"。等父母再想"反败为胜"的时候，"战争"的激烈程度就升级了。

## （二） 10 招搞定孩子的任性

在拥挤繁闹的街道上，躺在地上的一头驴严重阻碍了交通。几个壮汉拉也拉不走。拥挤的人越来越多，引来了交警，交警厉声驱赶、甚者持枪恐吓，驴子都无动于衷。正当人们一筹莫展时，人群外挤进一位老农，只见他拿着两个水灵灵的萝卜，在驴子眼前晃了晃，驴子眼睛一亮，乖乖地站起来，跟随老农走了。

其实，生活中孩子的情况和故事中的驴子有相似之处，道理不一定多高深，态度不一定多严肃，只要找到孩子喜爱的那根"萝卜"，很多问题就迎刃而解了。因此，当孩子任性时，只宜智取，不可硬顶。

### 第 1 招：冷处理

当孩子由于要求没有得到满足而发脾气或打滚撒泼时，家长越劝阻、说服，孩子越声色俱厉，因此，可以"狠狠心"暂时不予理睬他，去做别的事情。

不要流露出心疼、怜悯或迁就的态度，更不能和他讨价还价，给其造成一个无人关注的氛围，孩子折腾一会儿看没什么"效果"，会感到无趣而作出让步。此时，父母也可给予表扬进行强化，比如，"宝贝今天不乱要东西，真是懂事了！"

这是常用的一招，但运用时要注意：大人要态度一致，即使有分歧不能当着孩子面表露出来；一次冷处理可能并不能减弱孩子的哭闹，必须有多次的冷处理，才能逐步改正孩子的任性行为。

### 第2招：转移注意力

妈妈的新裙子上有很多装饰钻，这些亮闪闪的东西一下子吸引了早早的目光，她跑过来好奇地问："这是什么呀？"边说边要抠，妈妈不让动，可她全然不听。还是爸爸解了围："宝贝，奶奶在给你做兔子型的包子，我们去看看好了没！"早早随即跟爸爸走了。

孩子对同一事物持续注意的时间较短，且容易被新鲜的事物吸引。这就为我们用"转移注意力"这个方法创造了充分条件。因此，谁善于把孩子的目光引向鲜艳、有趣、新奇的事物上，谁就会成为宝贝任性时的"赢家"，反之，越是拗着他，他反而闹得越凶。

无法转移注意的孩子是没有的，只看您有没有足够的耐心，会不会想办法。比如，对普通的事情换个新奇的说法，或者拿个封闭的东西假装里面有东西让他猜，引起他的好奇心。只要用心去逗引他，孩子一般都会"上当"。

### 第3招：站在孩子的角度看问题

或许下面的例子你早有耳闻，但它形象地揭示出孩子"任性"的又一深层原因：

一位父亲总想不通为什么孩子总不愿去商场，为什么那里眼花缭乱的商品吸引不了他，甚至到那里后孩子会哭闹着要离开。一次，他又带着孩子去了。这回，孩子的鞋带松了。在这位父亲蹲下来的瞬间，他忽然明白了，在孩子的视野里，晃动着大人们粗壮的腿，毫无美感可言，甚至有些骇人。于是他让孩子骑在自己的脖子上，立刻听到了孩子喜出望外的惊讶声。

孩子因语言表达的限制，在遇到不如意的事情时，会先以情绪"说话"，如果家长不能及时理解，则会误以为孩子是任性，因此，需要我们有意去了解孩子的视角，尝试从他的角度看问题。做到这些，您就不觉得那是他的任性了。

### 第4招：想办法满足合理要求

孩子虽然表现任性，但有些要求是合理的，你瞧这个：蓬蓬从幼儿园回来，吵着要妈妈给他讲故事。当时妈妈在整理第二天开会需要用的材料，没理他，谁知他咧嘴就哭。妈妈哄不住，最后还是给他讲了个故事。

等孩子发脾气了再来答应他的要求，等于默认了他任性的"有效性"。因此，面对孩子的合理要求，不妨先发散一下思维，找个灵活的方法处理，争取做到两全其美，看蓬蓬妈的反思、总结：

孩子一天没见到妈妈了，我为什么就舍不得那点时间来陪他，而要等他犯性子呢？后来，我会边做事边和他聊，如果遇到很重要的事情，我会不等孩子提要求，先向他道歉，然后约定时间给他讲。这样，孩子觉得受到了尊重，很少再跟我犯拧。

### 第5招：以退为进

大强爸认为对孩子的任性就是不能迁就，要采取强硬手段，丝毫不能退让。一般大强要买个什么，爸爸坚决不给买，觉得不能惯他的坏毛病。当然，大强也经常用任性宝宝的常用"法宝"，于是父子在一起时经常发生"战火"。

其实经常陷入僵局也不是办法，家长也可以找个方法缓和矛盾，但这不是迁就，而是以貌似妥协的处理方式来避免孩子的任性。

比如，孩子想要一种东西，如果你一时拿不出来，不妨说："等一会儿我给你找。"如果没有，可以说："看这个也很好玩呢！"如果不能给他，可以说："这是妈妈很重要的物品，现在不用可以给你玩一下，但是明天你得还回来。"然后第二天提醒他交还。

不过需要提醒家长，对孩子承诺过的事情，一定记得兑现。否则会让你的威信在孩子的心中降低，还会让他从此学会说谎，养成不诚实的品质。

## 第6招：说明情况

晶晶最近迷上了荡秋千，妈妈刚把家务做完，她就吵着要去楼下玩秋千，因为那片广场离他们家还有很长一段距离，妈妈说"今天太累了，改天去玩好不好。"可她吵得更厉害了，无奈，妈妈只好拖着疲惫的脚步带她下楼。

其实，孩子的认识能力较浅，因此只会关注自己的要求有没有得到满足，对于"行不行、好不好"之类的协商，只会按自己的意愿作答。这种情况不妨对孩子明确说明，比如，告诉晶晶：妈妈这会儿很累，脚走不动了，等休息一会儿再去。这样有利于提高孩子分辨是非的能力，减少其任性行为的发生。

平时在吃、穿、用等方面的基本规矩，也可以通过讲故事、看图书、教儿歌或表扬邻居家孩子的一些好行为等，给孩子说明良好的行为标准。

## 第7招：激将法

早晨起来要上幼儿园，但这天欣欣却磨磨蹭蹭地穿衣服。奶奶催了几次，他仍然很慢。于是奶奶故意说："你不是说每天比小智去得早吗？今天肯定不如小智早。"这下欣欣不服地说："今天我也要比小智早"，话音没落，几个动作就把衣服穿好了。

小孩子往往有很强的自尊心和好胜心，如果能抓住这一特点"激"他一下，远比家长苦口婆心地正面劝说要有效得多。但使用此招时，需要摸清自家孩子的脾气。如果是那种性格内向、敏感的孩子，则不宜运用此法，因为会被他们误认为是被嘲笑，继而对心理健康产生影响。

## 第8招：后果自负

潇潇每到吃饭时间都让妈妈头疼，因为不论是耐心地说服、哄劝，还是批评，她常常都不好好吃饭。有一次，妈妈狠了狠心，不好好吃饭就饿她一次，一直饿到下次开饭，中间都不能吃东西。几次之后，潇潇吃饭就乖多了。

学龄前的孩子认识能力有限，因此对于有些事情，家长的苦口婆心换来的仍是他的执拗。既然"敬酒不吃吃罚酒"，对于某些不过分影响其身体和心理的行为，不妨让他去体验一下后果。

如果体验后果是愉快的，孩子会继续这一行为；如果体验后果是痛苦的，孩子自然就会进行改变。像潇潇妈的上述做法，就比唠叨的教训、哄劝和打骂都管用。

## 第9招：戴高帽

天天睡觉前要看动画片，看了两集，已经快10点了还不想关。妈妈觉得太晚了就强行关了电视，这下可惹毛了他，开始哭鼻子闹情绪。于是妈妈来了个"顺毛驴"："天天以前睡前都是看两集就关，可懂事了，今天是被吸引了，要不肯定会自己关的。"听了妈妈的这些话，天天哼哼了一会儿就乖乖地睡觉去了。

孩子都喜欢听好话，被夸奖、认可，针对此心理特点，不妨以"戴高帽"规范他的好行为——用孩子过去的好行为或喜欢听的话，对任性行为作出其他原因的解释，为他转变态度"找台阶下"。比如，"宝宝懂事，不会乱要东西的，现在是跟妈妈闹着玩的"；"其实，宝宝一直都记得很清楚的，只是这会儿忘了。"

要注意一些不必要的"高帽"，或夸大其辞的"高帽"不仅不能收到预期效果，反而会让孩子觉得你很"假"。因此，描述你所看到的和感受到的具体情况，才能让孩子感觉到你的真诚，这样的"高帽"才会收到很好的效果。

### 第 10 招：安静缓和法

当孩子正在任性发脾气时，此招奏效。

孩子发脾气时，情绪激动，有时大嚷大叫，甚至大哭大闹，此时，如果大人采取爱抚、哄劝的方法，孩子反而会更加哭闹不休；如果大人态度粗暴，急躁地打骂，则易让"战火"愈发升级。

家长不妨先保持平静的态度不理他，让他自己"折腾"一会儿。待孩子稍安静些时，给他喝点水，然后以缓和的口气解释拒绝他的理由，也可以说些其他的事情转移孩子的注意力，此过程中语调要坚决，但不可用责备的口吻。

# 二、 好耐性这样炼成

面前的牛奶还没喝完，便迫不及待地嚷着要吃苹果；玩儿滑梯时还没轮到自己，硬要抢先上去玩儿；自己的要求没有得到及时满足，就立刻发脾气，闹情绪……

你的孩子也有过诸如此类的表现吗？这可是没有耐心的"症状"呢！一个人如果耐性不足，会表现得自控力弱、做事有始无终、适应性差、轻易被情绪左右；在挫折面前，往往比较急躁、知难而退。当然，耐性并非是与生俱来的，那就从小培养孩子的耐性吧！

## （一） 孩子为何缺乏耐性

生活水平的提高让孩子越来越没有耐性，比如，要吃雪糕，打开冰箱就有，不用走半天路去买；孩子饿了，不用苦等饭菜做熟，家中早备有许多糕点……当一切都便捷的时候，耐性也就越来越差了。

另外，很多父母为了给孩子一个快乐的童年，几乎是有求必应。无论是吃的、喝的，还是玩的、用的，只要孩子一开口，家长立即予以满足，但这无疑带给他一种错觉：我要什么就得马上得到，这当然会让孩子越来越没有耐心。

选择的多样化也让孩子失去耐心，比如，玩具过多，不知从何玩起，所以看看这个，摸摸那个，总是定不下心来；或者玩一会儿这个就没有兴趣了，很快转向下一个玩具。

## （二） 耐心年龄清单

★ 1～1.5岁　一切要靠大人监管

此阶段，孩子大脑皮层的抑制机能相对较弱，所以冲动性较强，比如，看到好吃的、好玩的，不管不顾就想立即得到。这时，只有大人摆出严肃的表情或把东西拿开，才能制止他。

★ 2～2.5岁　开始学着自己管自己

此阶段，孩子大脑皮层的抑制机能逐渐完善，他能在一定程度上控制自己的行为。比如，妈妈提醒他睡前不能吃糖，他也开始管住自己。但是，如果遇到自己特别想吃的或者想玩的东西，自己还是忍耐不住。

★ 3～5岁　逐渐学会自己管自己

此阶段，孩子大脑前额叶的发育促使大脑皮质抑制机能成熟，他也逐渐能够把父母、老师的要求和一些规则变成对自己的自觉要求。因此，从发展能力而言，孩子能开始控制自身行为而具备一定忍耐力。有的孩子在此年龄段，忍耐力仍然很差，父母需反思平日的教育方式是否过于及时满足其要求了。

## （三） 培养耐性有方法

让孩子修炼好耐心，需要因材施教，在其年龄阶段、接受水平、脾气秉性等基础上进行引导，一点点延长他们忍耐的时间。同时，父母要以身作则，注意自己在生活中的耐性表现，如果家长本身也是急性子，就很难去训练孩子的耐性。

### 1. 延迟满足

人类欲望的满足可分为：延迟满足、适当不满足、超前满足、即时满足、超量满足。其中，"超前满足"是愚蠢的行为；"超量满足"是浪费的举动；孩子需要即时满足，但如果总是处于"即时满足"的状态，会使其性格急躁，没有耐性；好的教育总是提倡"延迟满足"和"适当不满足"。

心理学家米歇尔的研究表明，能够自我延迟满足的孩子，在十余年后，他在学业成绩、社会能力、应对挫折和压力等方面都有较好的表现，在入大学的学习能力倾向测验中分数也较高；而那些不能等待的孩子长大后在上述各方面的发展都较差，学业成绩平平。

针对不同年龄阶段存在的差异，父母可进行不同的对待。

**0～1岁** 父母要尽量满足他们的生理及心理需要，当他的要求实在是无理要求时，延迟满足要控制在以秒计算的时间内，最好不超过1分钟。

**1～2岁** 此阶段孩子还不太明白"等一下"的含义，但可以告诉他等待的原因，比如，"太烫了，等一会儿再喝，不信你摸摸。"也可以把抽象的"等"化成具体的事情，比如，"等妈妈把桌子擦好，我们就下楼。"开始进行延迟满足时，孩子可能会哭闹，家长可以分散他的注意力，使其明白哭闹是不起作用的。

**2～3岁** 此年龄段的孩子基本明白"等"的含义，您不妨有意让他体验，延迟满足的时间也可从几个小时延长至一两天。比如，这个猕猴桃还硬呢，放两天软了才能吃。

**3岁以上** 此阶段孩子能明白很多道理了，因此，延迟满足可以延长时间。送孩子一个礼物，请他等待一周。因为等待会让孩子有期盼的感觉，而当这个愿望得到满足时，他也会感到非常快乐，而且对得到的礼物，也会更加珍惜。

### 2. 小游戏中练专注力

专注力是忍耐力的基础，假如孩子的专注力好，自然也比较有耐心。因大脑抑制功能发育的特点，不同年龄的孩子注意力集中的时间有所不同。一般情况下，3 岁幼儿能集中注意 3～5 分钟，4 岁幼儿能集中注意 10 分钟左右，5～6 岁幼儿能集中注意 15 分钟，6～7 岁幼儿能集中注意 20～25 分钟。

锻炼孩子的专注力不妨在日常游戏中进行，比如，走迷宫、找不同、找错误、拼图、搭积木、折纸等，从简单的开始，等孩子逐渐喜欢并轻松胜任时，再增加难度，孩子的耐心专注习惯将得到有益的发展。

亲子游戏也是不可忽视的活动，比如，比瞪眼，看谁眼睛瞪的时间长；拾豆子，比赛谁捡的又快又多；还有穿珠子、穿针引线，比比谁快、谁的长……活动中的坚持都是对耐心的一种无形培养，同时因为有了竞争，孩子又多了一种乐趣。

一位妈妈的总结：女儿特别喜欢玩穿珠，但小手协调能力还不够完善，因此，穿每一粒珠子都很费劲，但她仍然很认真，为了把所有的珠子穿在同一根线上，有时能坚持一个多小时。可见，有了耐心的孩子就会产生惊人的注意力和自控能力，这一点，恐怕很多大孩子也无法做到。

### 3. 教给他等待的策略

如果是"干"等，孩子自然容易闹情绪，不妨引导他在等待时做些其他事情，转移其注意力，比如，等着荡秋千的时候，先玩一会儿别的玩具；等着切西瓜的时候，安排他准备好纸巾……不知不觉时间就到了。

还可以教给孩子认识钟表，学习等待的具体标识，比如，告诉他长针走到 6 的时候动画片就开始了，计时器到 0 的时候，蛋糕就烤好了；也可以用一件事情做等待的标志，比如，你洗完澡就到吃水果的时间了。

### 4. 排除无关干扰

孩子以无意注意为主，一切新奇、多变的事物都会吸引他们，干扰他们正在进行的活动，有碍耐心的形成。因此，孩子在进行一项活动时，尤其是专注地做某件事时，家长应尽量避免无关干扰。比如，孩子拼图拼到一半时不要喊他去吃东西；孩子正在画画时，先不要问他今天学校里的情况等。

### 5. 参与挑战活动

耐心是坚强意志磨炼出来的，越是困难的环境，越能锻炼孩子的耐心，因此，不妨鼓励孩子参与些有挑战的活动。

一个幼儿园老师曾有这方面的经验：我发现班里有几个调皮的孩子特别没有耐心。有一天的手工活动是编织热带鱼，有一定难度。有的孩子刚拿到手就跑上来找我，说不会做，但那几个男孩子却没有。我发现他们在座位上尝试了很多次，都没有成功，但居然一个下午都没有离开座位。此后，每次集体活动或分散活动时，我都会下意识地留几个有一定难度的问题让他们思考，或给他们一些较有难度的活动。慢慢地，发现他们居然比以前有耐心多了。

### 6. 耐性训练

在平时的生活中，可以有意地对孩子进行耐心"训练"。比如，当妈妈炒菜的时候需要你安静 1 分钟，也就是画张画儿的时间。如果孩子安安静静地等待了这 1 分钟，你记得要及时强化啊！

不妨这样表扬他："妈妈做饭时你能自己玩，真有耐心。"相反，如果他没有耐心去做一件事，那么在接下来的 1 分钟里不去理他，并且向他说明为什么。这确实很难做到。所以，父母们也需要"狠"起来，如果您忍不住又搭理她，训练就将前功尽弃。

### 7. 赋予孩子"新角色"

学习幼儿园老师的做法：如果发现孩子缺乏耐心，就让他来把关，当检查员。检查小朋友手是否洗干净，检查每一个小朋友的兜兜是否都戴好，检查小朋友的作业是否都摆好，等等。这些小家伙会极其耐心地检查每一个人，跑掉的也会叫回来重新检查，一个也不会放过。

换一个角色，让孩子感觉更有意思，也更有责任，生活中这样的机会比比皆是，只要您稍稍动下脑筋：比如，饭前请他负责放碗筷或数数是否拿齐。孩子跟您参加聚餐，等菜时坐不住的问题是否也让您烦恼，那就赋予他一个"角色"，比如，"小检查员"——检查是否每人面前一副碗筷；"小服务生"——帮大家叫服务员……

此外，培养孩子有耐心的同时，父母耐心地对待孩子也是很重要的。动物界也有颇具耐心的妈妈呢！比如，母猩猩特别疼爱自己的孩子，他们会耐心地教小猩猩爬树、行走、觅食和使用简单的工具等生活本领，它们会耐心地给孩子演示怎样用石头敲破坚果、取食果肉，而不会直接将敲开的果肉给孩子们吃。

很多时候，孩子不能用言语表达真实的感受，而往往通过哭泣、发脾气、摔东西等行为表达"不愿意"的想法，有的孩子还会打妈妈或咬妈妈。面对这些冲动性的反应，父母一定要有耐心，并且每时每刻都做好准备，迅速应对孩子的这些行为。如果向孩子大喊或者打他，那么，不仅不能理解孩子，还会影响亲子感情。

第十章

# 让责任心在孩子心中扎根

小学生群体中常听见这样的声音：“妈，我作业本怎么找不到了”、“你没给我默单词，今天没听写好”；中学生群体中常听见这样的对话：“妈，你早晨怎么不早点叫我起床”、“快把我那件衣服洗了，周末穿呢”……

大学生及毕业生中新增了这样的群体：月光族——吃饭要营养，装备要档次，交友要阔绰，娱乐要丰富，把今天过精彩，明天再说；啃老族——工作难找，给的钱少，歇着，有爸妈呢……

相信大家对上述现象并不陌生，或许你身边就有这样的孩子。他们虽处于不同的年龄段，但其行为却有一个共同的特点——缺乏责任感，而这都与童年期不当的教育方式关系密切。

# 一、谁偷走了孩子的责任心

一位母亲为她 23 岁的儿子伤透了心，不得不去找专家。

专家问，“孩子第一次系鞋带的时候打了个死结，你是不是不再给他买带鞋带的鞋子？”母亲点了点头。

“孩子第一次洗碗的时候，弄湿了衣服，你是不是不再让他走近洗碗池？”母亲说是。

“孩子第一次整理自己的床铺，整整用了一小时，你嫌他笨手笨脚，对吗？”母亲惊愕地看了专家一眼。

“孩子大学毕业去找工作，您又动用了自己的关系和权力。”母亲更惊愕了“您怎么知道的？”

专家说，“从那根鞋带知道的。”母亲问，“以后我该怎么办？”

专家说，“当他生病的时候，你最好带他去医院；他要结婚的时候，你最好给他准备好房子；他没有钱时，你最好给他送钱去。这是你今后最好的选择，别的，我也无能为力了。"

孩子成长的道路上，存在着一个个非常温柔的陷阱，掉进陷阱里的孩子，由于被剥夺了锻炼的机会，因而也失去了承受挫折、敢于担当的能力，继而越来越胆小、承受力差、任性……

### 1. 溺爱——让孩子推卸责任

给孩子特殊待遇：家人可以不过生日，可他的生日却大操大办……

轻易满足物质要求：孩子要什么就给买什么，习惯用物质来表达或弥补对他的爱……

过于袒护：家长有一方管教孩子，另一方就会马上出来袒护、解围……

独生时代，孩子自然成了家里的"一号人物"。因此，对于父母及其他长辈来说，想不溺爱他都难，于是他的吃喝玩乐等事情都享受到家人的"特殊关照"。久而久之，孩子会觉得自己的事情也都是家人应该做的。慢慢地，在他的头脑中，某些自己的事情也成了他人的责任，遇到不顺的问题，很自然将责任推卸到别人身上。

### 2. 放任——让孩子无视责任

大亮妈觉得孩子小时候应该自由成长，长大后自然懂事了，因此，平时对大亮的行为多有放任，比如，他对玩具随意破坏，玩过的玩具也随便扔……家长也很少去约束、提要求，继而使得大亮从吃饭、睡觉到游戏都越来越自我。

其实，孩子拥有自由的童年本没什么问题，但如果不加任何约束，过于自由就是放任了。放任孩子等于给了他为所欲为的权利，于是，他对于自己应做的事情，不是鉴于该不该做，而是根据想不想做来应对，是一种随性的行为。换言之，责任的担当"要看我今天的心情"。

### 3. 包办——让孩子远离责任

有个幼儿园老师问妈妈们，平时让孩子在家做些力所能及的家务吗？笑笑妈说："我疼都来不及，怎么会让孩子干活呢？"；卡卡妈说："让他做更添乱，还不如我做利索呢！"澄澄妈则表示给孩子安排过几次，"有时候他也不想做就算了，索性也不怎么安排了"……

过于包办让孩子觉得，既然处处有爸爸妈妈在，反正我也做不好，那就让他们做得了。至于哪些是孩子分内的事情，没有明确也无需明确，因为他会感觉这"全是大人的事情"，跟自己无关，于是，责任心就这样一步步地远离了孩子。

### 4. 保护让孩子害怕责任

妈妈对秋秋疼爱有加，因担心她有什么闪失，真是一刻也不容许她离开自己的视线，并时时提醒：别碰，小心把你碰疼了！""别往前走，扎到你！"……每当秋秋在生活中终碰到什么问题，妈妈都会飞奔而来出面解决。

父母的这种事必躬亲，过度保护，减少了孩子自己解决难题的机会，缺乏锻炼，会让孩子失去生活能力，不能照顾自己，更不能照顾别人。没有承担责任的能力，孩子又怎么敢于承担责任呢？

## 二、 识别责任感的"真面目"

有位中年人觉得日子过得非常沉重，想寻求解脱的方法，于是求教一位禅师。禅师给了他一个篓子要他背在肩上，指着一条坎坷的道路说："你每向前走一步，就捡一颗石子放到篓子里，然后看会有什么感受。"

中年人照此行动，回来时对禅师说："感到越走越沉重。"禅师说："每个人来到世上都背着空篓子。每走一步就会从这个世界上捡样东西放进去，因此才会越来越累。"中年人又问："有什么方法可以减轻人生重负吗？"禅师反问："你是否愿意舍弃名声、财富、家庭、事业呢？"

独生时代的平衡教育

他答不上来了。禅师总结说："每个人的篓子里所装的，都是自己从这个世上寻求来的东西，一旦拥有它，就对它负有责任。"

这个故事道出了责任的本质，正如德国哲学家康德曾说："每一个在道德上有价值的人，都要有所承担。不负任何责任的东西，不是人而是物"。

美国品德教育联合会主席麦克唐纳曾经说："能力不足，责任可补；责任不够，能力无法补；能力有限，责任无限。"他也道出了责任与能力的区别，也难怪现在很多优秀企业招聘人才会把做人和责任心放在第一位。

责任心是一个人对他所承担任务的自觉态度，对于孩子而言，主要是对自己的责任心，即自己的事情要自己做：如果已经掌握了自己吃饭、穿衣的能力，就应自己独立完成。凡是孩子力所能及的事，父母都要鼓励他自己去做。一个人只有对自己负责，才会对家庭、他人、社会负责。

# 三、各年龄段孩子眼中的"责任感"

孩子的责任感不是与生俱来的，它是伴随孩子的成长而不断成熟的。

### 2.5岁～3.5岁 自我责任感阶段

还不太理解什么是责任感，但此阶段孩子开始有心模仿，家长记得树立具备责任色彩的行为榜样。

### 3～4岁 属于被动责任水平

孩子并不理解责任的意义，不会把某一任务的责任看成是毫无疑问、必须去完成的。他们重视的是成人的外在要求和标准，如"老师说了让……"显得很顺从。

### 4～5岁 任务责任感阶段

对责任感有了认识，但还不深刻。父母需积极地引导他，平时可以和他聊些与责任感有关的话题，也可以让他观察周围跟责任感相关的人和事，感性地认识责任感。

**5～6岁　属于半被动半理解的责任水平**

孩子开始明白"自己的事情自己做"，但是常常说到做不到，需他人提醒、督促才能做到，这一阶段是培养孩子责任心的关键年龄。

**6～7岁　属于理解责任水平**

孩子的认识水平更高了，不但知道对自己、对父母、对小朋友要负责，还初步知道对社会要负责，例如，开始具有了环保意识、公益意识和集体意识。但是行为的自觉性还不高，需要父母继续培养。

# 四、责任感培养之家庭锦囊

首先说明一个常见现象：很多父母在孩子小的时候，觉得应该帮他做所有的事情，这个想法和行动的结果就是让孩子失去了主动、独立做事的机会。等孩子长大了，父母想让他独立做些事，并承担责任感，他就不能再锻炼出这些能力了。于是，父母开始埋怨、着急。遗憾的是，这种情况还在千家万户继续着。你如果不想在未来"遭遇"这种困境，那就从下面的提示开始吧！

## 1. 呵护责任心的幼芽

独立是责任心的基础，孩子从出生起所表现出的各种独立的愿望，已经是责任心的萌芽了。比如，学习爬行和走路的时候，他们总是要挣脱大人的手臂，自己尝试前行；刚学会拿勺吃饭，就要挥动自己的小手进餐；找到自己喜欢的衣服，拉扯着想自己穿戴上，等等。

孩子会走以后更易"自不量力"地进行各种活动：听到门外奶奶的声音，脚步不稳地要跑去开门；攀上凳子、爬上桌子去拿更高位置的东西……此时家长该如何做呢？家庭中常上演的一幕是：大人担心宝宝摔倒、磕碰，会立即呵斥他、制止他，并告知：不行，这简直是捣乱！殊不知，孩子责任心的"小火苗"就这样被扑灭了。

其实，在孩子能力所及之处，给他自行完成的空间，就是呵护了责任心的幼芽，也是培养孩子责任感"万里长征"的第一步。因此，对于2岁以内的宝宝，注意发现他想"自己来"的苗头，如果是他的能力范围或经过指导能完成的事情，如把小块面包塞到嘴里，建议家长还是鼓励他、指导他。

对于3岁以内的孩子来说，培养责任感就应从锻炼其生活中基本的自理能力开始，完成当前自身角色中力所能及的任务就是具备其责任心。

### 0~1岁

☆ 请孩子自己握奶瓶喝奶

6个月左右的孩子已经有了一定的抓握能力，此时，家长应以柔和的语气、认可的语言鼓励他主动尝试去抓握。

☆ 把玩具或食品放到某地，鼓励孩子爬过去拿。

八九个月以后，宝宝又长"能耐了"——爬。鼓励宝宝自己努力爬过去拿玩儿的或吃的，如果他不愿意，家长就在物品这端吸引他过来，当他自己拿到手时，记得表扬一下哟！

……

### 1~2岁

☆ 孩子能自己吃的东西，尽量不喂。

此时孩子能自己拿着吃一些东西了，那你就不要再"多此一举"了，这让他逐渐认识到吃饭是自己的事情。

☆ 孩子能自己走的时候，尽量不抱。

抱得太多，会让孩子变得懒惰，对大人形成依赖。依赖多一分，责任就少一分。

……

2~3 岁

☆ 自己穿脱衣服

2 岁后，孩子的自我意识开始觉醒，会向大人要求自己穿、脱衣服。您应为他的这种意愿感到欣喜，并记得鼓励他，耐心协助他，教他学会自己穿脱衣服。

☆ 自己拿勺吃饭

很多孩子 1 岁多就可以拿勺吃了，但手法不熟练或不分左右手。但到了 2 岁左右，从能力上说是完全可以自己拿勺熟练吃饭的。如果仍然不会，往往是大人总是喂饭，没有锻炼导致的。

……

### 2. 家务事儿里的责任感

孩子再小也是家庭中的一员，培养孩子的责任感，不可忽视他对家庭的责任，其中，家务活儿是不可忽视的一项，先来看看国外的情况。

据《中国青年报》报道，有些国家规定了孩子在什么年龄应做哪些家务和社会劳动。在美国：法律规定 6 岁到 18 岁孩子应做的家务和社会劳动；在德国：法律规定，6 岁以上孩子必须做家务并参与社会劳动。就每天的平均时间而言，美国孩子为 72 分钟，韩国孩子为 42 分钟，法国孩子为 36 分钟，英国孩子为 30 分钟，相比之下，中国孩子家务劳动时间最短——12 分钟。

向国外的父母学习吧！下面是不同年龄的孩子能完成的家务清单，你平时是否也让孩子参与了呢？

1.5 岁

★ 为自己拿尿布；

★ 把用完的纸屑、果皮扔到垃圾箱；

★ 捡起地上的小东西；

★ 关上柜厨的门；

独生时代的平衡教育

2～3 岁

▲ 在大人的帮助下，能自己刷牙；

▲ 在家长的指导下把垃圾扔进垃圾箱，或当家长请求帮助时帮忙拿取东西；

▲ 能把东西放进袋子里或堆成一堆；

▲ 把玩具拾起来放在正确的位置；

▲ 帮助喂养小动物、浇花；

▲ 帮妈妈拿拖鞋；

3～4 岁

★ 自己刷牙、洗脸、穿衣、脱衣；

★ 擦抹低层架子；

★ 倒空小垃圾箱；

★ 收拾和整理自己的玩具；

★ 分类可循环物品；

5 岁

▲ 简单整理自己的床铺；

▲ 饭前帮妈妈摆放餐具，饭后清洁餐桌；

▲ 能把各种食物盛入碗中；

▲ 能自己倒牛奶或者果汁；

▲ 负责倒垃圾；

6 岁

★ 自己的事情自己做，如独立吃饭、穿脱衣服、穿脱鞋袜、梳头、叠被、整理玩具、图书等，并让其逐渐学会洗小件衣物。

★ 指导孩子帮助成人做些力所能及的家务劳动，如摆碗筷、擦桌椅、剥豆、倒垃圾、到附近商店买小商品等。

★ 指导孩子进行自制玩具，如用纸盒、瓶盖、硬币、画笔等做小玩具；指导孩子用剪刀、胶水、布块等工具修补破损的图书、玩具等。

......

　　上述列举仅供大家参考，但也不必拘泥于此。事实上，只要是孩子做一些力所能及的家务，都可以鼓励他来参与。

　　不妨花点心思，让家务变成亲子游戏：

　　模仿——小孩子天生爱模仿，何不就此让家务更有乐趣。比如，你擦桌子时也给孩子准备一块儿有卡通图案的抹布，让他来模仿你的动作；叠衣服就更是现实版的"折纸"了，请他模仿你的步骤，叠不好可以多来几次。

　　比赛——如果剥豆子就来个亲子 PK 吧！看谁剥得多、剥得快。在这个过程中，妈妈既可以故意让孩子胜出，以增强他的信心和做家务的热情；也可以偶尔让孩子"落败"，并借机引导他总结经验、教训，向他传授胜出的技能"秘籍"。

　　感染——孩子对很多事情的认识取决于大人对此的态度和行动，因此，如果父母在做家务时心情愉悦，孩子也会觉得好玩而愿意参与；如果大人边做家务边抱怨发牢骚，那么，孩子也会识趣地躲开。

　　当孩子做家务活动时，不可缺少您鼓励和表扬的声音啊！比如，"这次整理得真整齐"、"有你帮忙，妈妈可轻松多了"、"小手擦得真快"……这不仅仅是一种鼓励，还是一种信任。孩子会因此备受鼓舞而更积极地承担一些事情来做。

　　当然，孩子尝试做事总有不尽如人意的地方，此时你可教给他正确的方法或技巧，但绝对不要直接代劳。越俎代庖是责任心的杀手，如果因他做得不完美而直接替代，一来会打击孩子的积极性，二来会让精明的"小鬼"钻空子，日后以"做不好"来逃避责任。

　　总之，不论做什么家务，都要在孩子精神状态良好时提出要求，如果是在他饿了、累了等精神不佳时提出，易使他在不良情绪和家务之间建立负面联系，造成其对家务的不良感觉。

### 3. 让孩子"被需要"

我们往往因孩子幼小、可爱，对其进行悉心的照顾、呵护，总觉得他需要我们。其实有意识地给孩子一种"被需要"的感觉也是必要的，如果他永远处于"被关注"、"被宠爱"的氛围下，一直感受不到家人对自己的需要，又怎么会萌生对家人的责任感呢？

让孩子"被需要"，委托给他一些力所能及的事情，尤其是 3 岁以后。比如，请他给家中的金鱼定期喂食；给小盆栽定期浇水；每天晚饭后帮爷爷拿报纸；从超市回来帮妈妈提包；奶奶做饭时请他帮忙剥蒜……

有个爸爸的做法很值得我们借鉴，他工作繁忙，经常早出晚归或出差，于是，他常对 5 岁的儿子这样说："爸爸要出差，这几天不在家，要靠你照顾妈妈了。记得提醒妈妈多喝水啊！"这种嘱托减少了孩子调皮的概率，也减轻了妈妈带孩子的辛劳，更是给了孩子一份使命，使他觉得责任重大，自豪无比。

有的孩子已经习惯了被别人照顾，而不愿去做大人安排的事情，这也是正常现象。家长不妨用点招数，比如：报纸上有个小狗，给爷爷拿过去，你们一起找找；剥蒜可好玩呢，不信你看……来吸引他参与进来。

此活动目的就是为孩子提供锻炼的空间，因此，孩子免不了出现"三天打渔两天晒网"或不再感兴趣的情况，提醒你不要就此失望或停止他的锻炼，应给予精神上的鼓励或换些新的任务、方式。

如果你有一个儿子，当他屁颠屁颠地解决了您的"难题"，记得鼓励一句：有儿子就是不一样；如果你有一个女儿，当她鞍前马后地完成了你的"需要"，记得表扬一句：有个女儿真好！请学会"需要"他们。

### 4. 承担责任从"娃娃抓起"

多少年来，无数个家庭都曾上演过这样的"情景剧"：孩子走路不小心摔倒了，哭起来，于是家人连忙上前，一边安慰孩子，一边"讨伐"地面："谁让你撞我们宝宝的，宝宝不哭，妈妈打它。"于是，宝宝渐渐地止住了哭声，但同时也会以为是路的错，而不是自己的责任。

同样的事情美国妈妈这样做：问一声"Are you ok?"很多孩子此时边回答边慢慢地爬起来了；或者是鼓励他"宝贝，你是个勇敢的孩子，妈妈相信你一定会站起来！"

日本妈妈这样做：把孩子叫过来，告诉他你撞桌子的原因有三个，一是你走得太快，来不及刹车；二是你走路不专心；三是你没看到桌子。然后对孩子说："来，现在你重新来走一次。"

显而易见，我们的处理方法难以让孩子为自己的过失承担责任，类似的例子还有很多，敢于为自己的过失承担责任才会拥有良好的责任心。

出现过失或犯有过错，即使面对再小的孩子，父母都应先解释清原因，比如，是你跑得太快而撞到门上的；然后对某些不良后果一起设法补救，比如，弄坏了小朋友的玩具，告诉孩子给对方赔礼道歉和修补、赔偿玩具。

有些事情需要孩子体验后果或受到惩罚，进而明白为过失或过错承担责任。比如，刚冲好的牛奶被他打翻了，不要立刻再补一杯，此时正是他体验自己失误导致不良结果的好时机，会比空讲道理更有说服力；当他撒泼摔破了某物品时，也不妨小小惩罚一下，当天不许吃喜爱的零食。

有一位母亲就采用了这样的方法：有一次女儿去少年宫学舞蹈，收拾东西时妈妈发现她没装舞鞋，于是先有意提醒了一句："再检查一下，别落东西。"但孩子仍漫不经心，草草收拾一下就准备出发。妈妈没有做声，打算给她一个教训，让事实来教育她。

把孩子送到教室，妈妈就回家了。等上课准备的时候，孩子才发现舞鞋没带，带着哭腔打电话让妈妈赶快送去。当时，妈妈一听还是有些心软，也完全有时间送，但最终没那样做，只对孩子说："妈妈已经是提醒过你的，还是你自己没有细心，不应该让妈妈跑一趟。你自己想办法解决吧！"

孩子最终没有办法，因为同学也都是一双鞋，只好要么只穿袜子练一会儿，要么站在旁边看。这件事也给了孩子一个教训，此后收拾东西都会自己精心检查。

著名教育家茨格拉夫人说："必须教育孩子懂得他们不同的一举一动能产生不同的后果，那么随着时间的推移，孩子们一定会学得很有责任感的。"其实让孩子对自己的错事负责比父母替他负责更重要。因为这不仅有助于培养孩子的责任感，还能帮助他养成自觉遵守规则、积极自律的观念和习惯。

### 5. 让您的语言发挥"威力"

两三岁以后的孩子说话虽然比较流畅了，但对某些语意的理解还停留在字面上，而且太抽象、空洞的道理还理解不清。因此，培养宝宝的责任感，发挥语言的威力就需要学点技巧了。

提要求——措辞准确，清晰地传达任务与要求。

孩子难以理解一些比较笼统和概括的词汇，比如"把玩具收拾好"这个指令就比较模糊。什么是收拾好？怎样做才算收拾好？因此，这里需要描述得更具体、更有趣，让孩子知道该怎么做，也愿意去做，比如，"我们去吃饭了，让米兔也回家吧"；"汽车该回车库了"；"天冷了，小芭比的衣服还是给她穿上吧"……

有些家长还习惯用"你式句型"：你最好、你应该，等等，这样的指令稍显强硬，给人被压制的感觉，尤其是对于年龄太小或性格偏内向的孩子。其实，指令也可以"甜美"，换个柔和的句式：这样放着会很脏，它们可都是你的好朋友呢，还是收整齐吧！

传情感——真诚、直接。

比如，妈妈因感冒发烧躺在床上，孩子玩饿了，不仅不问候妈妈，反而还怪她不给自己做饭。这种情形下，妈妈肯定会留下无奈、失落的泪水，然后强忍难受起来做饭。

其实妈妈不必淡化自己的病情，完全可以开门见山地表明。然后告诉他，当家人生病的时候，其他成员要给予精心照顾。比如，爸爸嗓子疼，妈妈帮他买药、熬汤；宝宝发烧了，妈妈会请假带着到医院看病，并给他做好吃的。不妨试着向他提问：现在妈妈感冒了，宝宝会怎样做呢？宝宝已经饿了，可以想点什么办法呢？

这样的提问中已经渗透了责任心的教育。如果孩子的回答还是以自我为中心，那说明平时对他的娇惯太过度了，同时需要经常进行类似的提问和引导，相信宝宝会逐渐有所改变的。

第十一章

# 自由与规矩

其实，让孩子自由成长与给他建立规矩并不矛盾。社会生活就像个大的游戏活动，这里充满着各种规则，一个人只有了解规则，在规则之下行动才可能成为赢家；如果一个人无视规则，为所欲为，充其量只是游戏的"捣乱者"。给孩子一些适当的规矩约束，并不是为了束缚他的行动，而是让他在秩序中获得更大的自由。

一位母亲曾深有感触地说："儿子刚刚懂事的时候，我就给他立了很多规矩，比如，不许要陌生人的东西，不能自己过马路，等等。一开始，这些规矩不仅没有让我变得轻松，反而令我很烦恼，因为儿子总是动不动就违反规矩，我便不得不与他展开痛苦的周旋。

但是随着孩子一点点长大，尤其是当他把遵守这些规矩当成习惯以后，我的生活发生了改变，我开始觉得越来越省心。例如：当全家人一起出门就餐时，我完全不用操心儿子有没有吃饱，吃完饭跑到哪儿去了，会不会被坏人领走等一系列令大多数家长普遍担忧的问题。因为我知道，他跑下饭桌就说明他吃饱了，他自己去玩儿了。"

当然，从规矩中受益的不只是家长，其实孩子才是最大受益者。

规矩来帮助孩子获得健康，如"饭前便后要洗手"的规矩保证孩子不把细菌带到肚子里，不生病；规矩让孩子变得独立、能干，比如，"衣服要自己穿"、"玩具自己收拾"等；规矩让孩子变得通情达理，比如，"见了长辈要问好"、"得到别人帮助要说谢谢"、"垃圾不能乱扔"……

家庭教育专家赵忠心教授曾说："孩子的生活经验不足，分辨是非、善恶的能力较差，容易以非为是，以恶为善，以丑为美，把事情给做错了。若不管不教，放任自流，时间长了，很可能会养成不良的行为习惯和思想品德，将来再想纠正，那是很难的。不严加管教确实不成，可是，也不能事事都要管束，一点儿也不放手。要是事事都管束得紧紧的、严严的，不许做这，不许做那，不让他们亲自实践，那就等于是把孩子的手脚和头脑束缚起来了，会使孩子呆若木鸡、事事不能，丧失生存的能力，无法适应社会生活。因此，事事都管得太紧太严，也不成。"

总之，对待规矩和自由，我们应尽量掌握分寸，避免走极端，以防"一管就死"、"一放就乱"的情形发生，要为自由和规矩找到一个好的支撑点，做到"管而不死"、"放而不乱"，这样我们才能培养出既活泼又守规矩的孩子。

# 一、不同年龄的规矩清单

孩子认知能力和行为能力的发展是一个循序渐进的过程，了解他的发展特点，让他在能力范围内学会守规矩，会收到事半功倍的效果。比如，要求 2 岁的孩子不能咬人，比让他学习"守时"要容易得多。

### 1. 1岁以内

对于这个阶段的孩子不必刻意立规矩，因为他们在生理上还处于对父母和环境完全依赖的状况，大人及时给孩子提供他需要的营养和关怀即可。

**年龄特点**

▲0～4个月

这个阶段需要父母及时明白孩子的需要，如哭闹是饿了、渴了还是困了，然后能快速满足他的需求。这样除了利于宝宝的健康成长外，还会让孩子在婴儿期建立起对父母的信任感，日后他也会更容易接受父母的管束。

▲4～6个月

刚出生的孩子就像一头"幼兽"，不过在这个阶段，父母可以开始把某些日常行为习惯化、模式化，比如，建立一些宝宝换尿布、吃饭或是坐上婴儿车的相关特定程序。但提醒您方法不要太刻板，可以根据宝宝的反应做些调整，以便让小家伙始终处在比较愉快的状态中。比如，洗澡时，拿他的小手先撩一会儿水玩。

▲ 6～12个月

6个月以后的宝宝，已经开始逐渐理解因果关系。比如说碰翻了杯子，水就会倒出来，因此父母可以从这个阶段开始适当地引入一些规则。

**父母策略**

当宝宝学会歪歪扭扭地爬行或者跌跌撞撞地走路时，各种各样的麻烦就来了：从地上抓个东西往嘴里填、差点撞到桌子腿上、打翻杯子里的牛奶……这也给你增加了不少虚惊的时刻，随即，你就开始了"不行"、"别拿"、"不能这样"的指令。不过1岁以内的小家伙有时是听不懂这些言语的，好在他已经能"察言观色"了，会从你的语气、表情、动作中确定能不能做。因此，你制止其行为的时候，记得要语气坚决、表情严肃。

对于6个月到2岁的宝宝来说，转移注意力是另一个有用的"招数"：既可以用另一个物品吸引他的注意，比如，孩子要爬危险的楼梯时，可以给他一个玩具，或者把他带到另一个房间，进而达到约束某些行为的目的。

2. 1～2岁

**年龄特点**

1岁以后的孩子如果会走了，随着活动范围的增大、视野的拓展，他们会对这个新鲜的世界更有兴趣。他们充满好奇，任何东西都想碰一碰，他们还不了解外界事物或环境的特点，因此不能预见自己行为的后果。比如，他会毫不犹豫地伸手去抓刚刚煮熟的鸡蛋，并不知道这种行为的结果意味着会被"烫"着。

这个阶段的孩子已从婴儿过渡到幼儿阶段，和婴儿不同的是，幼儿可以听得懂大人制止其行为时做的解释，但还不能控制自己的行为。

**规矩清单**

**吃　饭**

不随便吃脏东西

吃饭时不乱抓东西

按时吃饭

**睡　觉**

按时睡觉

**平　时**

不随意把小物品塞进嘴里或耳朵、鼻子里

不能"打"妈妈

**父母策略**

这一时期，父母的管理重点应放在预防和看管上，在保证家里设施、物品摆放安全，易碎品、温度高的东西放在孩子够不到的地方外，安全方面的其他规矩也应由此建立。比如，不能摸暖水瓶、不能拿剪刀，更不能把手放在电源插座上，等等。

1岁孩子的理解力还处于萌芽状态，如果你想让他知道什么是好的或者坏的，什么是可以或者是不可以的，不妨直接做给他看，这有助于他明白具体要求。这样做的时候，父母的态度要严肃、语气要坚决，让他从您的表情中进一步感觉到这些要求是要遵守的。

3．2～3岁

必要的家庭规则在这个年龄段要开始慢慢建立，其中有个很重要的细节是，这些规则是适用于全家人的，每个成员都要遵守，这样孩子才会明确知道这是必须遵守的家庭规则，否则，互相矛盾的信息会让孩子更加混乱，无所适从。尤其是爸爸和妈妈之间，口径一致很重要，就算有教育异议，也不能当着孩子的面争执。

**年龄特点**

这个阶段是孩子成长当中的探索期，他们会非常有兴趣地探索周围的环境，好奇心极为强烈，精力也超级旺盛。

这个年龄段的孩子还很容易喜怒无常，刚刚还兴高采烈，转眼间就大发脾气、哭闹不止，尤其在他的愿望得不到满足时。他还不能完全了解自己的各种感觉和情绪，不知道如何表达自己的需要，并通过怎样的努力达到目的。

**规矩清单**

**吃 饭**

饭前洗手

不边吃边玩

**睡 觉**

晚上定点准时睡觉

**平 时**

自己走路，不让大人抱

不触摸家用电器、电源开关

不乱扔果皮、纸屑等杂物

帮大人拿、递小物品

得不到想要的东西时，不能大发脾气

**父母策略**

这个时期是对父母耐心的一次考验。即便你不能让孩子实现愿望，也不要把自己放在与之对立的位置上，避免亲子之间的冲突升级。耐心、简洁地向孩子解释为什么不能满足他的不合理要求，清楚地告诉他你希望他怎样做、什么样的行为是好的，而不是大声训斥。

教孩子学习管理自己的情绪，用语言表达不同的感受，学会讲理。

千万不要因为孩子的哭闹而对他的无理要求妥协，强烈又明确的态度应始终如一。如果你禁不住心软，"就这一次吧"，你的孩子就会断定，当妈妈说"不"时，其实意味着"还有机会"。很多时候，孩子以这种方式"试探"你的反应，这无疑是一场心理战，妥协一次就意味着以后将妥协100次。因此，在他表现激烈的时候，你可以采取冷处理，等他平静下来再做解释，不主张惩罚孩子。

### 4．3～4 岁

视孩子的发展情况，可以制定一些更具体，更有指向性的规矩，尤其是有助于好的习惯养成、品格塑造等方面。

**年龄特点**

这是个问题成堆的年龄，3 岁孩子喜欢问"为什么"，并且开始有了自我意识，事事希望自己做主，对父母的要求喜欢说"不"，通常以任性的方式来表达对"自立"的渴望。对父母立下的规矩，他们有时会主动表现出合作的态度，但仍不能很好地控制自己的情绪，因此很少能持之以恒。

**规矩清单**

**吃饭、作息**

饭前便后洗手

自己吃饭，不挑食、不偏食

饭前摆好自己的小碗和小勺

自己穿脱衣服、鞋袜

按时洗澡、睡觉

**交 往**

遵守游戏规则

不打小朋友

懂得见面说"好"，道别说"再见"

不吃陌生人的东西，不跟陌生人走

## 其 他

爱护玩具和书

不在马路边玩耍

未经允许不能乱动大人的东西

大人讲话时不插嘴、不吵闹

遵守交通规则，走路要走人行道

### 父母策略

当一个人"被需要"时，能感受到自己的重要性，通常也乐意去做。因此，家长不妨经常"需要"他做些力所能及的事情，比如，自己系扣子、将拖鞋摆放整齐或收拾玩具。适时夸奖他的乖巧行为是对他最好的鼓励，千万不要因为哪一点做得不好或没能坚持到底而批评他，那样做只能打击他的积极性。

当孩子出现逆反行为时，不妨用"正话反说"的方法，让他心甘情愿地步入规矩的"圈套"——比如，孩子有边吃边玩的毛病，而你却希望他老老实实地坐在餐桌上吃饭，这时可以故意说："今天的饭特好吃。你先去玩吧，等我们吃剩下你再来。"孩子出于"和你对着干"的心理，反而会坚持把自己碗里的饭菜都吃光才离开。

### 5. 4～5岁

### 年龄特点

4岁的孩子开始成为"社交达人"，他们更加专注于游戏和各种活动，此时所面临的重大任务则是学会合作。从现在起，我们可以加强对他的纪律管理了。

此阶段的孩子更清楚自己缺少什么和想要什么，因此，有时会隐瞒事实真相来满足需要，但他并不知道这样做是欺骗、是错误的行为。

### 规矩清单

## 吃饭、作息

早上按时起床上幼儿园

自己刷牙洗脸、穿脱衣服

喜欢的菜自己不能独占

**游戏、交往**

玩具使用后放回原处

乐意与小伙伴分享玩具和书

遵守游戏规则，不因为怕输而要赖

**其 他**

不随地吐痰和大小便

按时完成大人交给的任务

做事有始有终

不说谎，做错事情要道歉

**父母策略**

根据孩子的情况制定规则，但同时做好反复重申规则的心理准备，耐心地向其明确说明应该怎样做和不该怎样做。比如，玩别人的玩具前，要征得玩具主人的同意后才能玩；和别人一起玩游戏，必须遵守游戏规则，不能要赖等。同时，还可以说明违反规则将有怎样的后果。

此外，对于孩子的"说谎"行为，不能简单地进行指责，因为他们还不能将哪些是真实的、哪些是不真实的完全区分开，因此，更不能直接上升到"道德层面"。

### 6. 5～6 岁

**年龄特点**

他已经到了能够领会父母具体要求和规则的年龄了，而且能够把原因和结果很好地联系起来，也就是说，他清楚违反规则以后等待自己的将是什么。但是，有时候也会明知故犯、超越界限试探你，看看大人有什么反应，然后来决定自己的行为。

**规矩清单**

**吃饭、作息**

学会用筷子吃饭

睡觉时把衣服、鞋袜放整齐

自己整理好玩具和书

**游戏、交往**

与小朋友友好相处，不讲脏话、不打人

热心帮助同伴，懂得谦让

乐意把玩具、食品拿出来与同伴分享

家中来客有礼貌，大人说话不插嘴，客人面前不哭闹

**其 他**

自己的事情尽量自己做

守信用，答应的事情要确实做到

在规定的时间内看动画片，不没完没了

参与适当的家务，如扫地、叠衣服等

**父母策略**

"纪律严明"并不意味着对孩子苛求或一味地惩罚，父母心平气和与饱含关爱的实施态度更容易让孩子接受规则的条条框框，并从被动遵守走向自律。

此时，父母应清楚地向孩子解释为什么要遵守规矩，并且引导他们考虑别人的感受。对孩子良好的行为予以鼓励，不好的行为要受到小小的惩罚，借此使孩子明白自我控制的重要性。比如，3 天不能看动画片、取消周末去动物园的计划或者推迟一周去玩陶艺。一旦孩子违规，立即执行。这个时候，无需警告，不用讨价还价，也没有第二次机会。如果您发"慈悲"原谅他一次，规矩在他心里就会形同虚设。

以上清单中的规矩列举仅供参考，你可以根据孩子的情况确定规

则。孙瑞雪老师曾提出 0～6 岁孩子需建立的六大基本规则，你也可以参考：1. 粗野、粗俗的行为不能有；2. 别人的东西不可以拿，自己的东西自己支配；3. 从哪里拿的东西放回哪里；4. 谁先拿到谁先使用，后来者必须等待；5. 不可以打扰别人；6. 做错事要道歉，并且有权利要求他人道歉。

# 二、确立规矩的方法

让孩子成为一个懂规矩、守规矩的人，得先从确立规矩这个"万里长征第一步"开始，如果这步走不好，将会直接影响孩子遵守规矩的效果。

### 1. 演示给孩子看

如果你试图通过一句"别……"给孩子确立规矩，那可要给你泼盆冷水了。因为对于幼儿来说，抽象的事理难以让他记住或长久记住。

因此，不妨来个组合："现场直播"和"现场演练"。诸如一些生活常规的建立，如刷牙、冲马桶等，就可以边演示边讲解，同时也让孩子亲自动手练习。

### 2. 制定规矩时表述具体、简洁

想让孩子得到最直接、明白、简单的信息吗？记得立规矩时，您的语言要简洁、具体，尽量说明为什么，与其说"这里怎么一团乱"，不如直接说"先把积木放回箱子里"。比起"不要大声尖叫"等负面语词，"嘘！小声说话"的正面语词，更能让孩子明白。此外，不要让"请"这个字从您的语汇中消失。

一些父母往往在与孩子争执时或在自己着急时订立规矩，如他做错了一件事，家长便警告："你下次再调皮，以后就不准看电视。"这种没有因果关系的规矩约束，不仅不能使孩子明确错在何处，反而会引起他的抵触情绪，更使孩子难以遵守的。

### 3. 温故知新

不要以为只告诉孩子一次"这是不对的"，他就会铭记在心。制定规矩可不是一劳永逸的事，他可能当场记住了，过后又忘得一干二净。比如，你刚刚告诉了他不能摸电源插座，可不出 10 分钟他就有可能重蹈覆辙。年轻的父母要有打"持久战"的准备：三令五申、多次强调。这有助于孩子"温故而知新"，把一些知识和规则积累下来，慢慢地学会避免危险、保护自己，学会与人交往的规矩和基本的社交礼仪。

### 4. 选好时机、重点

有些事情在合适的时间处理方可事半功倍，因此，当孩子感到疲劳、饥饿或心情不好时，就不要制定规矩了，否则会引起他的抵触或烦躁情绪；当他心情愉快时，再来"宣布"规定。

另外，如果一时制定太多的规矩，既不容易让孩子记住，还会让他倍感压力，反而不愿意合作。最好根据具体情况，挑出一些当下比较重要的教给他，比如，不可以咬人，不能抢人东西等。

此外，注视孩子的目光和肢体接触，例如：蹲下来，平视孩子的眼睛、走到孩子身边再开口讲话，以及轻轻搭着孩子的肩膀，等等，都有加分的效果。如果好话说尽都无济于事，请关注下一部分内容。

# 三、 遵守规矩的方法

俗话说：打江山容易，守江山难。让孩子遵守规矩也是一样的道理。当没有规矩的时候，孩子的行为是随性的，比如，吃零食、打水仗。但规矩的出现，有时候意味着把带给孩子乐趣的事情结束掉，还会意味着督促他去做并不能带来快乐的事情，如，饭前便后洗手等。

孩子天生就不是温驯的小绵羊，对于某些规矩的遵守，也难免会出现"三天打鱼两天晒网"的情况。因此，建议家长运用一些"策略"，让孩子学会遵守规矩。

### 1. 父母做被模仿的"范本"

模仿是孩子的本能，说得形象一点，孩子的眼睛是录像机，耳朵是录音机，头脑是计算机，他会从父母的行为中找到自己行动的方向。比如"爸爸把报纸分给妈妈看"的举动，实际上是向孩子演示了"分享"的规则。如果父母不能很好地遵守规矩，孩子自然也不把这些放在眼里。而同时，规矩也有不分时间、地点、场合的一贯性，不能今天这样、明天那样，或在家一套，在外边又是一套。

### 2. 让孩子尝到"甜头"

孩子缺乏长久的克制力，他们需要不断地鼓励和奖励作为好行为的营养剂。因此，当孩子出现遵守规则的行为时，您应即时给予鼓励、表扬，以进一步强化孩子遵守规则的意识。如果他能在按时上床后听到爸爸讲一个故事，那么在以后的日子里，他就愿意在规定的时间乖乖地躺下。因为，一个个故事给了他成就感和满足感，使他发自内心地乐于配合爸爸的要求。

### 3. 让孩子做有限的选择

有个故事，说两个饭馆都卖面条，一家店问顾客：面条里要不要放鸡蛋？顾客中有说要有说不要；另一家店则问：放一个鸡蛋还是两个鸡蛋？顾客就选择一个或两个鸡蛋，极少有说不要的。

显而易见，后者获得了更高的利润，其原因就在于他们引导顾客在无形中接受了"必须选择鸡蛋"的规则，这种有限选择的方法对孩子的规矩培养非常有效，如果您想让孩子不在房间里跑来跑去，则应让孩子选择现在是看书还是画画，而不是"现在我们来做什么？"这种漫无边际的选择会把孩子推到无法控制的规则之外。

把孩子必须要做到的事定为规则，在这个范围内给孩子几个可供选择的方向，这样不论孩子选择什么，他的行为都在规则之中，让孩子自然而然地接受规则。

### 4. 注意语言的暗示

培养孩子的规则意识，成人语言的暗示非常重要。当孩子把积木摊了一地，家长说："乖，快帮妈妈把玩具收起来，要吃饭了。"这句话对于他的暗示是：收玩具是妈妈的事，我做不做无所谓，这样孩子就不可能形成"应该自己收拾玩具"的规则意识。

和孩子交流时，要让他明白地感受到什么是我应该做的，什么是不被允许的，而不是形成错误的或模糊的意识判断。因此，要求孩子必须做到的，不能用请示的语气；禁止他做的事，不能用商量的语气。用语可以轻松、柔和一些，比如：咱们要吃饭了。你这个小主人也应让你的玩具回家了。

### 5. 游戏中适度引导

强硬的规矩不一定要强硬地遵守，不妨把你的课堂设计得更加生动、有趣，以吸引孩子来参与。比如，可以运用说故事或加入玩偶、玩具、小游戏，引导孩子遵守规矩。例如，有的孩子早晨起床时总是让大人给穿衣服，或者自己穿衣服时动作非常慢，这种情况下，不妨和他进行"比比谁穿得快"的游戏。

### 6. 以其人之道还治其人之身

当孩子对某一规矩屡不遵守，而某种教育方式也暂无效果时，那就付之行动——以其人之道还治其人之身吧！父母模仿孩子的行为，让他"换位体验"别人的感受，进而使其遵守规矩。

扬扬是饭桌上的"小霸王"，喜欢吃的就要独享，妈妈说过多次，他也不听，爸爸决定治治他。晚饭时，扬扬爱吃的青椒炒肉片就被爸爸"抢"了过去，而且学着扬扬往常的样子"独自享受"。这下扬扬急了："爸爸，你怎么一个人吃啊？"爸爸学着他的口气："我喜欢就要一个人吃。"扬扬更急了，于是，爸爸让儿子示范该怎么做，没想到小家伙心知肚明。

独生时代的平衡教育

心理学家 D. G. 查尔迪尼曾做过这样一个心理学实验：他替慈善机构募捐时，先对前部分人附加了一句话："哪怕一分钱也好。"而对后部分人则没说此话。最后发现，从前者募捐到的财物是从后者募捐到的财物的两倍多，这称之为"登楼梯效应"。

此效应对于培养孩子规矩的启示为：当孩子接受了简单要求后，再向他提出较高要求，此时孩子为了保持认识的统一和给他人留下前后一致的印象，心理上就倾向于接受较高的要求。父母在运用这一法则时，首先，要考虑要求的合理性，能够为孩子所接受，其次，父母的要求所形成的梯级不要太多，每一要求间隔的时间不要太短，否则给孩子造成"得寸进尺"的感觉，导致孩子的反感。最后，父母应对每一要求的执行要严格检查，这才会达到理想的教育效果。

总之，孩子的自控能力还比较差，对规矩的遵守也很难从一而终。因此，"胡萝卜加大棒"的政策还是要执行的。当孩子在懂规矩、守规矩方面表现较好时，要及时给予表扬或小奖励；当孩子表现出有不守规矩苗头时，尽量教育引导，若屡教不改，则不妨进行批评或惩罚，继而让他知道什么事情是可以做的，什么事情是不可以做的，在其心中建立规则感。

# 四、 可以打破的规矩

不要以成年人的行为准则来约束孩子，孩子的有些淘气行为其实在这个年龄是正常的，也是应该允许的。因此，规矩不是束缚，生活中的某些规矩需要遵守，而某些时刻又可以视情况而适当变通、打破。

## 1. 不得弄乱

沙发成了战场，卧室成了游乐园，墙壁成了涂鸦板……别急，家是孩子放松的乐园，不必用整洁来束缚他的天性。也可以为他开辟专门的区域，允许他在这里"无法无天"。

## 2. 不玩食物

用西红柿汁抹手，用嚼过的口香糖当橡皮泥、拿手指饼当画笔……别急，孩子看似胡闹的行为正是他好奇和探索的过程！

## 3. 不得没大没小

父母与孩子辈分分明自然是必要的，但偶尔的"没大没小"更能拉近亲子距离。比如，孩子属兔，你叫他小兔兔；你属老鼠，他喊你米老鼠妈咪……给对方一个昵称，使亲子感情更加融洽。

第十二章

# 练就教育的"十八般武艺"

教育本身就是十八般武艺，奖励、惩罚、表扬、批评等方式都要有，没有奖励和表扬的教育是沉重的教育，没有惩罚和批评的教育是纵容的教育。

然而，这些方法又是一把双刃剑。用得好可以促使孩子克服缺点、改正错误、弥补不足，不断进步；用得不好，则会打击孩子的积极性，伤其自尊，甚至引起孩子的反感，与我们的教育初衷背道而驰。

# 一、奖励篇

虫虫五岁半，快上小学了。妈妈为了鼓励虫虫学习，和他商量了一个奖励方法：每天完成学习任务后，奖励1元钱，每周背一首诗或者认五个字奖励5元钱，自己攒钱买玩具，不受妈妈的时间限制。虫虫很高兴地答应了，而且开始这段时间学习任务完成得也很好。但妈妈心里却有些疑虑，因为学习是孩子应该做的事情，用金钱来奖励好不好呢？会不会对以后有什么负面影响？

其实，这种现象已经非常普遍。关于物质奖励的弊端，我们还是先来看一个实验。心理学上曾做过这样的实验，一位心理学家挑了些爱画画的孩子分为AB两组。A组孩子得到许诺：画得好，就给奖品，B组孩子则只被告之"想看看你们的画"。两个组的孩子都高兴地画了自己喜爱的画。A组孩子得到了奖品，B组孩子只得到了几句平常的赞语。

三星期后，心理学家发现，A组孩子大多不主动去画画，他们画画的兴趣也明显降低，而B组孩子则仍和以前一样愉快地画画。这个实验，曾在不同国家、不同兴趣组里进行过，实验结果得到了反复验证。

这个实验说明了什么呢？它说明了用物质奖励在短时间内可能有一定的激励作用，但不一定能起到长久的积极作用，它还说明了奖励也并

不是一件简单的事，而是要讲究方法和技巧。

社会心理学家费斯廷格提出认知不协调理论，认为如果人的一种行为本来有充分的内在理由，如他非常感兴趣，则他对于行为与其理由的认识是协调的；但如果此时以具有更大吸引力的刺激，如金钱奖励，给行为增加额外的"过度"理由，那么他对于自己行为的解释，会转向这些更有吸引力的外部理由，而减少或放弃原来的内在理由。

因此，让孩子做家务或学习上取得进步，用物质，尤其是金钱来激励，是非常不可取的。这会让奖励变成交易，本来是孩子分内的事情，他却来讲条件、讨价还价。而且物质刺激还会引起孩子欲望的膨胀，比如，这次是 10 块钱，过段时间这个数已经没有吸引力了，需要继续增加。

## （一）孩子喜欢什么样的奖励

有的家长认为奖励就是给孩子买他想要买的或者贵重的东西，像零食、玩具。有的家长认为，奖励越多就越会让孩子下次再出现好的行为习惯。其实，这些想法都是片面的。

奖励不一定都要花钱去买的，对于大一些的孩子，精神奖励也很重要。同时，奖励过多还会把孩子的注意力吸引到物质上面，而不是关注到父母希望的行为上。

那么，孩子们欢迎的奖励有哪些呢？一般来说，分为以下几种：

▲ 物质奖励：冰激凌、球、图画书、特别的零食、玩具、漂亮的衣服、小金鱼、小盆栽……

▲ 活动奖励：与妈妈一起玩牌、旅游、去公园、讲故事、做手工、帮忙包饺子、洗东西、擦拭家具、看电视电影……

▲ 精神奖励：微笑、拥抱、抚摸、鼓掌、表扬……

▲ 权利奖励：给金鱼喂食一周、周末可自行选择是郊游还是去小朋友家玩儿、晚饭后可选择喜欢的活动……

▲替代物奖励：小红旗、小红花、五角星……

其中，孩子年龄越小，对于物质奖励的依赖性越强，随着孩子渐渐长大，父母就要多用精神嘉奖，激发孩子的内在动机。

## （二）如何奖励孩子

### 1. 奖励有方向性

奖励的目的是让孩子获得奖励的同时，也能清楚该如何继续好的行为。因此，当孩子的态度、行为与家长的预期相符时，不妨来个小奖励，比如，2岁多的孩子坚持自己走，没让爷爷抱；自己用勺子吃饭等。同时，你需要对孩子说明奖励的具体原因，比如，"宝宝不怕累，坚持自己走，是个好孩子!"

### 2. 重精神奖励

孩子除了基本的物质需求外，还有被尊重、被认可、被理解、被关爱等多方面的精神需求。因此，一个鼓励的眼神，一句赞赏的话语，一个会心的微笑，一个热情的拥抱，都会让孩子兴奋半天。

舒活一下你的筋骨，还能变换出更多的奖励方式：故事讲得流畅时你竖个大拇指，做完游戏时一起击掌，成功搭完积木时亲亲小脸蛋、贴贴脸；还可以把宝贝放在腿上骑大马，搁在背上当小猴，勾在手臂上荡秋千……

### 3. 奖励出花样

小孩子往往都"喜新厌旧"，对新鲜事物永远充满好奇心和热情，而对旧的东西则很快失去兴趣。因此，更需要奖出花样。有个妈妈为了让胆小的孩子变得更有胆量，就是这样奖励的：

我给她特制了一张日历表，如果她当天在幼儿园主动回答老师问题，或者敢于在同学面前表演节目，就可以得到1颗星；如果一星期能得到3颗星，就可在周末去买她喜欢的玩具或图画书；如果一星期得了5颗星，就可以得到最高奖励：周末选择自己喜欢的活动，如看电影、去游乐园、郊游，全家人都得配合。

这位母亲真是用心，各种奖励方式"轮番上阵"：精神奖励——颁发进步小星星；物质奖励——孩子可以买喜欢的玩具或图画书；活动奖励——看电影、去游乐园、郊游……

这些丰富的奖励方式给孩子带来的新鲜感，更能激励他将良好行为保持下去。

### 4. 因人而奖

对孩子的奖励最好结合他的年龄特点和性格特点，这样你的"良苦用心"才会换来理想的结果。

3岁前的孩子，经验很少，他们对某些精神奖励方式缺乏体验，而更看重自己所熟悉或喜欢的物质奖励，比如，好吃的零食，期待的玩具等，这一阶段倒是可以"狠狠"地用一下物质奖励。

不过孩子对于物质的认识与大人不同，成人一般会以为越贵的越好，而孩子对"贵重"的概念并不清晰，仍是那些新鲜、有趣的小玩意，或者见同伴都爱玩的东西会吸引他。比如，你自己省钱给他买了多功能高级汽车，也可能他想要的只是一个充气玩偶，或者食品包装盒（袋）上的一个小图标。

随着孩子年龄的增长，可以慢慢地过渡到以诸如口头表扬、赞许、点头、微笑、注意或认可等精神奖励为主的阶段。例如，对4岁以上的孩子，当孩子有不错的表现时，不妨以给他讲一个有趣的故事、带他到户外或公园游玩、和他一起下棋、一起做游戏等作为奖励。

还可以根据孩子的性格特点"因人而奖"：对性格外向、活泼好动的孩子不宜过多地奖励，防止滋长他的骄傲情绪；对性格内向、不多语、不好动的孩子则应及时予以表扬和奖励，以增强其自信心。

## （三）温馨提示

★ 避免多此一举的奖励

奖励的目的是激励，而非为奖励而奖励。当孩子出于兴趣或上进心而表现出好行为时，若给予过多物质奖励，反而会削弱他的积极性。

比如，孩子非常喜欢舞蹈，并不需要物质奖励，而只要获得认可和相应的鼓励就可以了。相反，如果孩子某天练得很认真，家长却说：真棒，给你买好吃的。这样，反而多此一举，会影响宝宝对活动的兴趣。

★ 奖励的程度要和孩子的行为相称

有功不赏、小功大赏、无功有赏，这些"不公正"的做法都是不可取的。奖励的程度与孩子的行为或努力相称，才能起到激发强化好行为的目的。

★ 一诺千金

如果和孩子有了约定，且他已达到要求，就一定要奖励。如果父母不兑现自己的承诺，不但会挫伤孩子的积极性，还会降低自身的威信；当然，如果孩子没有达到约定的目标，您也不可迁就而给予奖励，这会让孩子得了东西，还感觉您言而无信，进而不把约定、承诺放在心上。

# 二、惩罚篇

我们谈论惩罚的艺术，并不是鼓励大家去"罚孩子"，而是明确哪些情况应该惩罚，哪些情况是不应该惩罚的。

家庭教育中的"惩罚"应是"因爱而惩，以教代罚"，因此，我们的倡导的惩罚不能只是吸取"管"的力度，摒弃"教"的深度，而是在尊重孩子的基础上，以教育、引导为主。

从教育学角度看，当惩罚能够帮孩子认识到自己的错误，使他能够产生真正的悔过之心，这种手段才有运用的必要。

## （一）什么情况下需要惩罚

惩罚并不是随意为之的，否则会产生事与愿违的负面效果。哪些行为可以使用惩罚手段，哪些是不可以使用惩罚手段的，提出以下几点建议供大家参考。

**可惩罚的情况：**

1. 孩子故意犯错误，向父母示威。

2. 在家长讲明道理、反复提醒后，孩子重复犯同样的错误。

3. 孩子对父母温和的说教拒绝接受时。

**不可惩罚的情况：**

1. 孩子因缺乏某方面知识和经验，首次犯错误的情况下不能惩罚。

2. 孩子因学不会某些知识或技能时，不可对其惩罚。因为惩罚不仅不能使其增长知识，而且还会使孩子对学习的内容产生反感，继而失去信心。

3. 孩子为满足好奇心，在探索过程中损坏物品，不应受到惩罚。否则，会使其逐渐失去探索、发现的兴趣。

4. 好心做了坏事不能惩罚，否则，会挫伤孩子做事的积极性。

5. 孩子表现出的一些心理行为问题，如吮手指、吃衣角、咬嘴唇、恋物行为等，不能采用简单的惩罚手段来处理。因为这些行为出现的根本原因是孩子内心紧张和不安，惩罚不能减轻他们的这些问题，相反还会加重。

## （二） 如何惩罚

### 1. 惩罚要及时

有的家长在看到孩子犯错误时，不忍心立刻罚他，往往抛一句"看我一会儿怎么收拾你"之类的话，让孩子要么产生惶恐的心理，要么索性把这件事抛在脑后。因此，家长要么就不说此话，要么就立刻惩罚，否则说了不做，会使自己的很多要求、承诺逐渐失去效力。

### 2. 惩罚形式

**• 体  罚**

古人讲："棍棒底下出孝子"，传统的教育方式既强调严教，也会经常用体罚的方式教育孩子。扇一巴掌，打一拳头，抽一皮带，使孩子身体感到疼痛，继而终止不当行为。它一般能产生立竿见影的效果，但如果对于幼儿常用此方式，不仅有害于身体，还会伤害其心灵。

**• 权利惩罚**

这是我们倡导的一种惩罚方式，即让孩子失去他所喜欢的东西、延缓满足其要求或取消某段时间的权利。比如，取消去公园的活动、减少零用钱、延迟两周再买喜爱的玩具等。

运用此方法需明确，作为惩罚而禁止的事情是孩子确实想做的事，而且受到惩罚后就不能满足其这方面的需求，才会产生教育效果。

比如，孩子爱吃冰激凌，因犯错误罚其三天不许吃，才会使惩罚产生作用；如果孩子不喜欢吃冰激凌，这种惩罚方式就毫无意义。此外，如果在受罚同时，他可吃到奶奶悄悄给买的冰激凌，那么惩罚也就变得无效。

**• 后果承担**

一般来说，当孩子的过失后果不会损害其身心健康时，不妨让孩子品尝自己过错行为带来的后果。比如，吃饭时挑食或过于磨蹭，可在大家吃完后全部收走，他要想吃东西只能等到下次饭点，请他体验一下挨饿的滋味；孩子对某事任性，则可让他体会任性带来的麻烦。

### 3. 因人而异

**★ 年  龄**

当2岁以下的孩子接近家长不想他们接近的"禁区"时，说"不好"常产生不了效果，这时可以一方面对其解释具体原因，一方面转移其注意力，对他说"快过来，看这个"；年龄稍大些了，可以通过语言批评、暂时隔离等方式进行惩罚。

★ 性　格

对淘气、外向、心理承受能力强的孩子惩罚可以稍重些；而对胆小、内向、较敏感的孩子，惩罚则要多加小心，否则会给其心理以过大压力，应尽量用注视、打手势等暗示动作，或者减少或取消他喜爱的活动等方式进行惩罚。

★ 环　境

人多的场合，当孩子有不当行为时，不宜采取过激的、有损孩子脸面的方式惩罚孩子。如果孩子较小，仍可采用转移注意力的方式；如果孩子大一些，最好采用皱眉、打手势等暗示性的动作或表情，先终止其不当行为。这会使孩子感到自尊心受到了保护，也就较容易接受家长的要求。

## （三）惩罚孩子的误区

★ 不要采用累进式惩罚

孩子玩电视机开关，妈妈说："不要乱摸。"孩子像没听见一样继续玩。妈妈又说："你再玩，就打你啦！"孩子仍然继续摆弄。妈妈过去轻轻地拍打一下，孩子仍没什么变化。最后，重重地打了一下孩子的屁股，孩子才觉得害怕，放开手不玩了。

有效的惩罚要求在一开始就使惩罚达到一定的强度，这样才能阻止不良行为的发生。

★ 胡萝卜加大棒要不得

有的父母心疼孩子，每次罚完又来补偿，或者爸爸刚扮完白脸妈妈又来扮红脸。这将会使惩罚失去作用。实践证明：惩罚——奖励——惩罚的恶性循环会使孩子产生认知偏差，错误地将犯错和受奖联系起来。从而使惩罚归于失败。

★ 积极行为不要做为惩罚手段

将积极的事情与惩罚的痛苦联结在一起，会让孩子逐渐对事情产生厌恶情绪，如孩子犯错了，罚他背会三首诗，这样会让他在头脑中将背诵诗歌与不情愿的感受联系在一起。常用这种方式会让孩子对背诗产生反感。

## （四）警惕心灵惩罚

任何形式的惩罚都必须以尊重孩子的人格为前提，没有了这一点，惩罚就会失去教育意义，并会派生出一系列更为严重的负面影响。

更不要给孩子贴上"灰色"标签。有些父母面对孩子的过错或失败，情绪激动，言语刻薄，如"笨死了"、"怎么就不学好"、"真没出息"，等等。这种"软暴力"会严重损伤孩子的自尊心。

更不要对孩子说"不要你了!"甚至有的家长还故意藏起来，直到孩子停止了某种不当行为后，家长才会出现在他面前。您可知道，这个招数是有"毒"的。

当然父母并不是真的要抛弃孩子，只是想通过骗孩子来达到让他听话的目的。但是，对于不懂事的孩子来说，还不能区分家长的表面行为与真实意图。因此，孩子会把爸爸妈妈的离开当成真的不要自己了，感觉保护自己的人没有了，这将破坏孩子的安全感，也会对其幼小的心灵造成伤害。

# 三、表扬篇

心理学家巴奴姆曾做过一个有趣的实验：他在报纸上刊登广告，声称自己是占星术家，能够遥测每个不相识者的性格。广而告之后，信件纷至沓来。这位心理学家根据读者来信寄出了数百份遥测评语。有二百多人回信感谢，称赞他的遥测准确、十分灵验。谁料心理学家寄出的竟是内容完全相同的标准答案："您这个人非常需要得到别人的好评，希望被人喜欢和赞赏，不过并非每个人都如此对您；您想做成许多事情，身上蕴藏的潜力无穷，相比之下，已经发挥出的却不多……"这样的评语怎么会不"灵验"，因为人人都想被人喜欢和赞赏。

## （一） 为什么孩子需要表扬

在孩子的成长中，对自己的认识、评价发挥着重要作用。比如，孩子认为自己记性好、反应快，对新知识也会积极学习，进而会促进认知的发展。

其实，人在 3 岁之前还没有"我"的概念，直到 7 岁后才渐渐有一个自我评价的雏形。因此，这个阶段，基本上大人说孩子是什么，他就认为自己是什么。如果父母经常鼓励、表扬孩子，会让孩子觉得"我能行"，同时也会坚持好行为；如果经常否定孩子，则会让他从小有"我笨，我做不到"的自我暗示，能力的提高将受到阻碍。

任何一个人，渴望被肯定的心理需要都大大超过被否定的心理需要，因而肯定性评价才会使孩子获得愉快的心理体验，产生激励作用。

## （二） 表扬孩子哪些方面

★ 肯定孩子的努力

★ 具体指出孩子的潜能、优点

★ 鼓励孩子表达自己的想法

★ 鼓励孩子尝试新的挑战，如宝宝不爱吃菠菜今天却都吃完了。

★ 认可孩子从错误中学习

## （三） 表扬孩子讲程序

日本著名教育家铃木镇一说过："对孩子的赞美和赏识不是无原则的，而应该运用科学的、适用的方法，使孩子切实受到深入人心的鼓舞。"一般表扬的程序为：

待：将自己的得意作品与亲近的人分享，期待获得妈妈的认可和鼓励。再有这种情况，你知道该怎么做了吧！

### 5. 忌千篇一律

孩子本来是千差万别的，因此，建议你根据孩子的具体特点进行表扬：

• 年　龄

年龄小的孩子，因其认知能力和判断能力都处于初步发展阶段，对自己的认识也来自父母、老师等的外在评价。

因此，要以能力表扬为主，比如"能帮妈妈倒垃圾，真是妈妈的好帮手"，会让孩子很快领会父母的积极情感表达，从而按照父母期望的方向发展。

年龄稍大的孩子，比如，3岁以后，其认知能力和判断能力有了进一步的发展，孩子能够分辨简单的是非，还能够做出简单的自我评价。

父母面对这样的孩子应采取过程表扬为主，比如"宝宝坚持自己走，没让妈妈抱，真是好孩子！"这能让孩子了解该良好行为形成的过程，明白自己该怎样做。

• 个性和能力

能力强、充满自信的孩子，他们的表现较优秀，受到表扬的机会较多，因此，建议采用纵向比较的表扬方法，即表扬孩子完成任务的过程中过去和现在表现的对比，比如，叠的小帽子比以前整齐多了，促使孩子在自身的基础上进一步提高；也可采取含蓄的"隐蔽表扬"方式，比如，"妈妈很喜欢你叠的这个小帽子。"防止孩子产生骄傲自满情绪。

能力较低、自信心较差的孩子，他们难得有突出的表现，因此，当其取得进步时，父母应及时抓住细节表现中的点滴进步，对孩子进行能力表扬，激发孩子的自信心，促使孩子有更大的进步，比如，"今天穿衣服不用妈妈催，真是乖多了。"

### 7. 忌单调

夸奖的方式不同，所产生的效果也有所不同。比如，如果你夸奖一位司机车开得很好，他不一定会感到高兴，因为这种话他听得太多了。而如果夸奖他羽毛球打得好，他可能会感到非常高兴。

心理学研究认为，这是一种"自我扩大"的喜悦，很容易使人产生自信。因此，教育孩子除了耐心、真心，还要用心。注意发现他自己没有感觉到的优点，或者不知道这也可以作为优势被认可，比如，主动把废纸扔到垃圾筐；奶奶休息的时候不去打扰，等等。

给表扬方式增加花样，除了有声的口语，还可用无声的肢体语言：专注的注视、会意的微笑、热情的拥抱、竖起的大拇指都是在告诉孩子，你对他的做法很满意。

## 四、批评篇

我国著名教育家陶行知先生曾说过："在教育孩子时，批评比表扬还要高深，因为批评一定要讲究方法，这是一门艺术，你用得好它比表扬的效果还有用。"因此，日常的教育中，批评的运用还是需讲究策略和方法的，如此一来方可事半功倍。

### （一）教育方式与认错态度

不同的教育方式会影响孩子对错误的认识及认错态度：

权威式　孩了做错事时，家长采取斥责、威吓的方式来对待，进而造成孩子因担心、害怕受到惩罚，反而不敢承认错误，甚至用说谎来掩饰自己的过错。

溺爱式　如果家长过分宠爱孩子，当他做错事时，也会选择纵容或视而不见的态度对待。这使孩子不觉得自己有错，当然不愿意认错了；同时认识不到错误，进而更不易学会分辨是非。

民主式　即使孩子做错了事，父母也会保持冷静、宽容的态度，也使得孩子大多愿意向家长诚实说出自己的想法，并为错误道歉，因为孩子知道，爸爸妈妈是可以沟通的，只要据实以报，父母不会对他拳脚相向或是随意训导。

## （二）　你的批评为何无效

有些情况是不应该对孩了提出批评的，比如，孩子能力不及的事情；事实真相还没弄清楚时；因缺乏经验而导致的过失；孩子已经认错，并已经尝试用行动来补偿时。还有些时候，你给予了批评，但效果甚微，不妨从下列几个方面进行反思！

### 1.　不分青红皂白地批评

阿哲看到妈妈在粘贴东西，以为也需要剪刀，于是爬到高处帮忙去拿。妈妈看到后，大声"疾呼"："你在干什么？快给我下来！说了多少次了不能爬这么高就是不听……"

这种不分青红皂白地批评，容易误会孩子，让他感到委屈，继而影响他做好事的积极性。

### 2.　不分时间、场合的批评

有些家长认为"当众教子"，会让孩子深刻记住这个教训。殊不知，孩子也要面子。如果不分场合地训斥、指责，只会挫伤他的自尊心，尤其是对于心细、敏感、自尊心强的孩子。

▲ 不当场合

公共场所

当着亲戚朋友的面

当着邻居、同伴等熟人的面

▲ 不当时间

清晨——破坏孩子一天的好心情

吃饭时——影响孩子的食欲

独生时代的平衡教育

睡觉前——影响孩子的睡眠

### 3. 翻旧账

林林饭前又忘了洗手，结果招来妈妈的连珠炮：又忘记洗手了，说你多少次了，都想什么呢？前天还把玩具忘在小花园了，能不能长点记性……

基于孩子当下的错误，将其以前的过失统统数落一遍，这会让孩子觉得他在父母面前永远无法翻身。而且这种重提旧账的做法由于牵扯太多，反而将当前的主要问题淹没在纷飞的口水中。

### 4. 情绪转嫁

有些父母在自己的工作、生活中难免有不如意的地方，致使情绪焦虑、紧张、失落。此时，孩子一旦出现过失，家长就雷霆震怒，情绪激动，如狂风暴雨般的说教之词扑面而来，将内心不满倾倒而出，忽视了孩子的感受，也忽视了这种宣泄的有效性。

## （三）批评新兵法

1999 年，联合国教科文组织的一个机构曾组织一次国际中小学师生联欢活动，共有 20 个国家和地区的 410 位教师、学生参加。其中一项活动是评选最受欢迎的教育方式，问题是：大、小杰克是 14 岁的双胞胎，他们家离学校较远，开车上下学。平时因贪玩、爱睡，常因迟到而挨批评。有一天上午考试，尽管老师事先已提醒，但他们仍迟到了半小时。老师问原因，他们谎称汽车爆胎，去修补耽误了。老师半信半疑，稍后悄悄检查汽车，发现四个轮胎都没有被拆卸的痕迹。显然，他们说谎了。假设你是老师，将如何处理？要求所有教师作答。

最后主持人公布了主要的处理方式：

中国式：先当面批评，写检讨；再取消他们参加当年各种先进评比的资格；然后报告家长。

美国式：幽他一默——"假设今天上午不是考试而是吃冰激凌和热

狗，你们的车不会在路上爆胎吧！"

日本式：分开询问，对坦白者给予赞扬奖励，对坚持谎言者严厉处罚。

英国式：小事一件，置之不理。

韩国式：把真相告诉家长和全体学生，请家长对孩子严加监督，让学生讨论，引以为戒。

埃及式：向真主写信，叙述事情真相。

巴西式：半年内不准他们在学校踢足球。

以色列式：让他们分别在两个地方写出问题答案：a. 哪个胎爆了 b. 维修店名 c. 补胎费数目

新加坡式：自己打自己嘴巴 10 下。

俄罗斯式：给他们讲一个关于说谎有害的故事，然后再问：近来有没有说过谎？

之后，让参加活动的学生评选自己最喜欢的处理方式。结果，91%的学生选择了以色列式。

虽然都以教育引导为主，但从孩子的角度而言，如果形式过于严肃，如中国式、日本式、韩国式，则是不愿接受的；如果过于随意，如美国式、英国式，对自己的问题也不会当真；而巴西式、新加坡式的惩罚又添加了新的约束；俄罗斯式则把问题"扩大化"；以色列式则以小游戏的方式让他们自己"暴露"，挨批自然也会心服口服。

其实，对于小孩子的接受意愿也是同样的道理，要么说个正"着"，要么从侧面"回击"，下面的方式供您参考。

### 1. 趁热打铁

孩子的时间观念较差，加上天性好玩，致使自己犯的某些错误转眼就忘。因此，您的批评需要趁热打铁。

还记得巴普洛夫的条件反射实验吗？及时批评，还能让不良行为和不愉快体验建立"刺激——反应"联系，进而让孩子减少犯同一错误的几率。

当然，当孩子做错事时，父母不仅要指出哪里做错了，更应告诉他怎样做是对的，具体该怎么做。

### 2. 声东击西

既然开门见山会让孩子失去面子，尤其是在公共场合，那就来个声东击西吧——当孩子犯错时，不直接批评他，而是通过批评与他犯了同样错的人予以暗示。

有个聪明的家长就是这样处理的：

儿子小时候，我带他去打针，他看到一个小朋友打针拼命地哭，脸上便流露出怜悯的表情。想到儿子以往打针也会哭，我便说："这小哥哥不乖，不勇敢。我们毛毛打针就不哭，是个勇敢的孩子。"儿子听到我批评别人，也跟着批评起别人了："就是，这个小哥哥一点都不乖，不勇敢。我打针就不哭。"后来，轮到儿子打针了，他忍着痛咬着牙说"我好勇敢，我不哭。"

### 3. 一语中的

新款奶油雪糕在这个夏天成了笑笑的最爱，要睡觉了，她仍吵着要吃。妈妈生气了："都睡觉了，还吃，你这个孩子真难缠！给你说了多少遍了一天一根，你到底听不听我的话……"

你想让孩子来个"总结主要内容"吗？因为这种喋喋不休的说教容易让他听得云山雾罩，不知自己错在哪里。这种情况下，应该学学那些"口吐莲花"的大师们了——直接一语中的。

比如，告诉孩子"睡觉前吃雪糕会肚子疼，你忘了上次你肚子疼的时候……"如果孩子经历过肚子疼，这时会有些动摇了；如果他不清楚肚子疼的感觉，那您大可夸张地描述一番，断了他的念想。

### 4. 统一战线

批评孩子时，如果家人中一个批评、一个袒护；这个说好，那个说坏，会让孩子不知所措，也有可能让他通过察言观色找到自己的"保护伞"。当孩子感觉有"上峰"能"罩"着自己的时候，更容易行为放任，不能分辨是非界限。

### 5. 因人而异

★ 年　龄

2岁以下——不主张直接批评

这个阶段的宝宝常有把衣服纽扣扣错位，把两只鞋子穿反的情况；再大点的孩子，尤其是男孩则顽皮、好打闹……他们往往全然不知这样做是错的。因此，此时不应被过多责备，更不要说那些伤害孩子自尊心的话，如"真笨"、"你真是没用"。应该在如何做方面给予孩子具体指导，不断丰富其生活经验。

2～5岁——直接告诉结果

批评不是讨伐、审讯，而是指导、教育。

因此，指出错误时点明后果，让孩子明白确实出现了不好的结果。一般分两种情况。人与物：可以告诉他，"看，牛奶洒了。"人与人：可以告诉他"被打是会痛的。"

同时忌贴标签，批评孩子不能否定人格，不要给他打上"很坏"、"很笨"之类的标签。

★ 性　格

对于性格内向、胆小的孩子，批评与鼓励相结合，用词尽量不要太严厉，一般要用协商的口气，比如，这样做是不是不对？你看这样就更好吧！

对于听话、沉稳的孩子，可采用追问的方式，一步步引导其自己发现错误，比如：你爱吃这盘西兰花不让别人吃，那爸爸爱吃土豆牛肉也不让你吃，可以吗？

对于性格开朗、活泼、爱说爱笑的孩子，父母提出批评时，则需要态度严肃，否则会被孩子认为是开玩笑而不予以重视。

第十三章

# 你会与孩子沟通吗？

妈妈带远远去商场，趁妈妈和售货员咨询的时候，4 岁的远远已经跑到扶梯那边玩耍去了。妈妈自然是不放心，赶紧招呼他："别在那里乱跑，过来看这个。"谁知，小家伙"逃得狼窝又入虎穴"，奋力地挣脱了妈妈的手，又想去碰家电区的样品，妈妈真是既生气又无奈。

你的生活中是否也遇到过类似与孩子沟通的烦恼呢？如果已经产生共鸣或还存在其他沟通困惑，那就擦亮眼睛，从下面的内容中寻找能帮助自己的妙招吧！

# 一、 怎样的沟通才是有质量的沟通

亲子沟通的质量将直接影响孩子的心理健康、同伴交往和学业成绩。因为亲子沟通的有效与否决定亲子关系是否融洽，而亲子关系又与孩子的人格发展、情绪水平、人际交往、社会行为等多方面关系密切。

那么，怎样的沟通才是高质量的亲子沟通呢？

对于孩子来说，即使他的语言表达还不那么清晰、有条理，但你能很快地理解他的意思并给予回应；此外，父母能关注到孩子的内心需求，比如，他希望得到支持、被肯定；孩子的不同情绪代表哪种意愿，比如，哭闹是因为想回家还是想换个地方玩等，继而及时满足或引导孩子。

前苏联教育家苏霍姆林斯基说："如果学生不愿意把自己的欢乐和痛苦告诉老师，不愿意与老师开诚相见，那么谈论任何教育总归都是可笑的，任何教育都是不可能有的。"亲子沟通也是一样的道理，只有建立起顺畅的交流，父母了解了孩子的真实状态，才能让你之后的教育更加有效。

# 二、沟通不只是"说话"

### 1. 肢体语言

亲子沟通除了用有声语言沟通，还可以用肢体语言沟通，即通过身体的动作与接触而进行的感情交流。比如：

表情：笑、怒、眼神、皱眉等。

语气：轻柔、严厉等。

抚摸：来自父母的爱抚能让孩子获得依恋，进而增进亲子感情。此外，许多研究表明，婴幼儿成长中，父母的爱抚能够促进他们的快速成长。

拥抱：当孩子获得成功需要赞赏或鼓励的时候；当孩子受到惊吓、委屈需要安慰的时候，您的拥抱会让他感到温暖和安全。

其他动作：碰碰鼻，拍拍肩等，都能让他感到你的爱无处不在。

### 2. 情感沟通

亲子沟通不只沟通信息，更是沟通情感，这才是建立和谐亲子关系的根本。

孩子虽小，但同样有情感方面的需求。而且情感的沟通还会形成一种无声的教育动力。

孩子有哪些情感需要呢？

关爱：这一主题看似多余，但实际上有许多关爱是变质的，比如，过度关爱——溺爱；有条件的爱——"你把帽子戴上就给你买果冻吃"，等等。给予孩子需要的爱、无私的爱才是真正的关爱。

尊重：婴幼儿阶段的孩子是弱小的、依附的，因此，大人往往不注意尊重他们，也容易忽视他们自尊的需要，甚至伤害了其自尊却全然不觉，尊重他应像我们尊重客人一样。

理解：婴儿时期的孩子不能用语言表达需求，幼儿时期的孩子不易明确表达自己的感受，因此他们更需要父母的理解。当孩子感到被理解时，他的孤独感和委屈感就会减弱，对父母的爱也就更深了。

信任：英国教育家斯宾塞曾经说过"当孩子感到被爱、被信任，奇迹不久就会出现在你眼前。"你信任他会放手给予他锻炼的机会，他会因你的信任更加积极努力。

# 三、适于不同年龄段的沟通大法

## 1. 0~1岁

### • 识别宝宝发出的信号

从婴儿出生后第一次啼哭开始，父母就得学习如何用耳朵来辨别宝宝的需要。因为这个阶段宝宝不会说话，只会通过哭声、表情和简单的动作表达饥饿、困倦或呼唤别人来抱他、哄他等各种情绪和需要。因此，父母能否及时、准确地识别他发出的各种信号是有效沟通的关键，也意味着宝宝的正当需求是否被及时满足。

新爸妈没有经验，遇到哭闹的宝宝自然容易手忙脚乱，下面为你揭秘宝宝声音、动作背后的各种信号，可得牢记啊！

| 表　现 | 信　号 |
| --- | --- |
| 哭声高亢，可谓大哭，而且有规律，同时伴有闭眼、双脚紧蹬等动作。 | 饿、渴 |
| 哭声低，乏力，皮肤起皱或泛紫，全身蜷曲，动作减少。 | 冷 |
| 哭声响亮、有力，皮肤潮红，额面部轻度出汗。 | 热 |
| 哭声响亮，双手揉搓面部，尤其是鼻子和眼睛。 | 困 |
| 先出现受惊吓的表现，如双臂举起，拥抱状，或哆嗦一下等，哭声随后立即出现。 | 怕、恐惧 |
| 长时间小声哼哼，低沉单调，断断续续。如果没有人理他，大哭起来。 | 寻求玩伴 |
| 发出一阵尖叫并伴随短暂呼吸停顿的哭声，然后就重复着痛苦和刺耳的尖叫声。被大人抱起，这种哭声也不会停止。 | 痛 |
| 露出笑容，满眼发光，兴奋地舞动小手和小脚。 | 感觉舒适、安全、愉快 |

| 表　现 | 信　号 |
|---|---|
| 在吃饱、穿暖、尿布干净而且还没有睡意的时候，玩弄自己的嘴唇、舌头，如吮手指、吐气泡等。 | 自得其乐，但更愿意独自玩耍，不被人打扰。 |

宝宝的肢体语言多种多样，还需要新爸妈耐心、细心，总结孩子的身体密码，给予回应。此阶段的亲子沟通不妨从这里开始。

- 无声交流

不用声音，那就用表情来演绎一番吧：撅嘴、微笑、逗笑、挑动眉毛……宝宝会紧盯着您的脸，当目光碰触在一起时，就是对视中的无声交流。如果你的多种表情在一时间内轮番上阵，那对于宝宝来说，简直是在看一场"表情默片"，他会高兴得"手舞足蹈"。

近年来，香港父母还流行用手语与宝贝交流，大家也可以借鉴，例如，紧握双拳代表要吃奶、上下摆动小手代表洗澡等。

- 利用一切机会与孩子"对话"

不使用一个语言"系统"同样能亲切沟通，当他发出咿咿呀呀的声音时，细心的妈妈要予以热情、及时的回应，如模仿他发出同样的声音。

同时将生活细节说给孩子听，比如，抱着孩子去散步时，用愉悦的声调将自己的好心情和沿路的好风景告诉他：宝贝看今天的白云多清晰啊！花朵多漂亮啊！

做家务为宝宝叠衣服时，不妨用温柔的态度告诉他"这件小黄衣服就是你的"；给宝贝洗澡时，也可以用兴奋的语气跟他说："好舒服呀、真凉爽啊"……

孩子虽听不懂大人说话的内容，但能感受到您说话态度和语调中带来的亲切感，由此获得心理上的依恋。

- 多用非语言沟通

不用语言照样顺畅沟通，正如前文提到的注视、拥抱、亲吻、抚摸等方法。

当孩子乖巧地玩着玩具或听音乐时，不必打扰他。当他把目光转向您，不妨注视着他，通过点头、微笑或摸摸头、脸来表达您的态度——"好乖啊，接着玩吧！"

当孩子行为不当，比如，想去用手去摸电扇等危险的地方，不妨用严厉的语气和否定的态度，或者摇摇头、摆摆手告诉他："不可以"。如此，孩子会了解和学习到什么行为是不允许的，进而减少不当的行为。但需留意的是，不要用嬉笑的态度制止其不当的行为，因为这容易让孩子误解您在跟他玩游戏，反而更强化了他的不当行为。

2. 1～2岁

1～2岁是孩子学习语言的重要时期。在此期间，他们的语言能力会有极大的飞跃，开始逐渐进入实质性的语音和语义学习。因此，当您用语言与孩子交流时，除了可用上述方法外，还需注意以下几点：

• 不要再使用"儿语"

此时，孩子正用小耳朵汲取各方的语言"营养"，因此，最好不要再对他说诸如"吃干干"等儿语，这不利于他学习规范的语言表达，尽量告诉他正确、完整的人物及物品名称。

孩子因开始学说话，自然常说出各种"电报语"，如："凳凳开"，一般父母理解其意思，此时无须纠正他说话的错误，那容易造成他的挫败感。可以用正确、完整的语句回应他，比如"把凳子拿开是吗？"

• 丰富的语言环境

儿童的语言表达不是自然长成的，而是需要在一定的语言环境中模仿、学习，"狼孩"、"猪孩"的例子也体现了这一点。

语言学家乔姆斯基曾这样说："婴幼儿学习语言，并不是像成人那样仅靠记忆。他们是把听到的语言存入其潜在意识之中，并以如同高级计算机一样的能力进行分析、统一，然后将其出色地掌握并表现出来。"

看来，只有把大量的语言输入孩子的头脑里，才有可能使他获得丰富的输出，那就先从丰富宝宝的语言环境开始吧！其实，这一点也不限于这个年龄段，在语言发展迅速的整个儿童期都应该继续。

尽可能多和孩子说话，无论你们在干什么，都可以跟他谈谈所做的事：给他喂饭时，帮他洗澡时，为他穿衣时，都可以教他认衣服等物品的名称，或指出它们的颜色、大小和形状。当他说不出的事情，记得指点一下。

进行某个活动时，不妨告诉他您正在做什么，或用语言描述他正在做什么，然后引导他回答提出的问题。如对他说："宝宝在喝奶，爸爸在打电话，妈妈在做什么呢？"

一起看故事，请他说说哪个故事最有趣，哪个动物最聪明，哪个游戏最好玩？如果他就故事情节或角色提出了问题，一定要及时回应他。

……

亲子交流时，父母需要注意发音清晰、语言准确，并及时纠正孩子的不恰当用语，这对他学习语言是非常重要的。

随着孩子语言能力的增强，听觉功能会显得越来越重要。此时，父母应留心观察孩子的听力是否正常。如果发现他迟迟不开口说话，或是对您所说的话没有任何反应，就不要再犹豫，应尽快带他到医院检查。总之，父母需心细，做到见微知著，防患于未然。

### 3. 2~3 岁

2~3 岁的孩子在词汇量和语言能力、技巧方面有了突飞猛进的发展，他已经能够把短语连成短句。他们的理解能力也有了很大提高，说话越来越清晰，能够顺畅地和别人进行简单的问答和对话，并能初步表达自己的思想。而且，此时孩子的某些提问和回答还会闹出很多笑话，让大人感觉"好玩"。

• 反映式倾听

就是成人像一面镜子一样，把孩子说的话或表达的感觉接收过来，然后再反映回去。例如，他指着水说："喝喝！"爸爸妈妈可以重复孩子的话:"你是说想喝水,是吗?"或者再把他的话扩展一下说:"你是说自己渴了想喝水,对不对?"此时孩子的词汇有限,有些抽象点的词汇说不清楚,父母可以帮孩子说出感觉或引导孩子自己说出感觉,如:"你今天见到天鹅了,很高兴是吗?"这能让孩子感到爸爸妈妈了解了自己的想法,从而愿意与爸爸妈妈交流。

• 做孩子的忠实听众

当孩子兴奋地向你讲述什么的时候,不管是语无伦次还是词不达意,建议你都要表现出认真聆听的样子,你的用心倾听会激发他表达的积极性。而且在孩子的讲述中,你能了解他的语言水平、对事情的理解、自己的感受,当然有不足的地方正好顺势引导。

雯雯下午跟奶奶在小区花园玩,晚上就开始给妈妈"汇报"了:"妈妈,今天我跟军军一起玩球了,可是他好笨啊,好几次都踢不到我这边。"妈妈很高兴雯雯的讲述,但也听出了其中的问题,和蔼地说:"军军不是笨,是平时玩的少还不熟练。雯雯可以教他呀,你就是他的老师了。"雯雯好像有点害羞了,嘻嘻地笑了。

• 孩子说"不"巧对付

孩子2岁后,你会发现他突然变得很霸道。如果他的要求得不到满足,就会大发脾气、摔东西、打滚、哭闹,而且经常对很多事情说"不"。原因是孩子进入了第一反抗期,这期间,孩子会有些对抗、逆反的言辞或举动,你不妨这样"对付"他:

"冷"处理:当孩子哭闹、撒泼时,心得"狠"点,对他不予理睬,故意去做别的事情。当无人关注时,他会逐渐"偃旗息鼓";如果你极力劝解,他会更加来劲,还会以此做"武器",下次继续用。

转移注意力:此阶段孩子对很多事情、事物都是"三分钟热度",而且新鲜、有趣的东西很容易吸引他的注意力,因此,转移注意力是个百试不爽的招儿。

### 4. 3~6岁

3岁以后，伴随着孩子生活圈子的扩大和生活内容的改变，他的认知、情感较以前成熟、复杂得多，加之孩子对口语的基本掌握，亲子沟通的内容和方式也更加丰富多彩。生活事件、自然常识、当前活动等都可以作为亲子间谈论的话题。只要方法得当，很容易形成良好的亲子沟通习惯。

跟前一阶段基本一致，这个阶段的亲子沟通也需要用到反映式倾听的方法，只是父母需要更有耐心地倾听孩子的语言和非语言信息。

- 变成孩子才能走进他的世界

有些父母与孩子沟通时总是摆出一副高高在上的姿态，这容易给他带来距离感，难以与他"打"成一片。不过大多数父母还是比较在意，会比较用心地用孩子的口吻和他交流，比如，"这么好玩呢!""噢，真的吗?"

但是，要想真的走进孩子的世界，还有一层"功力"不可忽视：从孩子的视角与其沟通。

曾经，在某化妆品广告中，有个小男孩天真地说："妈妈，长大了我要娶你做老婆"，真是一石激起千层浪，这句话在当时引发了极大争议。其实，这是个可笑的讨论，因为孩子认为的"结婚"和成人眼中的"结婚"根本不是一个意义。孩子就是觉得：妈妈好，我想永远和妈妈在一起，并且以为结婚了就可以永远在一起。其实不管男孩女孩都会有这种依恋的感觉，只不过用不同的方式表达出来。只有理解孩子的这种表达方式，孩子才会敞开他心灵的"大门"，欢迎你这个客人。

- 把握时机

有的家长在孩子专心游戏或阅读的时候，想过来聊天"捧场"，但这里的沟通就成了打扰；有些家长在饭桌上数落孩子，这种"就"着批评吃下的饭菜怎能利于身体健康? 有的父母严厉地批评孩子后，感觉言词过激，马上又通过夸奖进行补偿，这种快速的"冷热切换"更让他不知所措……

孟子曰：虽有智慧，不如乘势。就是强调了时机的重要性，其实在亲子沟通中同样需要选择适宜的时机，才能让你们"沟通无极限"。

擦亮慧眼，寻觅、把握能获得良好教育效果的机会吧！

选择孩子心情愉悦的时候，比如，亲子阅读时、接送孩子的路上、亲子游戏时等都有很多话题可以聊；需要讲解道理时，更得选择时机了，当家里来客人时，告诉他如何招待客人；当家人生病时告诉他应关心、照顾……

• 用词具体形象，要求循序渐进

要想沟通有效，就得使用孩子能理解的"语言系统"。

当你对孩子讲解新知或者阐述事理的时候，记得要照顾到他的经验基础，不妨从中举例，越具体、生动，就越容易换来他的应声点头。比如，他已经连续吃了几块巧克力还想继续吃，不妨"吓唬"他：吃多了牙齿里长虫子会很疼。

此外，提出要求应循序渐进，一次不要给太多指示，否则，孩子记不住也做不好。比如，要求他"先把画笔收起来，再把桌子整理干净，然后洗干净手再来喝杯水"，就不如等他一件事做完再告诉他下一件该干什么。孩子的小脑袋里没有太多的"连动程序"，需要你用语言经常点击"下一步"，他才能准确行动。

• 直奔主题，切忌唠叨，更不要说反语

心理学研究表明：当有新信息的语言第一次讲出时，对大脑刺激最大、产生的印象最深。但同一内容反复次数太多，就会使大脑皮层产生某种抑制，自动关闭其接受系统。这就难怪家长唠唠叨叨的话常会变成孩子的耳旁风。

有些父母说话颇具中国特色——话中有话或正话反说，可到了孩子这里统统无效，因为小鬼们目前还听不出家长的弦外之音，反而会直接按字面意思理解。比如，林林爱吃冰棍，妈妈规定一天可以吃两根，可他吃完还缠着要。一天，妈妈很恼火地说："吃吧，吃 100 根我也不管！"小家伙以为真允许他吃了，就屁颠屁颠地跑去拿，这让妈妈哭笑不得。因此，有这种说话习惯的父母还是收了这个"神通"吧！

• 丰富沟通途径

研究发现，人能记住的内容中，听到的占 15％，看到的占 25％，做过的占 70％。0～6 岁孩子本来就是"小活动家"：玩耍、嬉闹、探索、发现，想增进亲子情感，那就和孩子一起"疯"吧！

爱好：想要与孩子有共同语言，不妨从他的爱好入手——阅读、涂鸦、扮演游戏、拼插积木等，成为他的"大玩伴"还用担心沟通问题吗？

游玩：逛公园、去博物馆、野外郊游……山水花草能让人抛去烦恼，放松心灵、陶冶性情，在惬意的环境中更容易与孩子快乐交流。

游戏：孩子需要游戏的滋养，游戏也能营造轻松欢乐、自由自在的氛围，让大人仿佛也置身童年，大家很容易在其乐融融中加深相互的情感依恋。

• 不问负面、抽象问题

孩子上幼儿园了，关于校内生活的话题该如何沟通，不妨听一位妈妈的经验分享：

千万不要问"今天老师批评你没有"、"有没有小朋友跟你抢玩具"之类带有负面导向的问题，这样可能会引起孩子对幼儿园的反感情绪。

就我个人体会而言，孩子更乐于听表扬和鼓励的话。我每天都会对某些细节进行鼓励、赞赏，比如："真厉害，自己背书包"、"又得了一朵小红花，好棒呀"、"峰峰说他喜欢跟你一起玩呢"……慢慢地，孩子变得更愿意上幼儿园了。

有的父母喜欢问些诸如"今天学了什么呀"等比较抽象的问题，孩子往往很难回答，因为他还不能很好地总结、概括，即使说也是部分或片面的内容。建议问些具体问题，如"今天吃的是白米饭还是面条？"

"玩新的游戏了吗?"······

• 如何对付孩子的"为什么"

童童3岁后有个最大的变化,就是开始了频繁追问"为什么":"为什么天是蓝的?""为什么狗有四条腿?""为什么没有星期八?"······面对他的"十万个为什么",爸爸妈妈开始还能耐心地回答,但随着问题的增多,难度的加深,直让童爸童妈感叹自己怎么不是科学家。抵挡不过那就躲吧,于是,"童童,你看那个伯伯在做什么?"这些转移注意力的方式出现了。当然,童爸童妈还在为这个事情烦恼着呢!

你是否已经跟案例中的父母对号入座了呢?这也是个普遍的问题,那我们就此多说几句。

先做个小测试,给自己来个检查——你能很好地为孩子解答问题吗?

如果孩子问你:"汽车为什么能跑?"你会怎么回答?

A. 因为汽车有轮子,有轮子当然就可以跑了。

B. 汽车要吃东西,吃完东西汽车有力气,车轮子转得动,汽车就可以跑了。

C. 汽车肚子里有一个发动机,发动机最喜欢吃汽油,吃完汽油以后它就开始工作了,它会告诉车轮子转动,车轮子一转动汽车就跑起来了。

选项 A

目前,你还不太善于回答孩子的问题。上述类型地解答略显肤浅,没能解释清为什么,也未阐明科学原理,结果是孩子可能会接着问。

孩子眼中的"是什么"代表了他对新事物的好奇;"为什么"代表了他对事物缘由的探索;"怎么做"则代表了他对事情解决的思考。因此,当你面对孩子各种提问时,尽可能认真、详细地作答。

**选项 B**

用最简略的语句表明了汽车工作的过程。用孩子能理解的语言和事理去解释问题，符合孩子的认知水平，也容易理解。

建议在解答科学类问题时，必要时需用上科学用语，比如"汽车要吃东西"不妨直接说"吃汽油"。这既让答案更合理，又可以丰富孩子的知识积累。

**选项 C**

你能用孩子的语言把复杂的科学道理讲解给孩子，尽管他可能不知道什么是发动机，但通过你的解释，基本能理解汽车工作的原理和程序。这样的回答比较理想，当然这个能力还需要爸爸妈妈自身不断"修炼"。

其实，在孩子眼中，这个世界是那么陌生、神秘、新鲜，于是他就充满了探索、求知的欲望，这宝贵的好奇心正是促使他探索世界的原动力。如果此时父母敷衍了事，或欺瞒哄骗，甚至直接责备，都会让孩子放弃提问，进而导致好奇心逐渐泯灭。因此，当您面对孩子或幼稚、或无聊、或深奥的问题时，还是认真倾听，并参与进来，"这个问题很有意思"、"是吗？妈妈还没想到呢！"孩子会因为你的关注更有积极性。

如何回答孩子的"为什么"？我们不妨借鉴统计学的方法，先总结问题的种类，再对症处理。一般有以下几种情况：①经过启发，孩子自己能获得答案；②家长知道答案，但孩子不了解；③孩子和家长都不知道答案，但可以查阅资料解决；④人类还未解决的问题。

遇到第①类问题，显然不应直接告诉其答案，可以把问题再"抛"过去，启发孩子自己思考或查阅资料，自己寻找答案；

遇到第②类问题，父母不妨通过举例、实际操作等方式给孩子讲解，这样更便于他理解；

遇到第③类问题，家长也不必扮演"全知全能"的角色，完全可以

诚实地告诉孩子"我也不知道啊",还可以与孩子一起去查询答案;

遇到第④类问题,不妨直接说明,同时鼓励他:"你的问题真棒,我们大人们目前也不能解决呢!等你长大后学本领了再找答案吧!"

作为父母,不但不能扼杀孩子的好奇心,还应该积极地营造环境,培养和激发他的好奇心。比如,可以经常向孩子提出一些问题,引发他的探索欲望。

# 四、提问:开发潜能的沟通妙招

我们与孩子的沟通过程中,经常会用到一种方式:提问。古人云:学起于思,思源于疑。巧妙、有效的提问能启动孩子思考的"马达",锻炼其想象力、记忆力、语言表达等多种能力。您会提问吗?不妨先来看个"哲人问子"的故事:

一天中午,北宋著名哲学家邵康节与12岁的儿子正在院子里乘凉。这时,院墙外边突然伸出一个人头,朝院子中看了一圈,又缩了回去。

邵康节问儿子:"你说这个人在看什么?"

儿子说:"八成是个小偷,想偷点东西,看见有人就走了。"

邵康节却说:"不对。"然后启发儿子:"如果这个人是小偷,他见到院子里有人,肯定会立刻缩回头去。但是,他明明看到院子里有人,却还是看了一圈,这说明什么呢?"

儿子想了一会儿说:"哦,他恐怕是在找东西吧。"

邵康节又问:"是的,但是他只看了一圈,那是找大东西,还是找小东西?"

儿子回答:"是在找大东西。"

邵康节又启发儿子:"那什么大东西会跑到我们院子里来呢?那个人又是农民打扮,他会来找什么东西呢?"

这回,儿子坚定地回答:"他肯定是来找牛的。"

邵康节满意地点头道："说得对，他是来找牛的。以后，你要多动脑筋才是。"

可见，有意义的提问是一种引导，一种启发，其实，只要我们用心琢磨，也能像哲学家一样，在沟通中用问题来开发孩子的潜能。

### 1. 故事提问

给孩子讲故事时，可以根据其中的情节进行提问。既可以在故事讲述过程中提问，也可以在讲完之后，围绕故事主题、情节发展或人物特点提出一些问题，让他思考。

一般先问地点、时间和人物，然后根据人物的活动、人物间的关系、他们的表情、对话等进行提问，以此培养他的语言表达能力和思维能力。

也可以请孩子找出相应的图片来回答，这样能促使他仔细观察人物的动作、表情、理解画面的内容。当孩子回答不出时，您可以提出辅助性问题进行引导，拓展他的思路。

### 2. 反常规提问

家长提出反常规的问题让孩子回答，发挥其想象力，可以为日后提高其应变能力和创新意识奠定基础。比如，"如果车轮子是方的会怎么样……""如果"后面的"怎么样"就交给孩子的想象力去天马行空地驰骋啦！

还可以通过此提问法发展孩子的逆向思维，对于这方面，年龄和认知发展水平是个关键，父母可以根据他的不同年龄和接受水平提出问题，如"妈妈在宝贝的左边，宝贝在妈妈的哪边呢?"2岁之后的孩子对于大小、多少、长短、高矮、快慢、里外、上下、前后、左右等相反的概念逐渐形成，而且仅能理解具体的相反的概念。你可以就时间顺序、空间顺序、事物的外形特点等方面设计问题。

### 3. 重点设问

观察力是综合了视、听、触、嗅、方位感、图形辨别等多种能力基础上发展起来的，也是智力发育的重要因素和基础。所以，家长对孩子观察力的锻炼是非常必要的，特别是教他学会在动态中观察事物。

不妨把孩子要掌握的重点和难点作为设问点，进行发问，如"小狗的影子跟它一样吗？""风吹起来树枝是怎么摆动的呢？"让孩子顺着问题锻炼观察力和思考力，获得相关的生活经验。

### 4. 列 举

思维灵活即思路灵活机智，能从不同角度和侧面分析考虑问题。引导孩子列举出物品的用途和功能，玩一些"一事多因"、"一物多用"的语言游戏，可以拓展其思维的灵活性。当你给孩子洗完澡擦身体时，不妨问他："毛巾还可以用来做什么？"启发他回答毛巾的不同用途，如当枕巾睡觉，当绳子拉，当棉被给玩具盖……

### 5. 启发提问

研究表明，孩子的推理能力是随着其年龄的增长而逐步发展的。三岁的孩子基本还不会进行推理活动，往往把观察到的物体的表面现象当做因果关系，如桌子倒了，他会解释为桌子倒了，所以坏了。四岁的孩子推理能力开始发展，长到五岁就可以进行推理活动了，同样，如前面桌子倒了的现象，会解释为桌子的腿断了，所以倒了。

我们不妨设置问题引导孩子通过对事物的分析判断，预测其后果。如问他：如果晚上突然停电，忘了关电视，等来电后家里会出现什么情况呢？通过这样寻找答案，可以提高孩子的推理判断能力。在孩子回答问题时，你可以教他使用推理性语言，如"原因是……""因为……所以……"等句式。

### 6. 形象提问

通过观察某事物，联想类似此物形态的另一种物，能锻炼孩子的想象力。来场头脑风暴吧。启发他根据事物的多个角度进行联想，如把一本书平放、竖立，问孩子分别像什么。如果孩子一时答不上，您要不断鼓励和启发他，甚至先说出您想象出的事物。

### 7. 趣味性提问

孩子的注意力容易被新鲜、有趣的事物或问题转移。您不妨运用他的这个特点设置些有趣味的问题，以激发他想知道更多知识的欲望。如"我们用什么呼吸呢，看看小鱼用什么呼吸呢?"用趣味性的问题激发其思考的积极性。

### 8. 随机性提问

孩子一岁半以后，将感受到万物皆有名，而且常常会指着周围的事物问:"这是什么?"他对这个新世界非常好奇，父母需要注意发现，抓住契机进而引其探索。如孩子从三四个月开始就对色彩有了感受力。当他对生活中某个植物兴趣浓厚时，不妨随机提问:"这个花朵是什么颜色呢? 花瓣像什么呢?"

### 9. 开放性提问

除了某些需孩子确定的事情，父母要尽量用开放式提问，即多问几个"为什么"，而不用"是不是"这类封闭性的语言。因为，封闭性的提问容易造成孩子思维的依赖性和惰性，问"为什么"，会让他通过自己的思考来表达想法，有助于锻炼其思考力。

### 10. 具体性提问

此阶段孩子的思维还依赖于具体动作或形象，因此，您的问题切忌笼统，如"你觉得这个故事怎么样?"这会让孩子不知从何回答。问题要尽量具体，如"故事里的小猴子聪明吗? 为什么呢?"这也让他有话可说，表达的愿望也更强烈。

法无定法，你需要根据孩子的年龄特点、性格特征、接受水平灵活运用不同的方法。当然提问是第一步，在孩子解答后，如何评论也是一门学问呢!

当他回答正确时，不要认为这是应该的而不加评论，最好夸奖孩子爱学习、懂得越来越多了，激发其日后回答问题的积极性，勿给以物质奖励;当他回答错误时，也不要因急于获得结论而直接打断，即使他的答案天马行空、不着边际，也要耐心听完，然后再予以纠正或补充。其实，相对问题答案，孩子通过思考回答的过程才是更重要的。

# 第十四章

# "过度教育" 的七宗罪

有两个人，各自在荒漠中种了片胡杨树苗。苗子成活后，其中一人每隔三天都会给他的树苗逐个浇水、扶持、修理，可谓精心照顾；而另一人则悠闲得很，刚栽下树苗时浇过几次水，树苗成活后，就不怎么管理了。平时去看看，也没什么作为，不浇水，也不培土，只是发现被风吹倒的就顺手扶一把。别人都说，这人的树肯定成不了林。

两年后，两片胡杨树苗都长得有茶杯一样粗了。有个夜晚，狂风卷着沙石、携着大雨突然袭来。第二天，两片树林里的场景不禁令人惊呆：原被精心照料的那些树几乎全被风刮倒了，有些树甚至被连根拔起；而没怎么被照料的林子，只是被风吹掉些树叶，折断些树枝，整体安然无恙。

围观的人们疑惑地问个中原因，那人微笑着说："他的树经不住风吹雨打，是因为平日浇水太勤，施肥太多了。"人们更加迷惑了：难道辛勤施肥、浇水有错吗？那人顿时叹了口气说："施肥、浇水本无错，但如果行为过度，就培养了树的惰性。要么被淹着，要么它的根就不会往泥土深处扎，只在地表浅处盘来盘去。这样长起来的树林怎么能指望它经得起风雨呢？"

其实，培育新苗跟养育孩子是一个道理。家庭教育中，不少父母以"爱"的名义，做出了种种"过度"的行为。虽付出甚多，但事与愿违，因为这违背了儿童的成长规律。在此我们分述几点，为年轻的父母们提个醒儿。

# 一、过度保护

三岁的闹闹是个闲不住的小家伙，对一切都是那么好奇，对于新鲜的东西非要亲自看看、摸摸才算罢休。但是家里人总担心他被磕着、碰着，于是"双方矛盾"就此产生：他听见炒菜的声音，想去厨房看个究竟，妈妈担心他被刀叉、锅盆碰到，对其三令五申将厨房划为"禁地"；他想做滑梯享受一个人的冒险，爷爷非要拉住他的一只手才觉得放心；他看小哥哥放风筝非常过瘾的样子，也想跟他一起跑，却被奶奶喝住了……

　　孩子的好奇心就这样被加了一堵"防护墙"，孩子更安全了，但慢慢地也更胆小了。当父母处处担心出乱子时，也在无声地传递一种信息：世事危险。在这种意识下成长的孩子，自然会变得谨小慎微。

　　从儿童心理学的角度看，好奇和好动是儿童的天性，其间他们的行为难免会有些出格的地方。如果对此过多地加以限制，不仅束缚了孩子良好个性的发展，而且也限制了孩子认知世界的视野，减少了孩子接触新事物的机会，这对他的智力发育也会产生不良影响。

　　有时候，过多的保护反而成为一种伤害，来看这个小故事：有一种蛾子名叫"帝王蛾"，它的幼虫时期是在一个洞口极其狭小的茧中度过的。当其生命要发生质的飞跃时，这狭小通道就成了鬼门关，它娇嫩的身躯必须拼尽全力才可破茧而出。

　　很多幼虫往往此时会力竭身亡，有人怀了恻隐之心，试图用剪刀把茧子的洞口剪大。这样一来，幼虫轻易就能从牢笼里钻出来。但是，所有因得到救助而见到天日的蛾子都不是真正的"帝王蛾"。它们无论如何也飞不起来，只能拖着丧失了飞翔功能的双翅在地上笨拙地前行！

　　原来，那个狭小茧洞，恰是帮助帝王蛾幼虫两翼成长的关键所在，穿越的时刻，通过用力挤压，血液才能顺利送到蛾翼的组织中去；只有两翼充血，帝王蛾才能振翅飞翔。人为地将茧洞剪大，蛾子的翼翅就失去了充血的机会，生出来的帝王蛾便永远与飞翔无缘。

　　孩子的成长不也是这个道理吗？任何父母都不希望孩子遭受丁点儿的委屈和挫折，但过度保护从表面上看，孩子"得"到了安全，从深层看，孩子却"失"去了获得经验的机会。因此，为孩子营造的"真空"成长世界，等于剥夺了孩子长"硬"翅膀的机会，反而成了一种害。

适当地放手吧，当他能歪歪扭扭地用勺子自己吃饭时，给他准备一只可爱的小碗；当他想拿放在高处的一个东西，没有大的危险隐患时，帮他垫上一把椅子；当他想在池边看游动的鱼群时，您只需在旁边照看……

# 二、过度干涉

虫虫拿画笔涂鸦，爸爸在旁边看，一会儿说画得不圆，一会儿说不像；要去姥姥家，虫虫主动找衣服换，妈妈过来开始指点：这样穿不好看，应该跟那条裤子配；虫虫想跟小姐姐换玩具玩，妈妈将他叫道一旁"耳语一番"，虫虫不情愿地放弃了念头……

孩子的独立性、思考力往往就是在"你要这样，不要那样"、"这样不行，那样才可以"、"应该这么做"之类的话语中被消磨掉了。久而久之，父母的权威意志、喋喋不休、事无巨细会让孩子走向两个极端：要么产生强烈的逆反心理，即便你说得对，他也不肯照办，甚至对着干；要么绝对服从、听话，继而没有自己的想法和思考，成为"依赖型"的孩子。可以说，过度干涉是孩子成长的阻力。

当然，以上两种情况都不是我们想看到的，那就从尊重孩子的自主性开始做起吧，给他自由发挥的时间和空间。当他的行为和想法出现偏差时，先别着急"指点江山"，冷静一下，让引导代替干涉，让建议代替指责。犯错和失败是孩子成长道路上不可跨越的路标，适当地去经历一下，才会领悟什么是正确，珍惜成功的体验。

**测测看，你过度干涉孩子了吗？**

请你快速完成下面的题目，根据实际情况填写。

评分标准：从不＝1分　偶尔＝2分　经常＝3分　总是＝4分

1. 孩子做的每一件事情我都很关心。

2. 我对孩子非常严厉。

3. 我总是左右孩子吃哪种食物更有营养。

4. 我很关心孩子独自玩耍时在做什么。

5. 我对孩子喜欢的朋友比较挑剔，考察得很仔细。

6. 我要求孩子回到家里，必须说明他刚才做的事情。

7. 我很关心孩子和什么样的朋友来往。

8. 孩子的饮食是我每天必须要考虑的一个问题。

9. 孩子喜欢去的地方，我会找机会去了解和打听。

10. 我对孩子严格规定他该做什么、不该做什么，而且不会让步。

解析：

15分以下：你对孩子的限制很少，会让他觉得非常自由，但如果没有任何管教则成了放纵。因此，建议应该对孩子讲清某些约束的原因，你也需认真倾听他内心的想法。

15～25分：你给了孩子足够的空间，如果能经常沟通想法和情感，尊重孩子的意愿，将会是一个更为优秀的家长。

25～35分：你常以大人高高在上的姿态俯视孩子，建议尊重孩子的独立人格，与孩子平等相处，要求孩子的事情自己首先应做到。

35分以上：你限制了孩子自由发展的空间，小的时候他会比较服从，而将来可能换取的会是他无声的反抗。

## 三、 过度关爱

佳佳5岁了，但一些基本的自理技能还都不会，这也不能怪她。她属于"独二代"，出生时父母已经30多岁了，她自然也就成了全家人的掌上明珠，爱的力量也齐聚在此：佳佳要端水喝，奶奶抢先一步端起来送到嘴边；佳佳走了一截路嫌累，爷爷不顾手里拎着较重的东西，仍是低身背起了她；佳佳要剥花生，妈妈怕搁着小手自己来剥，专给佳佳吃果仁……

在"四、二、一"的家庭模式下，孩子自然走到了中心位置。吃喝玩乐都有家人在旁众星捧月，百般侍候，任何事情都不用孩子费力。所有的孩子都需要照顾，但过度关爱却容易使孩子丧失学习、成长的机会，并感觉爱是廉价的，认为单纯获得爱也是理所当然的。

德国教育家卢梭说："你知道怎样使得你的孩子备受折磨吗？这个方法就是百依百顺。"这种环境下长大的孩子，易于形成任性、自私、情绪不稳定、自理能力差、社会适应能力差等问题。并会苛求别人的关怀，缺乏责任感和关爱他人的能力。

希望下面的小故事能再次引起大家的反思。

一年秋天，一群天鹅从遥远的北方飞到天鹅湖的一个小岛上，准备去南方过冬。岛上住着老渔翁夫妇，见到这群"天外来客"，非常高兴，拿出喂鸡的饲料和打来的小鱼精心喂养天鹅。冬天来了，这群天鹅竟没有继续南飞。湖面封冻，它们无法获取食物，老夫妇就敞开茅屋让它们在屋子里取暖并给它们喂食，直到第二年春天湖面解冻。日复一日，年复一年，每年冬天，这对老夫妇都这样奉献着他们的爱心。终于有一年，他们老了，离开了小岛，天鹅也从此消失了。可它们不是飞向了南方，而是在第二年湖面封冻期间饿死了。

天鹅悲惨的结局告诉我们，正是渔翁夫妇这种过分的关爱，使天鹅沉溺在悠闲安逸的生活中，养成了惰性，丧失了生活的本能，无法再适应环境，最终被变化了的环境所吞没！

其实，这种"无微不至"的爱已然变异为一种安乐的馈赠。当它成为包办一切的呵护时，这也就不再是爱，而成了一个温柔的"陷阱"。

在孩子的成长中，对其事事大包大揽，等于用一条无形的绳子，束缚住了他的手脚。因此，在孩子的能力范围之内，要培养他的独立性，交给他基本的生活技能，并给他学习、锻炼的机会。过一段时间你会发现，孩子不光在有些事情上能自理了，某些时刻还成了您的小帮手呢！

# 四、过度开发

可爱的小点点才 4 岁，已经非常不简单了，不仅认识了上百个汉字，还会背上百首诗、算算术，这些都不算，妈妈早就为她制定好了"美女＋才女"的培养计划，琴棋书画、舞蹈礼仪，真是样样不落。为此妈妈还专门辞职在家，以便于带她奔走于各个特长班、辅导课之间。可这些富于人文艺术的课程并没有让小点点精神焕发，反而常常像个蔫茄子一样。

为了不让孩子输在起跑线上，年轻的父母们也是"八仙过海，各显神通"，请老师、找专家、学经验，为孩子制定各类培养计划，真是恨不得"一岁就上常青藤"。注重早期教育、潜能开发本没有错，但如果只是一味给孩子灌输知识、技能，而忽略了这些内容是否适应孩子的生理、心理发展水平，进行过度开发，以剥夺孩子的时间和快乐为代价，一旦在其幼小心灵中埋下厌学的种子，将会是一种"灾难"。

自然界中因过度开发资源，时隔多年后自食恶果的例子不在少数。孩子的成长又怎么能违背这个规律呢？早期开发并非越早越好，也不是灌输得越多越好，而应从孩子的个性、气质类型、潜能特点出发，进行适当的智力刺激，并给予孩子休息和自由玩耍的时间和空间，使其从中获得经验。并注意培养其在学习过程中的兴趣和快乐感。只有出于兴趣的学习才是主动、快乐、不易厌倦的。当这种美好的感受化为动力时，孩子日后的学习也将畅通无阻。

# 五、过度期望

可可的父母都是名牌大学硕士毕业，或许是遗传了父母的智力基因，小家伙学起东西来比同龄人快多了，可妈妈仍不满意，不断提出更高的要求，期待他能"更上一层楼"。比如：同龄小朋友开始学数字的时候，要求可可会算算术题；小朋友能认汉字的时候，要求可可会简单的阅读；在家"模拟考试"，期待可可能答对所有题目……

或出于对孩子过高的期望，或出于自身生存的压力，一些家长总是希望孩子将来在社会上能有更强的竞争力，于是希望孩子能掌握更多的知识，能表现得更好一些。

或者是出于攀比心理，比如，总倾向于自己孩子要比别人更优秀，别的孩子能做到的，自己孩子要做得更好或者提前做到；或者出于虚荣心理，比如，有些父母要面子，常把孩子突出的表现或取得的成绩、荣誉挂在嘴上，在亲朋好友面前炫耀。

不管是哪种原因，总之，他们对孩子的标准就是"更好、更强"。

殊不知，父母的期望越高，越容易对孩子不满，甚至对他的一点儿过错都难以容忍。这会让孩子时时感到压力，而且还容易使孩子产生嫉妒心强，心胸狭隘等不良心理反应。

曾有一个青少年发出这样的心声："我觉得自己很没用、很无能，每当看到父母满怀期望的目光，我的心里就非常难过，不知如何才能达到父母的要求，现在，一看书就很怕，真想把它撕得粉碎……"据调查，中国约有 3000 万名青少年心理有问题，其中，中小学生心理障碍患病率为 21.6%～32%，并呈不断上升趋势。究其原因，家长的过高期望是主要原因。

可见，父母以自己的期望为教育的出发点，往往忽视了孩子的需要，也忽视了孩子的接受能力。这种脱离实际的教育自然会收效甚微，

独生时代的平衡教育

同时也给孩子带来痛苦的体验。

孩子的发展不是终结在早期阶段，而是贯穿其一生的。因此，建议您建立合理的期望值，从孩子的实际能力出发，进行"纵向比较"，将他的过去和现在比，将他的现在和将来能取得的成果比，肯定孩子所取得的进步，也是对其奋发向前的一个激励。

# 六、 过度表扬

朵朵妈觉得表扬能激发孩子的积极性，于是此招式成了她教育孩子的"家常便饭"："宝宝做的风车真好看"，"今天可以自己起床真棒"，"这次喝汤没洒，好厉害"……

如今大多数城市家庭只有一个孩子，孩子就是全家人的宝贝，父母、祖父母、外祖父母，出于对孩子发自内心的疼爱，另有不少父母误认为"赏识教育"就是"多多表扬孩子"，于是表扬就成了教育的"万金油"，由此导致表扬过度。一般有两种情况：次数过多，孩子几乎每做一件事都会伴有"你真棒"、"做得真不错"；夸大实际能力，如"这里你最聪明了"、"写得比妈妈都好"。

此时的孩子还不能客观认识自己，主要通过父母、老师等成人对自己的评价来了解自身水平。因此，夸大实际能力的表扬会使其对自身能力产生错误评估，形成一些不切实际的期望，甚至由此而滋生骄傲自满的情绪。

而且，过于频繁的表扬易让孩子产生依赖心理，美国斯坦福大学一项针对150名本校学生的研究显示，受到过度表扬的学生往往不愿承担风险、不愿付出努力、自我激励少。在过多的表扬和赞美声中长大的孩子没有或者很少经受挫折，因而对挫折的承受力也是相当低的。在日后的学习、生活中一旦遭遇挫折，往往不能积极应对。

苏霍姆林斯基说过："教育技巧的全部诀窍就在于抓住儿童的上进

心。"为了让表扬发挥出良好的作用，一定要适度、适量，否则可是劳而无功啊！这里建议大家：

• 把握表扬的节奏

为培养孩子的良好习惯，开始时可以多表扬一些，发现进步，及时表扬。当他养成习惯时，需要减少表扬的次数，表扬的间隔时间要长一些，甚至没有规律。直到孩子取得相当大的进步时，再给予表扬。

• 把握表扬的分寸

如果他确实取得了很大的进步，一定不要吝惜赞美之词。如果取得的是微不足道的成绩，您点点头或拍拍肩膀便足矣，不能为鼓励他就表扬得夸大其词，这会促使他产生骄傲心理。

# 七、过度满足

天天打出生起就是个宠儿，无论是在爷爷奶奶家，还是在姥姥姥爷家，他都是第三代中第一个出生的孩子。还没出生时，他就受到包括叔叔、小姨等所有人的关注。出生后几乎是要什么，就有人给买什么；即使他自己不要，这些家人和亲戚也会变着法买回来玩具、零食、漂亮衣服等新鲜东西哄他高兴，甚至是家里人都比着给他买东西。

那天天会是怎样的感受呢？我们从孩子的角度去剖析，为您展示一个新的视角。

如果孩子被过度给予、满足，他会：*展示、炫耀、毁坏、轻视、默然处之……*

而不是：*欣赏、珍惜、爱护、充分利用……*

孩子的感受会是：*反正这么多人给，还有更好的；只要我想要，他们就给买；我不用努力就能得到想要东西……*

家庭教育中，越是对孩子的要求立即满足、过度满足，越容易使他只学会索取和依赖，不珍惜已拥有之物。还有的孩子逐渐对什么都没了感觉，对东西的兴趣也流于表面。因为"得到"的容易，"得到"的理所当然。

近年在美国出现了这样一种潮流：越来越多的靠自己奋斗成为富豪的人改变了子承父业的观念，纷纷表示将自己的绝大部分乃至全部财产捐献给慈善事业。

这些富豪并非不爱子女，而是不想让孩子成为现成的富翁，他们担心让孩子轻易得到巨额财产会抑制其才能，使子女成为只会守财、享乐而不具有创造财富能力的人，甚至会将他们推向堕落的深渊。

其实这种担心是有道理的，1992年三位美国经济学家在一次调查中发现，继承财产超过15万美元的人有近20％不再工作，有的整天沉湎于觥筹交错，直至倾家荡产；有的则一生孤独，甚至出现精神问题，做出违法犯罪的事。

因此，爱孩子不等于对他有求必应，延时满足他的需要或经他努力得到想要的东西，会使孩子懂得珍惜，也让他学会克制、忍耐，进取。

日本一家动物园里，一个常年喂养猴子的人，不是将食物好好地摆在那儿，而是费尽心思，将食物放在一个树洞里，使猴子很难吃到。正因为吃不到，猴子反而想尽了办法要去吃。猴子整天为吃而琢磨，后来终于学会了用树枝把东西从树洞里够出来吃。

别人都感到很奇怪，对养猴子的人说，你不该如此喂养猴子。

养猴子的人却说，这种食物对猴子是没有胃口的。平时，你真的给猴子摆在跟前，它连看都懒得看，也根本不会去吃。你只有用这种办法去喂它，让它产生兴趣，使它很费劲地够着吃，它才会去吃。

其实，食物并没有变化，只是改变了喂的方式——由直接喂变为藏起来，使得猴子对食物由兴趣索然到如获珍宝。道理显而易见：容易得到的不去珍惜，不易得到的反而觉得珍贵。

面对孩子的物质需要，我们不妨借鉴故事中喂猴人的智慧，换一种方式，带来新的感觉。给满足设置一定的难度，也许孩子就会兴致很浓，比如，孩子想得到自己喜欢的玩具，那就必须能连赢你三局象棋。这样做，不仅是在物质上满足了孩子，更是精神上的一种鼓励。

当你在抱怨孩子"身在福中不知福"时，何不换一种思路，或许"柳暗花明"就在眼前。

上述内容只是列举了生活中部分"过度教育"的表现，其实还有诸如过度营养等不科学的教育方式。"过度教育"到底是给予还是剥夺，希望能引起你的思考。建议家长反观自身的做法，及时避免或纠正错误行为。

其实，家庭教育中要讲究"布白"艺术。所谓布白，是绘画创作中常用的方法之一，为充分地表现主题而有意识地留出空白。从内容上来看，只是空白，但从价值意义来看，"空白"在于由此营造出求其空灵，虚中求实的效果，让受众自己去想象，去思索，去补充。

教育中的布白艺术，可以从很多方面阐述，父母不必给予孩子过多的关注，不妨留点空白：给保护留点空白，让孩子获得锻炼自我的机会；给干涉留点空白，让孩子从小学会"有主意"；给关爱留点空白，让孩子从小掌握自理能力；给开发留点空白，让孩子度过更轻松的童年；给期望留点空白，或许孩子会带来惊喜；给表扬留点空白，以防孩子自我膨胀；给满足留点空白，让孩子学会珍惜……

第十五章

# 视听世界，不让声光
# "闪"了孩子的心

楠楠妈妈休完产假再"战"职场，于是楠楠从七个半月开始，就一直是奶奶带。奶奶本身是个"电视迷"，而且发现2岁的孩子也渐渐"爱"上了电视。奶奶去做饭或收拾家务时，给她打开电视或播放碟片，小家伙都能安安静静地在那里看，还能说出里面的台词和广告词，但平时又不太爱跟人交流。于是楠楠妈妈就陡增了一段烦恼：电视会不会对孩子有不好的影响呢？该怎样引导孩子看电视呢？

# 一、电视：让我欢喜让我忧

生活中像楠楠这样喜欢看电视的情况比较普遍，孩子天生对颜色、声音比较敏感，未出生时就能"听懂"音乐，出生后不久就喜欢看五颜六色的电视画面，因此自然很容易被电视节目那动感的画面、多彩的声光所吸引。

从电视的角度来看，这种声光电一体的传媒形式，为孩子认识世界提供了极好的窗口。其中大量的信息、丰富的内容简直就是个"动态资源库"，孩子从这里可以见识到各种从未接触的事物、各色人物等。

同时，婴幼儿时期是孩子语言获得期，而发音标准、音乐动听、画面生动的语言画面，能更好地吸引他去模仿和理解，从而扩大其词汇量，促进语言能力的发展。

但任何科技的发展都是一把双刃剑，电视、电脑等视听传媒也不例外，同样有其不利的一面。对于身心正处于发育"黄金期"的婴幼儿来说，如果经常看电视，甚者依赖电视，则不利于其健康成长。

### 1. 对孩子认知的影响

★ 影响孩子的大脑发育

鲜艳、诱人的东西有时反而是有害的，电视画面就是其中一例，可谓大脑发育的"头号杀手"。

因为电视上闪烁的色彩、特写的画面、大分贝的声音等丰富的刺激，只能刺激孩子脑部较原始的部分，无法刺激思考区域的发展。而思考区域至少需五到十秒来处理刺激，但大部分电视节目每五六秒，有些广告甚至每两三秒就变换画面，让思考区域毫无参与机会。

从另一个方面分析，人的右脑是直觉区，对于视觉影像、色彩、新奇的经验特别有反应；左脑则是处理逻辑推理，负责分析语言的声音、意义与抽象思考。电视的色彩刺激，几乎全由右脑处理，相对减少对左脑的刺激，会削弱左脑的功能，也减少联系左右脑之间的神经发展。

神经心理学家认为，如果联系两边的神经没有接受足够的刺激、不能适当发展，会影响脑部的成熟。而且如果孩子在幼年时期左右脑发育不协调，日后会导致孩子注意力与学习困难等问题。

★ 影响孩子经验的获得

心理学家皮亚杰认为，儿童认知发展主要依靠在不同环境、不同动作练习中获得的经验，即使用手和其他感官的活动体验。而电视属于单向传播，孩子只是接受信息，因而，如果孩子看电视时间过长，则会减少其活动的时间，自然就减少体验的获得。

★ 影响注意力的集中性

心理学认为，太强的感官刺激会改变正常的感知反应能力。

电视中那些快速切入的分镜头，变化多端的摄影角度，不断闪烁的画面等，不停地冲击着大脑。每一次转换都要求大脑重新调整接收功能，改变加工程序。久而久之，这种刺激会使孩子的大脑变得缺乏选择能力，只是被动接收信息，很少对信息进行选择、编码、加工和处理。

由此导致孩子选择性注意和组织反应的能力明显下降，注意力难以集中。有些孩子入园或入学后，无法很好地集中注意力倾听课堂讲解。因为他已习惯电视那种快速度的信息播放频率，而难以适应课堂中老师讲课的方式和速度。于是，就容易通过做小动作、开小差、看着黑板发愣等来进行自我平衡和弥补。

### 2. 对感觉器官的影响

长时间看电视会损害孩子的视力和听力。婴幼儿的视力很弱，电视的荧光闪动每秒 50~60 次，超过我们神经系统所能跟上的每秒 20 次，同时因为光线是直射光，不同于我们所熟悉的反射光，看电视时眼睛自然停止反应，眼球是在静止状态，完全靠眼球的频动来调整焦距，这对孩子的视力损害可想而知。

至于听力，正常人谈话时声音的强度为 35 分贝左右，而电视节目的声音强度常达 90 分贝，电视中歌曲的声音强度高达 118 分贝左右，如果孩子长时间承受这个刺激，其听力自然会受影响。

### 3. 对孩子交往的影响

孩子的心理正处于成长期，需要学会与人交往，包括与成人和同伴的交流。而电视属于单向沟通，孩子坐在电视机前，毫无选择地不断接受图像和声音的刺激，却习惯性地不作任何主动的反应，容易使孩子心理变得内向、孤僻。

如果长时间看电视，也减少了与他人互动的时间，难以获得与人交往的经验，由此导致恶性循环：对电视中的虚拟环境越来越感兴趣，更加不愿意和同龄伙伴玩耍。

# 二、为孩子看电视把好关

• 2 岁以下

**看多久**

越少越好。

美国儿科学会曾公布政策，极力主张父母避免让 2 岁以下的孩子看电视，2 岁以上孩子每天看电视时间不能超过 1 小时。

此年龄段的孩子更需要面对面的交流，以及"亲自"认识、发现这个新鲜世界，这些需求是电视无法满足的。

日本小儿科学会最近公布的调查结果表明，2 岁以下的婴幼儿看电视的时间越长，语言表达能力越弱。每天看电视超过 4 个小时的婴幼儿，其语言发育程度和表达能力要大大低于不看电视的婴幼儿。

即使婴幼儿不直接看电视，家庭成员特别是母亲看电视也同样影响婴幼儿的语言发育。婴幼儿是在同父母家长的情感交流中感受语言，学习语言的。家长看电视的时间过长，就会减少同孩子的直接交流和接触，影响他们的语言发育。因此，不让孩子做"沙发小土豆"，你更应以身作则。

- 2～4 岁

### 看多久

尽可能的少。

此年龄孩子看得越多越想看，因此更需要家长的引导和约束。观察一下孩子一天中所做的事情，一定要保证看电视的时间所占的比例最少。

### 看什么

父母最好先过滤电视节目内容，千万不要想当然地认为动画类就是适合孩子看的。建议选择一些中间不穿插广告，具有正面意义的内容，避免有暴力色彩的内容。尽量选取那些充满善意、友爱、激励人且情节简单的内容让孩子欣赏。比如《花园宝宝》，其情节简单、速度缓慢，契合孩子理解慢、喜欢重复的特点，容易受到他的喜爱。

这个阶段孩子见识逐渐增多，语言的听说理解能力也在不断提高，因此除了动画片，还可以为其选择一些介绍动物、植物、历史、地理、科学等简单知识的电视节目。

### 如何看

鉴于电视单向传播的特点，家人的陪伴和引导非常重要，因此，最好能和孩子一起看。这样不但能促进亲子情感，还便于家长适时指导他学习知识、获得观念。

你不妨设法使孩子从被动接受信息变为主动思考信息，以活跃其思维。如看完电视，根据他的年龄和实际水平，有意提问：它是什么颜色的？你喜欢它吗？为什么？接下来会发生什么事情呢？看完一个片段可以鼓励孩子大胆模仿，还可以请他简单复述故事情节，或者和他一起讨论剧中人物。虽然孩子的评论不一定有逻辑性，也不一定完全正确，但这并不重要，对于成长中的孩子来说，过程重于结果，他的语言能力、观察力、记忆力和思维力已经在此过程中有所锻炼了。

看电视的过程还存在很多教育契机，家长不可错过啊！比如，给孩子解释一下这个人物为什么这么慷慨、善良；这个小动物受同伴欢迎的原因……看完一起聊聊相关内容，了解孩子的想法，适时纠正其不正确的观念，正确引导其对人、事、物的认识。

在孩子2岁左右的时候，可以教他学习辨认不同的电视图像，如新闻、广告、动画片、电视剧、现场活动等。3岁以后，孩子会逐渐认清这些节目。

当孩子在收看时存在疑惑向你发问时，不可有搪塞、敷衍的态度，这样会打消他的好奇心和思考的积极性。尽量认真对待他的各种问题，在自己的能力范围内尽量给予正确回答；如果你也不了解，可提议一起想办法寻找答案。

• 5～8岁

**看多久**

每天1～2个小时。

如果孩子之前喜欢看电视，那么到这个阶段会希望看电视的时间越长越好，而且换台、调试画面的技能也已经非常娴熟。因此，更需要家长的引导。

**看什么**

尽量避免暴力情节和商业广告等，因为孩子容易模仿，辨别是非真伪的能力还不足，很容易模仿不良行为，并且会盲目相信广告内容。

选择增长知识、拓展视野、蕴含良好教育意义的电视节目和动画片。比如，科技类、文化类节目，表达独立、克服困难、责任心、团结、智慧等良好行为品质的动画片。

### 如何看

2～4 岁孩子的引导方法，对于此年龄的孩子同样适用。除了上面提到的和孩子一起收看，指导他学习知识、获得观念外，还需注重积累感性经验。

在孩子观看各种类型的电视节目后，不妨帮他在实际生活中去观察、了解相关事物。比如，看过《动物世界》后，可以带孩子去参观动物园、海洋馆等相关场所，看看真实的老虎、天鹅等是如何生活的，让孩子身临其境地去感受。等孩子年龄更大一些后，就会习惯将自己看到、听到的事物和真实世界的事物进行比较，探索它们之间的异同，形成自己独到的见解。

电视内外的世界是相通的，只要有意识安排，可以将电视相关内容与现实生活相结合。不妨布置相关"任务"，比如，请他收看并记住电视上教的生活小妙招，然后一起来尝试，锻炼孩子的记忆力。

对于无孔不入的广告，你不妨和他一起讨论其中的内容，比如，这个零食真的像广告中所说的那么好吃？

### 看电视的 TIPS

◆ 距离、音量

一般来说，距离电视机 2.5～4 米为宜，距离过近，不仅会使孩子视觉敏锐度与适应性降低，甚至可能导致近视。

音量不要过高，孩子的听力器官十分娇嫩，长期听过大音响，容易使其听觉感受性降低，易导致其听力灵敏度下降。

◆ 不要把电视当奖惩手段

"再不听话，今天就不让你看电视了！""快把地玩具收好，让你多看会儿动画片"……这样做也许能收到不错的短期效果，但长此以往，看电视在孩子眼中便会成为一种"特权"，更能吸引他。

◆ 巧妙应对不健康镜头

当孩子对一些情色、暴力镜头感兴趣时，你不必大惊小怪，应自然转换频道，或用机智语言巧妙引开，或用新的事物转移他的注意力。父母自然的态度比具体的回答更重要。

◆ 孩子黏电视有内情

电视声光色彩的效果不是吸引孩子的唯一原因，深层原因在于孩子缺少大人的有意陪伴，缺少适宜其成长的游戏。婴幼儿的思维特点倾向于直观性、动作性，因此，他们更喜欢的是动眼、动手、动脚并启发想象力的双向活动，如运动、游戏、户外活动等。只要父母肯花心思去安排，寻找或创造适于孩子的各种有趣活动，很快就会发现，他更乐于享受游戏带来的乐趣。

# 三、让动画片成为孩子的朋友

## 1. 孩子为什么喜欢动画片

一般认为，儿童喜欢动画片是因为里面有丰富的想象、夸张的画面、动感的情节等特点。我们不否认这个原因，但上述特点在其他文学作品中也能看到，为什么孩子却对动画片情有独钟呢？

我们不妨从孩子的认知方式、对世界的理解以及动画片的表现形式等角度去寻找原因。

英国著名儿童文学家、理论家 J·托尔金认为孩子拥有两个世界：一个是现实世界，即成人的世界。另一个是内心世界，这是与成年人内心完全不同的世界。在这个世界中，一切变化都是可能的，所有的夸张只是一种常态：例如，汽车压过身体，身体会变成像纸一样薄；人从方形管中钻出来，那头和身体一定会变成方形……这是一个充满各种可能性的世界，也是一个可以按照每个孩子的想象与要求而改变的世界。

而且，此阶段孩子存在"泛灵"心理，即把任何事物都看作是有生命、有意向的东西。比如，他认为花是有生命的，不同于成人眼中的"植物是有机的生命体"，而是认为"花是能呼吸的，它的叶子就是它的手，它的枝条是它的身体"。

随着年龄的增长，这种认识的范围在逐渐缩小。4～6岁的儿童把一切事物都看成和人一样是有生命、有意识、活的东西，常把玩具当做活的伙伴，与它们游戏、交谈；6～8岁儿童把有生命的范围限制在能活动的事物上；8岁以后开始把有生命的范围限于自己能活动的东西；在十一二岁以后才逐渐衰微。

因此，对于孩子而言，他所理解与感受到的世界是一个现实与幻想融合在一起的世界。那些将现实与幻想融合在一起进行表现的文学作品便会受到孩子的欢迎，而动画片在技术上则略胜一筹。

动画片通过活动的图画，运用光影、色彩、声音技术来表现事物和讲述故事，这首先就契合了此阶段孩子形象思维的特点，便于他们理解和接受。同时，动画片具有相对的概括性，常详细地表现重要部分，简化处理次要部分，使得孩子在观看时，不会因为情节背景部分的繁多而分散注意力，因此成为孩子们的最爱。

### 2. 观看动画片的收获

儿童的心灵天然倾向于接受教育，而优秀动画片是教育性和游戏性的良好结合，其内容是对孩子生活经验的补充和拓展。它对孩子的教育是示范性的、潜移默化的，比成人的说教更易理解、更为自然。

• 丰富孩子的情绪、情感体验

孩子的精神发育刚刚开始，情绪、情感比较简单。而动画片情节起伏、人物多变，他们在看动画片时情绪往往会随剧情的发展而变化，为自己喜爱的角色紧张、担忧，或为之伤心、难过，或为之欢呼雀跃；在看到滑稽可笑的镜头时他们又会毫无顾忌地捧腹大笑……这样便在无形中丰富了孩子的情绪情感体验。

- 有助于孩子培养良好的品质

孩子是善于模仿的，动画片无疑是个优质的"资源库"。引导得当，孩子便能从中逐渐学会同情、关心、体谅、帮助他人，学会团结友爱、相互合作，学会遵守规则，学会如何面对困难……

- 促进语言学习

孩子从 2 岁起，语言能力发展"迅猛"，为其提供丰富语言"刺激"，动画片是不可忽视的材料之一。值得注意的是，正因为孩子对于卡通人物的模仿能力极强，因此更需要我们慎选动画片，否则当孩子学到看似好玩、实则难堪的话语时，再纠正就麻烦了。

### 3. 不同年龄的孩子如何选择动画片

孩子具有强烈的模仿倾向，而且区分信息的能力很弱，特别是年龄小的孩子几乎没有分辨能力，对行为与其后果间的联系也不甚了解。

几位外国心理学家曾经做过这样一个试验：将一群 4 岁的幼儿园男孩分成两部分，给其中一部分儿童看一部表现成年人辱骂、用玩具枪扫射、用塑料棒抽打人装扮的小丑的短片，另一部分儿童不看。随后，两组儿童各抽出一部分带到一个房间去玩，那里有个小丑模型、塑料棒和玩具枪。结果，看过影片的儿童对小丑表现出攻击性行为，没有看过影片的儿童对小丑没有任何攻击性行为。

其实，动画片中的不良行为不仅会引起孩子的直接模仿，而且还会影响到整个儿童期的行为，并会在其心里留下痕迹。就像我们小时候听了鬼怪故事，长大后虽不相信鬼神存在，但是走到黑暗、偏僻的地方仍会产生紧张、恐惧感。

此外，有些动画片只是披着"动画"外衣的成人片，里面不乏暴力、恐怖、色情的情节，因此，家长的帮助选择、正确引导就变得非常关键。优秀的动画片应适合孩子的年龄特点、心理发展水平，并应兼具教育性和娱乐性，让孩子在听故事的同时也能有所收获。

因此，不管哪个年龄段的孩子，选择动画片的标准都不外乎以下几点：

思想积极向上，即动画片中所宣扬的是善良、真诚、友谊、合作等精神品质，这一点相信大多数片子都能做到。

人物造型可爱，卡通人物千姿百态，但无论美丑，一个共同点就是可爱、有趣，让人忍不住产生喜爱之情。

画面清晰、色彩鲜艳，它体现的是作品制作是否精良，粗糙、灰暗的视觉感受对孩子的视力有弊无利。

不同年龄阶段的孩子由于身心发展的差异，所看的动画片也要有所区别。

★ 1 岁～2 岁

这一时期，孩子的感知能力比较差，注意力持续的时间也很短，不妨选择些主题单一、情节简单的动画片，比如《花园宝宝》。同时，尽量不让孩子看电视，即使看，最好一次控制在 10 分钟以内，以免损害眼睛。

★ 2 岁～4 岁

随着孩子见识的增长、语言能力的提高，建议为孩子选择一些简单易懂的故事、神话、有关动植物的知识等。一方面帮其了解新知识，满足其旺盛的求知欲，一方面可以培养孩子良好的道德品质。当然，动画片里的人物要形象可爱、性格鲜明，情节要简单、紧凑，同时画面要色彩鲜艳，配乐优美，如《多啦 A 梦》等。

同时，应挑选节奏舒缓的片子。1997 年，当《神奇宝贝》的某一集开始播放时，世界各地都出现儿童的观看该集影片后惊厥的现象。后来的调查发现，这些孩子本身都有癫痫等易于出现惊厥的疾病，他们的发病证明卡通片中飞速变化的声、光、色可能引起孩子大脑信息处理的短路。对于正常孩子虽然不至于产生惊厥现象，但同样会对大脑产生不良影响。

★4岁～6岁

此阶段孩子形象思维进一步发展，他们喜欢娱乐性、趣味性比较强，人物形象和情节都较简单、动作比较夸张的动画片。这时候的儿童语言理解能力已经发展得较好，选择动画片时，除了上述类型，还可挑选些具有科普性质的片子，如《蓝猫淘气3000问》、《狮子王》等。扩大孩子的知识面，开发孩子的智力。

**动画片推荐**

**知识型** 这类卡通动画片多是随着故事情节的发展，向孩子介绍科学常识和高新技术的新成果，是"动画娱乐＋知识传播"的一种形式。

《蓝猫淘气3000问》、《铁臂阿童木》、《猴子捞月》、《芝麻街》……

**智慧型**

《阿凡提的故事》、《神笔马良》、《黑猫警长》……

**英雄型** 这类卡通动画片情节相对复杂，以复仇、拯救、战斗和保卫等为主题，其动画主角大都力量超群、智慧过人、勇气可嘉。

《孙悟空大闹天宫》、《美少女战士》、《超人》、《变形金刚》……

**谐趣型** 这类卡通动画片情节简单、轻松、活泼，其动画人物的行为、语言和表情都是幼儿化的、有趣味性和幽默性。

《大头儿子小头爸爸》、《樱桃小丸子》、《企鹅的故事》……

**善良友爱型** 这类卡通动画片的主人公往往是善良可爱型的，他们几乎成了亲切、团结、友爱和互助的代名词，整个故事体现更多的是友谊和真、善、美。

《小熊维尼》、《白雪公主》、《海底总动员》……

**冒险奇幻型** 故事想象奇特，宣扬忠实友谊和勇于冒险的精神。

《哆啦A梦》、《森林王子》……

独生时代的平衡教育

### 4. 如何引导孩子看动画片

观看优秀的动画片，孩子不仅从中感受乐趣，还可以增长知识，开阔视野。但是，毕竟孩子年幼，其认识和分辨能力较差，因此，需要您做好他的"导视"工作。当然，"导视"也是一门艺术，需要从孩子的心理特征和接受能力出发，随机引导他谈论、比较动画片中的人物、情节，让孩子不做被动的欣赏者，而做主动的参与者。

• 与生活相结合

凡是卡通片中正面、积极的内容，如"巧虎"中包含了教导小孩如何学习生活细节，父母可借机引导孩子在生活中模仿、练习。"三人行必有我师焉，择其善者而从之，其不善者而改之"。因此，对于卡通片中的负面信息，如"哆啦A梦"中的胖虎，总是仗着自己身强体壮就欺负弱小，家长也可趁机告诉孩子"不可仗势欺人，应当帮助别人"。

看完《猪八戒吃西瓜》，不妨教育孩子好东西大家一起分享，然后提出情境：妈妈买来他爱吃的水果，宝宝该怎么做呢？这种引导不仅能便于孩子理解和接受，还能让他看到自己的不足。

• 注重动画片与阅读相结合

一般来说，孩子看完喜欢的动画片以后，都会意犹未尽。因此，孩子的这股热情可不能随意忽视，那就让他在书刊中继续挥发吧！

你可以推荐孩子看些相关的书籍或杂志，比如《蓝猫淘气3000问》、《十万个为什么》之类的科普读物对比阅读。就这样，从动画片到童话书、故事书，孩子的阅读兴趣也就不露痕迹地培养了起来。

• 及时交流情节

此阶段孩子的情绪、情感还不是很丰富，他对自己内心的认识还不深刻，加上语言表达的限制，使得父母也不能深入了解孩子的真实想法和感受。

有了动画片，也算给家长增添了一个了解宝贝的小助手。比如，和孩子聊聊《喜羊羊与灰太狼》中最喜欢的人物，喜欢哪个羊或狼就表明孩子内心向往它所代表的品质，喜羊羊的机智、沸羊羊的勇敢等。

- 请孩子复述

这可是个简单有效的招儿，它既能锻炼孩子思维的完整性和严密性，还能锻炼他的记忆力和语言表达能力。当然对同一动画片，不同年龄的孩子理解与表达会有所不同。比如，3、4 岁的孩子，或许可以简单地讲述情节；5、6 岁的孩子则还可表达自己的感受或续编。

当孩子观看的动画片故事完整、矛盾鲜明，而他又乐于对其中的情节津津乐道时，不妨亮出这个"招牌要求"。家长也可以假装寻求帮助：宝宝，妈妈刚才没时间看，你来给妈妈讲讲里面的故事吧……人都是好为人师的，小孩儿也不例外，相信孩子会立即奶声奶气地说起来。

- 与游戏结合

只要家长善于琢磨，由动画延伸游戏可是"大有作为"啊！

和孩子一起挑选他喜爱的动画玩具，比如，花园宝宝、小猪、喜羊羊和他的伙伴、孙悟空、猪八戒等，当一集动画片结束后，不妨拿玩具和孩子一起继续里面的故事，当然也可以演出新故事，比如，与生活实际或平常喜欢的游戏相结合。妈妈想做好"引导师"的工作，还可以多问孩子几个"为什么"、"接下来呢"、"最后呢"、"还可以怎么样"……这样的追问其实是在启发他的思考能力。

如果孩子喜欢画画，那就找来纸笔请他"一展身手"吧！动画片里的人物、场景都可以作为蓝本，对于喜欢的角色，孩子既可以临摹，又可以对其创新。

如果动画片里讲到了科学小实验，也不妨和孩子在生活中尝试、验证一把。比如，把冰块加热就变成了水，汽油遇到燃着的烟蒂就着火等，在游戏中激发孩子的好奇心和探索欲。

- 品德培养

孩子的思维和理解能力以及是非判断能力还没有完全健全，需要不断地正确引导。而一起看动画片则是一个很好的交流契机，动画片的内容无形中也是一种素材，以利于家长对孩子是非观、价值观的正确引导。

如看动画片《奥特曼》时，大人可以边看边告诉孩子奥特曼是正义的，他只会对付坏人，我们要想做他那样的人，就不能对自己的朋友、同伴、家人做出奥特曼打斗的动作。

### 5. "动画片效用"

很多孩子都是十足的"动画迷"，只要电视上一放动画片，再有趣的事情也吸引不了他的目光。

既然他有这个爱好，家长也不妨"将计就计"，让动画片成为你的一个"砝码"，有位家长就是这么做的：我对儿子看动画片，提出了几个附加条件：每天，在动画片开播前一个小时，必须搞清楚一个数字的组合，或者学会几个字。平时，儿子因为过于淘气，不论是在幼儿园里老师教他，还是在家里妈妈教他，他经常是一副嬉皮笑脸的模样，极少专心致志地跟着学。因为动画片的诱惑，在这段时间里，他的学习劲头十足，注意力也特别集中，往往一个小时的学习效率能赶上半天的效率。

动画片是学习、娱乐的一部分，孩子可以适当收看，但如果沉溺其中或将动画片作为"保姆"，即家长忙自己的事，将孩子的空余时间完全交给动画片，则对其有百害而无一利。其实，生活中还有很多活动是可以代替电视和动画片的，不妨陪孩子一起玩。

◆ 如果天气好，带孩子去户外活动；

◆ 多给孩子讲故事，和孩子做互动交流；如果家长很忙，可以让孩子看优秀的图画书；

◆ 让孩子自由涂鸦、绘画；

◆ 让孩子大人做家务，如摘菜、扫地，这些事情对于他来说可是游戏呢！

◆ 如果父母有条件，多带孩子去参观博物馆、看演出等；

◆ 多为孩子创造和其他伙伴一起游戏的机会；

## 四、电脑：朋友还是敌人

是让孩子远离电脑，还是做电脑的朋友？随着电脑步入千家万户，这个问题也越来越成为更多父母的困惑。

在信息社会，不让孩子接触电脑是不现实的；让孩子过于迷恋电脑又是有害的，因此，还是家长来做"导师"，让孩子既能享受高科技带来的便捷，又可以避免一些不良的问题。

### 1. 玩多长时间

让孩子接触电脑并非越早越好，三岁以下的孩子手臂骨骼发育还未成熟，过早使用电脑可能会造成骨骼变形。

三岁以下的孩子尽量不要接触电脑，如果无法避免，也应控制使用时间。适度地让孩子认识电脑，内容主要以认识自然、生物或者其他物品等为宜，不宜涉及游戏类的内容。孩子可能会对电脑表现出特别浓厚的兴趣，但也不宜天天玩，可以隔几天玩一次，每次时间不要超过 15 分钟。并且要做好防护措施，让孩子远离辐射。

对于三岁以上的孩子，玩电脑时间应以半小时以内为宜。由于孩子手臂较短，加上很多家庭使用笔记本电脑，使得孩子距离屏幕过近，再加上不断闪烁的画面、长时间地注视，自然对其视力发育极为不利。因此，记得提醒孩子连续使用电脑 20 分钟后，要进行适时的休息，多看绿色植物，多向远处眺望。

### 2. 玩什么内容

★ 电脑游戏

电脑游戏以其鲜艳的色彩、巧妙的设计、欢快的音乐备受孩子们喜爱，里面的有些角色还是孩子熟悉并喜爱的卡通人物，当然玩起来更"乐不思蜀"。除了网络上的游戏外，市面上的游戏软件也花样颇多。老子曰"多则惑"，这一方面表现出游戏品质良莠不齐，一方面也让我们不知该做怎样的选择。

从选择内容上来说，最好是认知性游戏，比如，孩子可以边玩边学习颜色、形状或识字类游戏；益智类游戏，比如拼图、找不同、连连看、五子棋等，提高孩子的观察力、注意力、思考力，不少儿童版游戏还会在孩子成功闯关后给予"干得好"、"你真棒"等鼓励，还可激发孩子的积极性。

从选择途径上来说，尽量在正规网站上在线游戏或下载；如果购买，尽量选择正版软件，仔细查看产品包装，可参考光碟产品上标示的适合年龄选适宜的。

★ 播放碟片、收看视频

在电视上收看动画片或节目有播放时段的限制，电脑则不存在这个问题。因此，一些优秀的动画片、节目视频，都可以和孩子一起在电脑上享受。既可在线收看视频，又可播放碟片。孩子们对自己喜欢的内容往往百看不厌，此时电脑更是成了得力的"助手"。

★ 绘　画

电脑工具的丰富、便捷为孩子开辟了一个绘画的小天地：单击、双击、着色、添画……有别于普通绘画的方式同样能让孩子获得创意的乐趣。如果孩子的技能在不断"晋级"，那就为他下载个专门的绘图软件，施展才华、"修炼"功力可是大有余地呢！

当然，电脑绘图不能代替真实的画笔、画纸，不妨也帮孩子备套相应的工具，还可提示他对于同样的题材，用不同的工具去演绎，这样会获得新鲜的感受。

★ 寻找有用信息

信息时代，学会搜索信息、选择信息也是从小要培养的素养之一。对于四五岁的孩子而言，家长平时使用电脑查询信息时不妨也让孩子从旁观察，比如，出门前查询线路、目的地的特色等。

### 3. 怎么玩

千万不要让电脑成为孩子的保姆或父母的替身，建议家长在孩子想玩电脑时尽量陪伴在旁边，首先就避免了一些意外，比如，去接触电源等。

和孩子一起分享玩电脑的乐趣，可以边操作边问他："屏幕上的大球有几个"、"小猴子刚才说的什么话"，等等，既可以增强孩子的记忆力、扩大他的词汇量，又能增进亲子感情。

有些短故事的软件你可以念给孩子听，逐渐增加故事的长度。结合画面讲故事更易于孩子理解，但不能每次讲故事都借助画面，否则会影响孩子想象力的发挥。

在一起玩的过程中，除了指导孩子进行一些基本的操作，比如，点击鼠标、敲击键盘，还应指导孩子使用电脑的卫生知识，如正确的坐姿、用眼卫生、使用完电脑要洗脸、洗手等。

===== 温馨提示 =====

★ 引导孩子在实际中交往

电视、电脑可以成为孩子的"朋友"，但不能是唯一的朋友。3～7岁正是孩子发展社交能力的阶段，经常玩电脑会减少孩子接触外界的机会，容易导致孩子性格内向，不合群。

因此家长还是应带孩子多亲近大自然、与同龄伙伴交往。

★ 给孩子营造安全的软环境

孩子亲近了电脑，"触网"就在所难免了。可网络上的环境真是太糟糕了，对于没有好坏辨识能力且自控力也较差的宝贝们来说，父母的帮助、引导更是不可或缺。

不妨先给电脑设置一个开机密码，这样孩子每次玩电脑都要过家长这一"关"。不要随意把密码透露给他，否则这个"关卡"就形同虚设了。

给孩子安装一个孩子专用的绿色浏览器，Kidzui、Kidrockte、My Kids Browser都是不错的选择。它们不仅界面符合孩子卡通化的需求，更重要的是能屏蔽网上"儿童不宜"的内容。

独生时代的平衡教育

第十六章

# 给你的教育方式"把把脉"

# 一、你的教育方式属于哪种类型

小测试：

你想了解自己的教育方式吗？那就随着我们的题目一起发现吧！下面的情境中，你采用哪种处理方式，请先记下相符的选项，最后统计。

**1. 3岁的宝宝和你一起游戏，他因不如意而发脾气打了你，你会怎么办？**

A. "妈妈很疼哟，什么惹你生气了，可以说出来。"语气和蔼地加以制止。

B. 疼爱孩子不忍心去责备。

C. 很生气，打孩子，看他以后还打不打人。

D. "小朋友在笑你呢！"用转移注意力的方法加以制止。

E. "不像话，一边玩去。"

**2. 孩子上幼儿园了，但老师提醒带的东西常常被当做耳旁风，你送他时也多次被老师提醒。你对他的教育是？**

A. 提出批评，同时教给他记住的方法，晚上回家要求他提前放好。

B. 和孩子商量规则，请他遵守。

C. 严厉地批评："怎么好吃的不忘，就忘老师的要求。"

D. "没忘东西吧？"每天早上提醒他并帮他检查。

E. 想起来的时候提醒他一下，平时顺其自然吧。

**3. 四岁的孩子把玩具弄得乱七八糟，不整理就想跑出去和别的小朋友玩，这时你会：**

A. 好习惯和规矩的遵守不能三天打鱼两天晒网，必须整理好再去玩。

    B.   询问孩子为什么这次弄乱不整理，如果急着出去玩，说清自己具体整理的时间再玩。

    C.   义正严辞地要求他立刻整理，不然就会立即进行惩罚。

    D.   让孩子出去玩，帮他整理就可以了。

    E.   没关系，回头再收拾一样的，愿意玩就去玩吧。

    **4.   五岁的孩子在商店看到一个玩具，吵着要买，这时你会：**

    A.   认真地告诉他不行，家里玩具已经很多而且有类似的，完全不为所动。

    B.   问孩子是否可以从他的零用钱里扣，并提醒他还会碰到许多好玩的玩具，要他考虑一下，是否愿意将现在存的钱花在这个玩具上。

    C.   就是不给买，看你吵闹到什么时候。

    D.   看他那么愿意要就给他买吧，孩子高兴就好，反正也不贵。

    E.   虽然家里已经有很多玩具了，但小孩子就是图新鲜，买一个也无所谓。

    **5.   孩子六岁了，这天来了热情要帮着刷碗，谁知不小心还是打坏了一个，这时你会：**

    A.   语气坚定但不失和气地告诉他下次要小心，在确定他吸取教训后，教他学会清理地上的碎片。

    B.   为孩子的参与热情感到高兴，告诉他如何拿不易摔，并和他一起清理地上的碎片。

    C.   忍不住骂他："连个碗都拿不好，真是在这儿添乱，快滚出去！"

    D.   多说无益，赶快把地上的碎片清一清，这样就好了。

    E.   "非得掺和一下，怎么样，还是遇到麻烦了吧？快出去玩吧，我来清理。"

    **6.   四岁的孩子很喜欢涂涂画画，可这就要出门了，他还在投入地**

"工作着"，你催了几次，他总说"马上就完了"。这时你会：

A. 给出选项：如果再磨蹭我们到那里会排很长时间的队；你可以回来接着画。请宝宝自己选择。

B. 尊重孩子的意愿，等他画完再出门。

C. "时间到了，必须停止！"边催促边拉他走。

D. 不忍心打断他，那就晚会儿去吧。

E. "大家都在等你呢，那里有很多好玩的，你不想早去看看？"劝哄他赶快出门。

**7.** 自从孩子的交往范围扩大以后，很快学会了说脏话。当他也对你说脏话时，你会：

A. 立即制止，并告知他说脏话不是好孩子，如果以后再说会给予惩罚。

B. 告诉孩子说脏话是不礼貌的，也不受人欢迎，告诉他以后不要再说了。

C. 立即制止，并提出严肃批评。

D. 孩子现在小，就是觉得新鲜，等大点就好了。

E. 就此与孩子一起开起玩笑。

**8.** 你认为父母应如何对待孩子？

A. 父母就应该有权威。

B. 与孩子平等相处，做他的朋友。

C. 他还小，很多事情都不懂，所以一切应该听父母的要求。

D. 不能让孩子在生活、学习等方面落在别的孩子后边。

E. 孩子这么小，正是好玩的时候呢！尽自己的能力给他买好吃的、好玩的。

测试结果：统计你的选择结果，哪个选项多就是哪种类型。这5个选项分别代表：

A. 权威型——在孩子心目中有威信，能做到比较科学的育儿，但态度略显严厉。

B．民主型——对孩子理解、尊重，经常交流并给予帮助。

C．专制型——把自己的意愿强加给孩子，要求他绝对服从。

D．从众型——没有自己的主张，看别人的行动，及时跟进。

E．忽略型——满足孩子饮食、起居的需要，很少或没有情感沟通。

# 二、做哪种父母自己选

教育无小事，上述测试题目中的情境，就是我们生活中的小细节，但因父母采取不同的方式进行教育，对孩子产生的影响自然不同。您是不是该反思一下自己的教育方式了呢？

## （一）好父母从修正开始

### 1．权威型——严慈并济

妈妈出于边看电视边吃饭不利健康的考虑，给薇薇立下一个规矩：吃饭时不许看电视。但当遇到喜欢的节目时，薇薇总会软磨硬泡一番。如果直接对宝贝厉声斥责，即使她乖乖地吃饭，带着负面情绪同样不利进食。于是妈妈想办法让薇薇的注意力转到吃饭上来，比如，做个"美羊羊餐"、小动物的包子，边吃边讲故事等，这招果然奏效。

提到权威，我们很容易联系到家长制，这是受中国传统文化中的等级制度、儒家文化中尊崇的孝顺和长幼有序观念的影响。权威跟专制不同，它是既管教孩子又尊重孩子；而专制只是对孩子一味地要求和约束，没有尊重和宽容。事实上，只有传统家长制下绝对的权威才是专制，在尊重孩子的基础上而实施的权威则是一种潜在的教育力量。

家庭教育中的权威是指父母在孩子身上所体现出的威信和权力，此权威型父母不但对孩子有合理的要求，而且对其行为也有适当的限制。同时，他们也对孩子有着足够的关爱，能够耐心地倾听孩子，而且懂得恰如其分地激励孩子自我成长。可谓在约束性和自主性之间掌握了一种合理的平衡。

成长中的孩子，行为不免会表现出幼稚和任性，因此，需要理性的父母进行"权威性"的引导，以确保孩子成长的方向。此教育方式下，孩子才会形成友善、真诚、合作、自立的品质，有较强的自我控制能力，社会适应良好，进而愉快而自信地学习。

受我们传统文化的影响，这种方式更强调严格的管教，因此有时会给孩子过于严厉的感觉。那就向老祖宗的"外圆内方"取经吧！作为处事原则，它强调内心有原则、规矩，但处理起来应该灵活，那我们对待孩子的某些要求不妨在遵循原则的前提下，用柔和的语气、有趣的活动、新鲜的形式，做到严慈相济，这样也容易激发孩子积极、主动地参与进来。

### 2. 民主型——张弛有度

天天妈想做个民主的母亲，一直以来都尽量尊重孩子的意见，比如，和孩子一起出去玩，很累了想回家，但孩子一定要妈妈再陪他玩新的项目，和他协商不成，便尊重他的决定，继续玩。类似的事情还很多，比如，天天半夜醒来说"我要喝牛奶"，但一定要喝奶奶冲的奶。如果爸爸去做了，他就会大哭大闹。所以天天妈很困惑，民主错了吗？

民主型的教育方式当然没有错，此类型父母能平等地对待、尊重孩子，对孩子的需要及时作出反应，让他感受到温暖和关爱。对孩子提出明确且利于成长的要求，并给予解释。

在平等、民主的氛围中，孩子可以无拘无束地与妈妈游戏、交流。正因为民主型父母对孩子爱而不惯、言而不苟、信任尊重，继而使他情绪稳定、情感丰富、意志坚定，易形成积极、向上、友善的性格。

但"民主"不等于一味地妥协，不是让妈妈失去自我，去全力迎合和满足孩子的需求。它是建立在大家平等的基础上的，也就是说妈妈不能将自己的意志强加给孩子，同理，孩子的意愿同样不能强加在妈妈身上，双方都要尊重对方的想法和感受。

学龄前的孩子由于自身的知识、经验有限，很多事情只是考虑自己此时此刻的感受，因此，有些决定您不必一定要征求他的意见，尤其是不适合他做的决定。比如，让二岁的孩子挑选自己喜欢的衣服穿，不如您根据天气情况和他的身体状况自行决定。

对于天天妈说的那种情况，可以首先告诉孩子："妈妈陪你玩了一天，现在特别累想回家"。这个时候没有必要征求孩子的意见。如果孩子坚持要继续玩，可以对他说："妈妈真的走不动了，你不心疼妈妈吗？你要是不心疼妈妈，妈妈会伤心的。"类似的情况都可以这样处理，该让孩子妥协的时候就应该让孩子妥协，要让孩子懂得体谅别人，考虑别人的意愿和感受，这样孩子才有可能学会"民主"地对待他人。

### 3. 专制型——尊重孩子意愿

小凯的妈妈在单位是一个领导，可能是她把这种角色带到了家里，对孩子的教育也是一种"管理"。比如，妈妈觉得男孩子就应该有力量、有思考力，没有与孩子事先沟通，就给他报了武术班和围棋班；妈妈认为同伴群体中哪个小朋友好，就鼓励小凯与他交往，认为不好的伙伴，即使小凯喜欢，妈妈也不允许和小伙伴一起玩……

专制型的父母只是一味地对孩子提出高要求，却不理会孩子的感受。只从父母的主观意志出发，代替孩子思考，强迫他接受自己的看法，孩子必须按照父母的认识和意志去活动，不能超越父母的指令。

与权威型父母相比，父母提出的要求更多从自己的喜好出发，很少跟孩子解释为什么要这样做，使孩子几乎无法独立选择自己该干什么、不该干什么，也感受不到父母的温暖和支持。

这种环境下成长的孩子，容易形成两种极端性格：要么懦弱、胆

239

小、人际交往差；要么顽固、逆反。而且都会对人缺乏信任，同时也缺乏自信，心情不开朗。

专断型妈妈应该向民主型妈妈学习，积极与孩子沟通，理解、尊重孩子的意愿。当孩子有不当行为时，向他提供有限的选择，如，孩子吃饭时边吃边玩，可以问他："你是乖乖地吃饭呢，还是妈妈收走，你去玩？"而不是直接以简单粗暴的方式呵斥。

父母在与孩子说话时，也应注意声调和语气，用心平气和的口吻给孩子以受尊重和被接纳的感觉。

以赏识的眼光看待孩子，发现孩子身上的闪光点。善于鼓励孩子，即便他做一件事没有成功也不表示他无能，只不过他还没有掌握技巧而已。如果妈妈常指责孩子，他会因自信心受到伤害而放弃努力。因此，要多鼓励孩子，多使用鼓励性语言："妈妈相信你能行"……多用积极性评价，"你真棒"、"你做得很好"……

### 4. 从众式——关注孩子需要

凌凌妈看到表姐的孩子从三个月起就开始上智力开发课了，很着急。于是在凌凌一岁多时，就在一家早教机构为她报了《智力开发》、《想象力开发》、《幼儿语言开发》三门课。

从众是一种常见的心理状态，有一个这样的故事：一位石油大亨到天堂去参加会议，发现座无虚席。于是，他灵机一动，喊了一声："地狱里发现石油了"，于是天堂里的大亨们纷纷向地狱跑去，很快天堂里就只剩下那位后来的石油大亨了。这时，这位大亨在想，莫非地狱里真的发现石油了，于是他也急匆匆地向地狱跑去。

著名儿童心理学家申宜真教授指出：父母们有一种盲目的从众心理，别人做什么，自己就做什么。在对孩子的教育上也是如此，丝毫没有自己的主张和判断。

为了"不让孩子输在起跑线上"，往往跟风地给孩子报各种各样的

独生时代的平衡教育

兴趣班，以求孩子在成长路上抢得先机。其实，这正是没有自信与分析能力所造成的盲目跟风。

绝大多数年轻妈妈都没有教育孩子的经验，借鉴别人的做法，成为获取教育孩子的间接经验的做法是可以理解的。但不根据自家孩子的实际情况，盲目跟风，会违背孩子发展的自然规律，牺牲孩子的率性、纯真、童心。

适合的才是最好的，因此，你要做的是把焦点收回来，去观察孩子、了解孩子，找到适合自己孩子的教育内容和方式。记住老祖宗的那句话"因材施教"。

### 5. 忽略型——关注情感交流

皓皓的爸妈都是 80 后，俩人刚结婚没多久就有了皓皓，都感觉还没玩够。不过好在和皓皓的姥姥、姥爷都在一起住，而且他们都刚退休，有的是时间，主动承担起照顾皓皓的工作。皓皓爸妈也很放心，一般多少记得给他买些吃的、玩的，别的交流就很少了。殊不知，在孩子心里，父母的形象渐渐成了"路人甲"。

父母更多地沉浸在自己的需要中，既不关心孩子，也不对他提要求。对子女的成长主要是食品衣物等物质条件方面的满足，并且即使很容易做到的事情，也不去付出什么努力为孩子提供更好的生活和成长条件。因此，亲子间缺乏必要的交往和沟通。

这种类型的父母主要有三种：要么像案例中的 80 后父母，年轻、玩心重，而且认为孩子还小，先由老人带，等大了自己再带，于是就逐渐不管孩子了；要么是父母生存压力大，没有时间和精力照顾孩子，比如，有的人进城打工把孩子放在老家；要么是单亲家庭，爸爸或妈妈因家庭问题没有心情照顾孩子。

不管出于何种原因，这种忽略也被视为对孩子的一种精神虐待。孩子由于没有太多的机会与父母接触，会产生强烈的不安全感和焦虑情绪。由于在情感上被忽略，孩子会倾向于用各种问题行为来引起父母的关注，如，生病，攻击他人或伤害自己，或其他一些奇怪的行为。

而且，如果早年孩子与父母没有建立和谐的关系，随着年龄的增长，孩子的心灵之门会逐渐向父母关闭。等到青春期时，加上代沟问题，你会更难以了解孩子的所做所想，他也更不愿意向你倾诉。

英国教育家斯宾塞曾指出：进入孩子的内心世界，才能相处更融洽。和父母相处融洽，孩子当然就不需要反叛了。因此，与其等到与孩子产生了沟通问题急得焦头烂额，不如现在就开始重视与孩子的情感沟通。

首先，要把和孩子的沟通交流纳入日程，你的工作忙碌、事业重要、情绪失落都不是借口，如果孩子产生了各种心理问题，那我们再辛苦还有什么意义呢？因此，建议平时多抽些时间，比如，吃饭时、睡觉前、路上，多和孩子聊聊他喜欢的动画片、玩具、幼儿园的见闻等；要想走进孩子的世界，就要做他的玩伴，亲子PK、扮演游戏都是孩子喜欢的游戏。放下成人的姿态，和孩子一起"疯"，会更容易和孩子"打"成一片。

任何事物都是过犹不及。片面强调自由、民主，忽视规则、权威的管制；或者片面强调权威，忽视孩子的个性发展，禁锢孩子的自由，都不是我们所倡导的。

为了便于理解，以上分说了几种教养方式，也许家长从各类型中都能找到自己的影子。但这几种类型不是非此即彼的关系。生活中更是需要将良好的教养方式融合到一起，所谓"法无定法，无法即法"，正是要根据孩子的个体情况，在不同的教育时机，采用适合他的良好教养方式对待，才能提升孩子的潜能，发展其良好的品性。

# （二）摸索适宜的教育方式

### ★ 随时间的变化而调整

没有哪一种教育方式是完美的，要想获得良好的效果，需要伴随孩子的成长不断调整，这样才能满足儿童成长的需要。

一般来讲，在孩子五岁之前，由于孩子的知识非常有限，对很多事和道理都缺乏起码认识时，父母应较多地发挥权威作用，告诉孩子什么是对的，什么是错的。

到儿童中期，那小学阶段，孩子的自我意识开始萌芽，社会化的要求急剧增加。这时，孩子的社会空间扩大，大多数父母与孩子在一起的时间显著减少。孩子独立自主的要求日益增加，但是他们还不具备独立作出正确决策所需要的全部认知能力和社会经验。因此，父母可采取的最具适应性的教养方式为共同控制，即对于孩子的事情，与他们协商后，共同作出决定。

到了青春期，即中学阶段，孩子对很多事情有了自己的认识和判断，父母的角色逐渐变为"咨询师"和"指导师"，像朋友一样去帮助、引导孩子，主意让他自己拿。如果一味地约束和代替，会更让孩子不服气，继而导致严重的亲子冲突。

当孩子已经长大成人，对很多事情的认识与处理已经比较成熟，甚至超过父母时，父母就应较多观察，甚至欣赏。

总之，这是一个"先严后松"的过程，教育方式的侧重点不妨也是先权威后民主，这会让孩子从小学会很多必要的规矩，形成良好的习惯，培养优秀的品德，长大后也是一个有主见、有思想的人。如果你的方式正好倒过来，即"先松后严"，那孩子小时候自由散漫，长大有主意了又被父母严加管教，这里的矛盾都能闻到"火药味"了。你再琢磨一下，是不是这个道理！

★ 因材施教

狮子图谋霸业，准备与敌人开仗。出征前它举行了军事会议，并派出大臣通告百兽，要大家根据各自的特长承担不同的工作。

大象驮运军需用品，熊冲锋厮杀，狐狸出谋策划当参谋，猴子则玩弄花招骗敌人。有动物建议："驴子反应太慢，野兔时常闹虚惊，不应招慕它们。"狮子则说："不，我要用它们。驴子可作司号兵，它发出的号令会让敌人闻风丧胆，野兔则可当传令兵，这样军队才配备完整。"

动物们之所以能各显神通，是因为它们都有自身的特点，其实人也是一样的道理。对于孩子而言，当我们用统一的标准去评价时，他未必是优秀的，但如果能引导他根据自身特点，发挥潜能，或许他就能脱颖而出。

当然，了解孩子的优势和不足只是因材施教的第一步，接下来的一步不妨从古代教育名著《学记》中取经。

相信大家都知道"长善救失"这一成语，其实它就来自《学记》："学者有四失，教者必知之。人之学也，或失则多，或失则寡，或失则易，或失则止。此四者心之莫同也。知其心，然后能救其失也。"

这里指出了学生在学习过程中存在的四种缺点：或贪多务得，或片面狭窄，或浅尝辄止，或畏难而退。这些缺点在每个学生身上表现不同，原因各异。因而作为教师需要学会具体分析，进而采取针对措施。

《学记》认为如果教法得当，这些缺点则可转化为优点：多则知识渊博，寡则精深专一，易则充满信心，止则认真对待。这更需要教育者因势利导，利用积极因素，克服消极因素。

虽然这里阐述的是教师教育教学的道理，但对于同样作为教育者的家长来说，又何尝不是一种启示呢！

★ 不留痕迹的教育

在日常教育中，不管什么方式，都不能刻意，不留痕迹的教育才是一种艺术的境界，有一位智慧的父亲就是这样做的。

上海闸北八中有个夏老师，他小时候练就了一手非常端庄、漂亮的字，让学生佩服得五体投地。原来，在他儿时的一个暑假，做中医的父亲拿出一摞医书，对他们兄弟三人说："这些医书是我借来的，请你们帮我抄下来，有重要用处。"当他们准备抄写时，父亲又提醒："抄医书非同寻常，抄错一个字就可能给病人开错药方，害了人家性命。所以，必须字字端正清楚，不可贪玩马虎。"孩子们听了，无不心生神圣之感，似乎真的成了医生，如同给病人开处方一般，一笔一划地写。几个假期，兄弟三人与医书为伴，练出了坐功，练出了认真，练出了严谨，当然也练就了一手好字。

### ★ 游戏的智慧

苏洵、苏轼、苏辙父子是我国北宋时期著名的文学家。其实，苏轼、苏洵兄弟俩小时候也是很淘气爱玩的，父亲曾多次教导他们要好好读书，他们依然不听。于是，父亲就想了一个办法。一天，在他们玩的一个假山后假装看书，然后假装偷偷地把书藏在一个石头缝里。兄弟俩非常好奇，等父亲走后，他们迫不及待地把书拿出来读，然后再偷偷地放回去。如此一段时间后，兄弟俩渐渐地爱上了读书。

在这个故事中，书并没有变，但孩子前后的态度却截然不同。是这种让其读书的引导形式变了。教导、训导都是有种强制的感觉。但"藏书"既像是游戏，又能勾起他的好奇。

对于学龄前的孩子，游戏就是他们的生活、学习方式。因此，家长不妨花点心思，把你的教育意愿通过游戏的方式呈现出来，既易于被孩子接受，又省了你的口舌。比如，建立生活常规、培养某种兴趣、养成良好的行为习惯等，都可以设计成游戏，吸引他参与。

### ★ 父母教育方式的一致

关于家庭"教育方式一致"这一话题，你是不是觉得"脸熟"？那就对了，因为它重要，自然不同篇章都有提到。这里不再赘述，但提示两点：如果父母的教育态度缺乏一致性，即父母随心所欲，以自己的情绪为基础，教养方式多变，或者父母双方对孩子的教育态度不一致，都会使其出现情绪不稳定、焦虑、紧张等问题。